I0646852

LES
SAISONS

ET LES

TRAVAUX DES CHAMPS

EN PROVENCE

PAR

Romain **BLACHE**.

MARSEILLE

E. CAMOIN, LIBRAIRE

Rue Cannebière, 1.

1872

LES

SAISONS

ET LES

TRAVAUX DES CHAMPS

EN PROVENCE

PAR

Romain **BLACHE**.

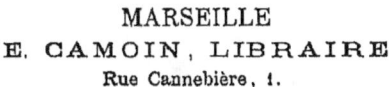

MARSEILLE

E. CAMOIN, LIBRAIRE

Rue Cannebière, 1.

—

1872

LES

SAISONS

EN PROVENCE

LE PRINTEMPS

Saluons du printemps l'aurore,
Le soleil franchit l'équateur,
De tons plus vifs l'air se colore,
La nue atteint plus de hauteur ;
Les jours se suivent moins rapides,
Les horizons sont plus limpides,
L'éclat lumineux rajeunit,
Dans une harmonie unanime,
Et tout ce que la vie anime,
Et tout ce que le cœur unit.

Le carré de la Petite Ourse
Dans la soirée incline à l'Est,
Alors que la Grande, en sa course,
Dirige le sien vers l'Ouest ;
Douze degrès, en la Provence,
Sont la moyenne convergence
De la chaleur, et le mistral,
Soufflant par plus longs intervalles,
Permet à nos brises locales
Leurs ébats sur le littoral.

Parfois de ces zéphyrs agiles
Les souffles sont annihilés,
Et de nuages immobiles
Des groupes sont amoncelés ;
Courte, rapide est notre haleine,
Le jeu de nos poumons à peine
Parvient à se coordonner ;
De sueur notre corps s'inonde,
Dans l'air la vapeur surabonde,
La chaleur ne peut rayonner.

La décharge électrique opère
Une abrupte solution,
La foudre éclate, elle lacère
Tout obstacle à l'explosion ;
L'orage tombe, l'air s'épure,
Ses courants vont à l'aventure,
Leurs conflits sont capricieux ;
Le temps est froid, il reste humide ;
Puis, reparaissant plus avide,
Le mistral éclaircit les cieux.

La nature revient paisible,
Et semble, avec suavité,
Fomenter l'attrait invisible
D'une douce sérénité ;
La verdure, dans le branchage,
Projette son naissant feuillage
Entre les vides du bois nu ;
Et d'une fraîche renaissance,
Autour de nous gaîment s'élance,
L'entrain rapide et soutenu.

Du beau temps les nombreux indices
S'étalent apparents au ciel ;
D'un air pur, serein, les délices,
Durant la nuit, nous font appel ;
Au milieu d'une zone claire,
Du soleil levant la lumière
Est resplendissante en jets d'or,
Dont la vaporeuse tenture
Lestement s'enfuit ou s'azure
Sous un frais et pompeux décor.

Au coucher du soleil, sa teinte
S'orne de reflets orangés ;
Puis, un brouillard à blanche empreinte
S'exhale des fonds immergés ;
Dans l'air s'élance la fumée ;
La pleine lune est enfermée
Au centre d'un cercle brillant ;
Ses taches sont bien perceptibles ;
Les étoiles sont mieux visibles,
Et leur jet est plus scintillant.

L'hirondelle, la rubiette,
Au sein de l'air volent plus haut ;
La guêpe, la mouche indiscrète
Au dehors s'élancent plus tôt ;
L'araignée à ses fils travaille,
De vapeur la vitre grisaille,
Des oiseaux les chants sont plus vifs ;
La taupe du terrier s'absente,
La nue au ciel monte ou s'évente,
Et les cœurs sont plus expansifs.

La pluie est souvent pressentie,
Sitôt le lever du soleil ;
Sa lumière pâle, amortie,
Rayonne en un rouge appareil ;
Son orbe et celui de la lune
Semblent plus grands, une lacune
Cerne leurs contours indécis ;
Les étoiles dans l'air ondulent ;
Les vapeurs en tas s'accumulent,
Agitant leurs amas noircis.

Alors, baisse le baromètre,
Les vents nous arrivent de l'Est ;
Plus haut se maintient l'hygromètre
Dont tend à décliner le lest ;
Au sein des sites agricoles,
On voit se fermer les corolles
Des mourons, soucis, liserons ;
L'oiseau de mer vole au rivage ;
Les canards aiment plus la nage,
Et le coq meut ses ailerons.

L'hirondelle effleure la terre,
La chauve-souris ne sort pas,
La fourmi dans son trou s'enserre,
Les vers se montrent sous nos pas ;
L'araignée en son coin s'entasse,
Il fait chaud, le crapaud coasse,
La feuille de papier se tord,
Le sel fond, la mouche nous pique,
Tout être au corps hygrométrique,
De la pluie annonce l'abord.

Selon que la température
Raréfie ou condense l'air,
En sa diaphane parure
Il se montre plus ou moins clair.
Vers onze degrés, en sa trame,
Par litre il tient un décigramme
De vapeur d'eau, sans se ternir ;
Plus froid, cette vapeur l'enfume,
Et l'air, réduit en son volume,
En lui ne peut la contenir.

On voit alors des vésicules,
Blanchissant l'air moins transparent,
En amas adosser leurs bulles,
Si le froid est plus pénétrant.
Bientôt, par pluie en onde fine,
Tout excès d'eau se dissémine.
Si la chaleur prend le dessus,
L'air redissout l'eau mieux encore,
Sa masse restant incolore,
Quoiqu'elle en cèle beaucoup plus.

Ainsi, les jours sont variables,
Les brumes, la grêle, les grains,
Alternent mobiles, instables,
Avec les temps les plus sereins.
Après-midi, le soleil brûle ;
Matin et soir, le froid annule
De ces feux la fécondité ;
Déjouant notre prévoyance,
Du temps, trop souvent, l'inconstance
Persiste avec ténacité.

L'inclémence de l'atmosphère
Sur nous se faisant ressentir,
Quand cette atteinte persévère,
A regret on voit retentir :
Grippes, angines, névralgies,
Coqueluches, hémorragies,
Rhumatisme franc ou latent,
Pléthore, atteintes éruptives
Aux efflorescences actives,
Fièvres à type intermittent.

Les terres cessent d'être humides,
Des plaines sèchent les bourbiers;
Les eaux s'écoulent plus limpides,
Mieux raffermis sont les sentiers;
Les neiges fondent; des collines,
Les arêtes dans les bruines
Détachent un reflet vermeil,
Les flancs reprennent leurs parures
De ces verdoyantes ceintures
Miroitant l'or sous le soleil.

Radieux s'offrent les indices
Inaugurant le doux printemps,
Merveilleuses sont ses prémices
Dans leur venue en tous les sens ;
Des lucidités de l'aurore
L'horizon entier se colore;
Tout être semble rajeunir :
Sous l'essor de cette jouvence,
Il sent s'amoindrir la souffrance,
Rêvant un nouveau devenir.

La jeune fille, en sa parure,
Etale ses plus frais atours,
Et sa ravissante tournure
S'empreint du charme des beaux jours ;
Avec l'humeur moins sérieuse,
Elle intervient plus gracieuse
Sous ce prestigieux effet,
Qui décore toute jeunesse
Par la candeur de la sagesse
Et de son innocent reflet.

La température plus douce
S'équilibre, prend le dessus ;
Toute froideur vive s'émousse,
Ses atteintes n'obsèdent plus ;
Lors, cessant d'être confinée
Par la rigueur trop effrénée
De la rudesse de l'hiver,
La foule, en un site champêtre,
Va savourer un franc bien-être
Dans les délices du plein air.

Par troupes, la jeunesse ardente
Y prend ses ébats pétulants ;
Sous sa musique enhardissante,
Sous l'entrain de ses gais élans,
S'accroît la joie affectueuse
Dont la nature luxueuse
Éveille le germe en tous lieux,
Avec l'ample munificence
Que, dans sa prodigue abondance,
Elle déverse sous nos yeux.

Enfin, de l'hiver tout vestige
Disparaît sous un ciel d'azur,
De la feuillaison le prodige
Etale son teint frais et pur ;
La vie en chaque plant rayonne,
Contre la branche elle bourgeonne,
Plus loin, elle s'étale en fleurs,
Fixant l'éther dans la matière,
S'incarnant jusque la lumière,
Pour en refléter les couleurs.

Parmi les végétaux précoces
En luxueuse floraison,
Préludant aux brillantes noces
Que protége cette saison,
Sont les muguets, la primevère,
Les frènes, pêchers, l'if sévère,
Les saules, les abricotiers,
Les faux-narcisses, anémones,
Les lilas, girofliers jaunes,
Les pervenches et noisetiers.

Plus tôt, plus tard, selon leur site,
Prennent part à ce riche essor,
Les fraisiers, le gui parasite,
La renoncule à tête d'or,
Les jacinthes et les verveines,
Les érables, charmes et chênes,
Les légumineuses, l'ormeau,
Les tulipes, la capucine,
L'iris, les bugles, l'aubépine,
Les phyllireas, le bouleau.

Fleurissent aussi les jonquilles,
Les cognassiers, poiriers, pommiers.
Les pruniers, arums, pulsatilles,
Groseillers, cerisiers, cormiers,
Et ces nappes de pâquerettes
Dont les magiques collerettes,
S'effeuillant sous de jeunes mains,
Révèlent aux amants novices
De trop séduisantes prémices
Par leurs présages incertains.

En juin, s'offrent aux paysannes
Les balaustes et les œillets,
Genêts, mufles, valérianes,
Mauves, coquelicots, bleuets ;
Que précèdent, en nombre immense,
Des fleurs dont la luxuriance
Déroule des berceaux d'amour,
Pour cette palingénésie
Qu'aux parfums de leur ambroisie,
Elles fécondent nuit et jour.

Ces végétaux dans nos vallées
Prodiguent leurs variétés,
Mais dans nos maisons isolées,
Pullulent en communautés :
L'hypne mousseuse dans les caves,
L'hymantie en vagues enclaves
Y prolongeant ses filaments,
L'elvine sur les liqueurs sures,
Les botrytis des moisissures,
Leurs mucors touffus et charmants.

Le protocoque au teint verdâtre
Sur l'eau dans nos verres s'ébat,
Et la chamœnème rougeâtre
De nos vitres ternit l'éclat ;
De l'hydrocrose atramentaire,
Sur l'encre où naît ce plagiaire,
Le duvet blanc s'épanouit :
Il n'est joints, fissures, limites,
Que la tourbe des mycrophites
Par myriades n'envahit.

Comme la lumière colore
Tout ce qu'elle atteint dans son cours,
Sitôt que peut la vie éclore,
Elle brille en féconds atours.
Dans l'eau, dans l'air et sur la terre,
Elle intervient, se régénère,
Projetant partout son ferment :
Dis-nous, Soleil, si dans ton être
Qui concourt tant à faire naître,
Il n'est accès au sentiment ?

Si tu vis, tes feux et ta gloire
Etalent, avec majesté,
Un éblouissant offertoire,
Ouvert à la Divinité ;
Tes élans sans cesse ruissellent,
En suavités ils excellent,
Empreints de toutes les grandeurs ;
Leurs grâces sont indéfinies ;
En toi vibrent les harmonies
Des plus solennelles splendeurs.

Que sont nos émois, nos parures,
Devant tes gemmes rayonnants,
Dont les vives enluminures
Lancent leurs éclats immanents !
Inépuisable est ton essence,
En toi magique est l'existence,
Et l'amour sans cesse en ton sein,
A la loi divine fidèle,
En doux ravissements excelle
Et retentit toujours serein.

Dès les beaux jours, dans nos campagnes,
Voltigent tous les passereaux,
Sautillant avec leurs compagnes
Auprès de leurs anciens berceaux.
Délaissant leurs mœurs émigrantes,
Arrivent des zones brûlantes
Les farlouses, les martinets,
Les traquets, les bergeronnettes,
Les lavandières, les fauvettes,
Rouges-gorges et sansonnets.

C'est sur les lieux de leur naissance,
Qu'ils reviennent fêter l'amour ;
Pour réjouir leur existence
Il n'est point de plus beau séjour.
Plus lointaines sont les contrées
Que leurs courses aventurées,
Ont sillonné vers le Midi,
Mieux l'instinctive rêverie
Les ramène vers leur patrie
Plus chère à leur amour grandi.

En accédant sur nos rivages
Pour prendre part au renouveau,
Le rossignol, dans nos bocages,
De son nid tresse le réseau ;
Dans les émois de l'hyménée,
De son union fortunée
Il chante la sérénité,
En entonnant des mélodies
Dont les roulades si hardies
Sont pleines de suavité.

Il n'a pas pour lui le plumage,
Il se cache dans les massifs,
Défiant, jaloux et sauvage,
Sans fin, ses chants sont expressifs ;
De ses roulades les séries,
De leurs éclats les batteries,
Ses sons filés, mélodieux,
Pleins de souplesse et de cadence,
Par les ampleurs de leur puissance
Sont toujours plus harmonieux.

Il s'ouït moduler lui-même,
L'amour inspire ses accents,
Ses tons variés en leur thème,
A distance vibrent perçants ;
Vers le déclin de la soirée,
Ravissant toute la contrée,
Ses chants, par l'écho reproduits,
Jusque vers fin mai vocalisent
Des accords auxquels sympathisent
Les cœurs par ce charme séduits.

Moins solitaire l'hirondelle,
Cherchant abri sous notre toit,
A son ancien gîte fidèle,
D'un occupant maintient le droit;
A peine chez nous arrivée,
Elle reprend, pour sa couvée,
Sa demeure, la regarnit;
Puis vole, pour les siens, agile,
Glanant dans la plaine fertile,
Hors de là, veillant sur son nid.

L'hirondelle volant sans cesse,
Se plaît à s'agiter dans l'air,
Elle y folâtre avec adresse,
Le sillonnant comme un éclair;
Ses allures libres, changeantes,
En cercles, spires ondoyantes,
Au parcours gracieux, léger,
La font dire de l'atmosphère
L'agile et fidèle émissaire,
S'y complaisant à voltiger.

Avec la brise elle dérive;
En plein elle affronte le vent,
Dans son sein s'immergeant furtive,
Dans tous les sens elle le fend;
Sa course oblique, tortueuse,
Est librement aventureuse;
Mais dès que les cieux sont couverts,
Elle effleure champs et murailles,
Pour mieux saisir ses victuailles
D'insectes, de nymphes, de vers.

Tenant son bec, large à la base,
Souvent ouvert en entonnoir,
Dans l'air elle fait table rase;
Ses ailes croisent en sautoir
Par pennes longues, effilées,
Sur des caudales étalées
Pour maintenir l'élan du vol,
A cet oiseau dont la voltige
Semble dériver du prodige,
Dès qu'il s'est détaché du sol.

Recélant son nid dans les herbes
Ou sous les mottes du labour,
L'alouette du fond des gerbes,
Sitôt que luit l'astre du jour,
Vers le plus haut de l'air, d'emblée
Par un jet direct envolée,
Chante et fait retentir les cieux,
De ses touches harmonieuses,
Souples, amples, riches, joyeuses,
Dont les tons sont prestigieux.

Non loin, dans le naissant feuillage,
Dans les buissons, bosquets, jardins,
La fauvette, par son ramage,
Anime parcs, ruisseaux, bassins;
Son chant est un cri d'allégresse,
Dont l'agile et vive souplesse
Rayonne la sérénité;
Elle voltige, vagabonde,
Et de rosée elle s'inonde:
Heureuse, s'il pleut en été.

Par son éclat multicolore
Resplendit le chardonneret,
Un rouge incarnat le décore,
D'autres tons le rendent coquet ;
Ses teintes noires, blanches, jaunes,
Brillent en éclatantes zones,
Donnant plus d'attraits à sa voix,
Dont la douceur et l'euphonie
Concordent avec le génie
De l'oiseau pour divers emplois.

A taille petite, élancée,
Au frais coloris jaune et vert,
A son allure cadencée,
Joignant l'abord gai, franc, ouvert,
A ses formes si gracieuses,
A ses plumes lisses, soyeuses,
A sa familiarité,
De nos chambres le virtuose,
En fils de l'art, à nous s'impose,
L'aimant mieux que sa liberté.

C'est le serin qui, pour l'art, brave
De nos volières la laideur,
Préférant parfois être esclave
Pour écouter avec ardeur
La prestigieuse harmonie
D'une magique simphonie
Au fond de l'âme pénétrant,
Et l'oiseau, plein de souvenance,
Redit, avec reconnaissance,
La mélodie en l'apurant.

2

Art, dis-nous quel est le prestige
Qui vers toi nous fait aspirer,
Alors que par aucun vestige
Tu ne dois nous rémunérer !
Pour t'atteindre, les sacrifices
Sembleraient nous rendre complices
De mécomptes mal définis :
Plus vers toi notre cœur s'élance,
Plus notre chute semble immense
Et parfois nous sommes honnis.

C'est que, seul, le vrai nous élève
Par sa vive intuition,
Et notre instinct poursuit sans trêve
Le beau de la perfection.
Être, raison, nombre, harmonie,
Sentiment, morale bénie,
Devoirs, travaux et devoûment :
En vous l'absolu se dévoile ;
Sitôt qu'en resplendit l'étoile,
Le cœur s'enlace à cet aimant.

Arrivant et partant en troupes,
Les pinsons jaloux, gracieux,
Nichent, isolés de leurs groupes ;
Mobiles, pétulants, joyeux,
Ils vont glisser sur le sol même ;
De leurs chants s'enlace le thème
Entre préludes et refrains
Dont la ravissante finale
Semble retentir, sans égale,
Au fond des bois, dans les lointains.

Sur nos sites, on voit encore,
En permanence, voltiger,
Le moineau qui, prudent, explore
De ses attaques le danger ;
D'une maussade pétulance,
Sans façon est son impudence ;
Criard, paresseux et gourmand,
Au bec court et gros à la base,
Il butine, près notre case,
Grains et vers dont il est friand.

La charmante et fraîche linotte,
Aux reflets si brillants et vifs,
Dans nos outins niche, picote ;
Dès que ses petits fugitifs,
Tentent l'épreuve de leurs ailes,
Avec ses compagnes fidèles
Perchant sur un arbre voisin,
L'assemblée, en chœur unanime,
Fait éclater sa joie intime,
Chantant des oisillons l'entrain.

Dès l'aurore, près des fontaines,
Sur les buissons, insoucieux,
Le rouge-gorge, dans les plaines,
Trop confiant et curieux,
Sort de son nid voisin de terre,
Quittant sa compagne si chère
A son cœur fidèle et constant,
Pour tomber souvent dans un piége
Par lequel l'oiseleur assiège
La rubiette s'écartant.

L'espiègle et grise lavandière ,
S'élançant le long d'un ruisseau,
Etale, près la lessivière ,
Sa queue en élégant plumeau.
Sur cette rame elle s'élance,
Tout alentour elle balance,
En folâtrant sur le séchoir.
Hochant la queue , elle la trousse .
Par une multiple secousse ,
Simulant le jeu d'un battoir.

Voletant parmi les fillettes ,
Qui font la garde des troupeaux
En fredonnant des chansonnettes,
Dans les champs et sur les coteaux ,
Les bergeronnettes gentilles ,
Heureuses près des jeunes filles
Et de leurs paisibles moutons ,
Auprès d'eux tous , sans défiance ,
Ne font appel à leur prudence
Qu'à l'approche des loups gloutons.

Ainsi que celle des rapaces
Elles semblent les pressentir,
Et, de leurs attaques voraces ,
Leur instinct les fait avertir
Tous les moutons et la bergère ,
Dont elle aime l'humeur légère ,
Les façons, les instincts naïfs ,
Dont elle imite les tournures,
Les gentillesses, les allures
Et les charmes tant expressifs ,

Dieu! que tes lois majestueuses,
Inépuisables en leur cours,
Dans leurs trames mystérieuses
Cèlent de splendeurs et d'atours;
Au sein d'une immense harmonie
S'étale la théogonie
Que reflète l'immensité,
Aussi parfaite dans l'atome
Qu'en l'absolu de l'axiome
Révélant ta divinité.

On voit l'abeille mellifique
Butiner au sein de la fleur,
En préférant l'aromatique,
Pour elle offrant plus de valeur.
Des mûriers le naissant feuillage
Est recueilli par élagage
Pour nourrir ce ver précieux,
Dont les cocons donnant la soie,
Récoltés, causent tant de joie
Par leurs produits prestigieux.

Dans les champs, alors, plein de zèle,
Le laboureur, dès le matin,
A ses travaux toujours fidèle,
Les presse tous avec entrain;
En mars, en avril, dans l'oulière,
Donnant, sous forme régulière,
Un tiers de mètre à ses guérets,
Sous les mottes, dans l'entaillure,
Il enfouit une fumure
Promettant de forts intérêts.

En mai, chassant tout parasite,
Il sarcle ses outins, ses blés;
Puis dans sa vigne favorite,
Tous creux et sillons sont comblés
Par un binage, dit encore,
En notre Provence, réclore,
D'un décimètre au moins d'ampleur;
Sur pied sont toutes les fermières
Pour les fumiers, pour les litières,
Alors ayant plus de valeur.

Vertes, fraîches et farineuses,
S'alignent, sur de larges rangs,
D'opulentes légumineuses
Avec siliques sur leurs flancs:
Les haricots, lentilles, gesces,
Les pois, les ers, fèves et vesces,
Auxquels se joignent, en essaims,
Les fourrages mixtes, alternes,
Des trèfles, mélilots, luzernes,
Esparcettes, sainfoins, lupins.

Surveillés par la ménagère,
Croissent radis, choux, aulx, oignons,
Pommes d'amour, pommes de terre,
Betteraves, cerfeuils, cressons,
Topinambours, navets, carottes,
Pastèques, melons, échalottes,
Courges, concombres, artichauts,
Persils, oseilles, chicorées,
Céleris, épinards, poirées,
Capriers, salsifis, gombauds.

De nos vignes, par des soufrages,
Les oïdiums sont chassés,
Et par de successifs sarclages
Des récoltes sont repoussés
Le mouron, l'ivraie annuelle,
Les chiendent, cuscute, nigelle,
Pourpier, chélidoine, laitron,
Les roquette, glaïeul, bardane,
Orobanche, chardon, bugrane,
Cirse, plantain et liseron.

Leurs rameaux à de moins rustiques
Parfois, assemblés en bouquets,
Brillent sur les places publiques,
Sous les plus attrayants reflets,
Entremêlés de fraîches roses
Aux corolles à peine écloses,
De cytises, troënes, lis,
De romarins, de thyms vulgaires,
De pois en fleurs des champs, des serres,
De géraniums ou d'orchis.

Parfois ces plants, en étalages,
Décorent les frontons des chars
Retournant des bourgs, des cottages,
Circulant sur les boulevards ;
De fleurs la voie est diaprée,
L'enfance s'en couvre parée,
En gracieux enlacements,
Sous des façons simples et belles,
Avec art, par les jouvencelles,
Tressés en coquets ornements.

Dans les parterres, avec grâce,
En bordures, massifs, tapis,
Sont encore admirés sur place
Les myosotis, les thlaspis,
L'or de l'alysse saxatile,
Les nénuphars dans l'eau tranquille,
Les paronyques, fuchsias,
Camomilles, ornithogalles,
Néfliers, sureaux, digitales,
Ibéris et camellias.

De ce dénombrement sévère
Mettons terme à l'aridité,
Toute plante cèle un mystère
De splendide vitalité ;
Dans ses cellules réunies,
Aux frémissantes harmonies
D'existence et de mouvement,
L'air, la chaleur, l'eau, la lumière,
Du germe avivent la matière,
En fécondant tout son ferment.

Les plus infimes cryptogames
S'étalent en un tel milieu,
En filèts, en tubes, en lames,
Pour eux la vie est un vrai jeu ;
Ce sont des amas de cellules
Condensant en eux des globules,
Qui, par leurs virtualités,
Propagent, en spores mobiles,
Autrement appelés gongyles,
Leurs individualités.

Ainsi naissent les moisissures,
Les urédos, eurotiums,
Les pénicilles des levures,
Aspergilles, oïdiums.
D'autres, aux noces plus pudiques,
Enceignent leurs amours magiques,
Quoique dites inembryons,
Les lichens au sein des scutelles,
Les mousses en des urnes belles,
Dans des thèques les champignons.

Sans cesse active, chaque plante
Respire, boit, mange, s'endort ;
Fixée au sol, mais vigilante,
Sans trêve assurant son confort.
Bien-être, souffrances, armures,
Instincts, parfums, charmes, parures,
Caprices, sympathie, amours,
Attestent que son organisme,
Autrement que par mécanisme,
De la vie accomplit le cours.

Pourquoi ces filles coupent-elles
De verts branchages de laurier,
Les enlaçant, sous des tonnelles,
Aux brins les plus frais d'olivier ?
C'est qu'en son cours sur l'écliptique,
Le soleil dans sa marche oblique,
Ayant traversé l'équateur,
La pleine lune nous signale
Qu'advient la semaine pascale,
Toute vouée au Rédempteur.

Etalons nos plus gais feuillages,
C'est le dimanche des Rameaux,
Que les fleurs de tous les cottages,
En bouquets, festons ou réseaux,
Reflètent, aux nefs de l'Eglise,
Un symbole qui solennise
Le rachat de la chrétienté,
Et de nos Pâques si fleuries,
Par nos chants, par nos sonneries,
Célébrons la sérénité.

C'est bien la plus grande des fêtes
Portant la paix au genre humain,
Les consciences satisfaites
Brûlent d'amour pour le prochain.
En ce jour, la haine s'immole
Sous le vénérable symbole
Déversant grâces et pardons ;
Les cœurs sont purs, les âmes grandes,
Vers Dieu s'élèvent les offrandes
En gratitude de ses dons.

Après la cinquième semaine,
J'entends au loin, dès le matin,
Voix et clochettes, dans la plaine,
Vibrant sur un timbre argentin :
Ce sont des accents unanimes
Que, pour des récoltes opimes,
Sous les accords les plus touchants,
Les pasteurs, vêtus de leurs aubes,
Et les filles, en blanches robes,
Profèrent au milieu des champs.

Puis, initiés à la vie
Par la morale et la raison,
Ouvrant à l'enfance ravie
Les splendeurs de leur liaison,
Vers les douze ans, garçons et filles,
Affranchis de leurs pécadilles,
En proclamant un libre vœu,
Scellent d'un accord unanime,
Cette communion intime,
Epurant tout au sein de Dieu.

Enfants que cette renaissance
Dans une sainte égalité,
Imprime en votre conscience
L'instinct de la fraternité ;
Soyez aux autres sans limite,
Ce sera le premier mérite
Dont vous puissiez vous prévaloir :
Vivre pour tous c'est une gloire,
C'est une splendide victoire,
Dans la pratique du devoir.

Pour la Fête-Dieu, sur deux files,
Tous sexes, âges s'avançant,
En processions dans nos villes,
Chantent en chœur le Tout-Puissant,
Ce ne sont que décors, toilettes,
Pavois, musiques, fleurs, clochettes,
Encens, hommage solennel :
Sur tous points brille un sanctuaire,
L'extase sainte est populaire
Sous le charme de l'Eternel.

C'est qu'un seul rayon de sa gloire
En effleurant le cœur humain,
En illumine la mémoire,
Et lui manifeste, soudain,
Tout l'éclat de son origine,
Empreint de l'essence divine
De son auguste créateur,
Dont les bienfaits et la puissance
S'imposent à notre croyance,
En lui révélant son auteur.

Aimer Dieu, c'est le but suprême
C'est le sentiment le plus pur,
C'est s'élever jusqu'à lui-même
Par un instinct lucide et sûr,
S'imposant à toute logique,
Excluant tout doute et critique,
Fort de sa certitude en soi,
Déliant, mieux que la science,
Les nœuds rivant la conscience
Aux sources vives de la foi.

C'est que toute la loi de l'être
Converge en celle de l'amour ;
Essence de ce qui doit être,
C'est par lui que tout voit le jour ;
Sans limites est son empire,
Ses charmes ne sauraient se dire,
Plus enchanteurs sont ses accords :
Vivifiant tout par sa flamme,
Il imprègne de sa grande âme
Matière, éther, esprit et corps.

En toi, femme prédestinée,
Resplendit ce brillant foyer
Qui, sous la loi de l'hyménée,
Fait le charme du monde entier ;
Epouse, mère, fille, amie,
Tu fécondes l'autonomie
D'un amour toujours renaissant ;
Astre humain de cette lumière,
En toi gît l'essence première
De son éclat resplendissant.

Perpétuel printemps de vie,
Jamais ne s'épuise ton sein,
Sans cesse à notre âme ravie
Tu redonnes un jour serein.
Que ta grâce encor condescende
Au vœu de mon humble légende,
Rendant hommage en ton honneur ;
Charmant notre ère printannière,
Reste la fée hospitalière,
En tout temps, de notre bonheur.

Déversant à tous l'allégresse,
De même que toi, le printemps,
Riche en appas, fraîcheur, tendresse,
Prodigue de dons et d'encens,
Séduit, ravit, jette en extase,
D'idéal, d'espérance embrase,
Préludant aux félicités ;
Parfois aussi, son cours mobile
En brise la trame fragile,
Dans le choc des réalités.

Mais ces crises capricieuses,
N'ayant qu'un règne d'un moment,
Comme les brouilles amoureuses,
Prennent leur fin rapidement;
L'explosion de ces épreuves
Rappelle le ressac des fleuves
Qui s'éteint au sein de la mer,
Et du printemps les algarades
Cèdent aux douces accolades
Du soleil joignant le Cancer.

Dès avril, la tonte des laines
Se poursuit sur tous les moutons;
De suints leurs toisons étant pleines,
Les eaux, de ces gras pelotons,
Enlevant plus de deux cinquièmes,
Du résidu net le quantième,
Par bête, est trois demi-kilos;
Puis à l'engrais des bergeries,
On joint l'apport des laiteries
Et de la valeur des agneaux.

Avant que la terre ne sèche,
Que les herbages soient fanés,
Que la rude chaleur n'ébrèche
Leurs corps par la laine cernés,
Pour les Alpes sont en partance
Les troupeaux faisant transhumance
Dès le premier du mois de mai;
Des chèvres et moutons les troupes
Se divisent en nombreux groupes
Pour ce parcours toujours si gai.

Là, soutenus par leurs houlettes,
Aidés de leurs fidèles chiens,
Aux tendres sons de leurs musettes,
Les jeunes bergers, en gardiens,
Garent d'atteinte les campagnes,
Quand leurs gracieuses compagnes,
Dans le centre, près du patron,
Sont assises sur des montures
Dont les nonchalantes allures
Prennent le pas de l'escadron.

De la flûte le ton résonne
Mélodieux aux alentours,
Des jeunes bergers il rayonne
La sérénité des amours;
La voix d'une aimable bergère
Reprend bientôt, limpide et claire,
Un chant qui, par eux proféré,
Scelle, par cette connivence,
Le gage d'une intelligence
D'un sens ainsi rémémoré.

Dès notre première jeunesse,
Il est un vide en notre cœur,
Qui s'agrandit par la tendresse,
Qu'un vague instinct pronostiqueur
Semble nous poser comme un phare,
Sans lequel le bonheur s'égare,
Illuminant un horizon,
Dont les limites infinies
Atteignent aux touches bénies
D'un absolu diapason.

Sous le charme de son empreinte,
Le cœur s'épanouit béant,
Hors de l'attrait de cette atteinte,
Tout s'efface ou paraît néant;
Ce sentiment seul peut suffire,
Par les délices qu'il inspire,
A satisfaire tous les vœux;
En lui la vie a son essence,
Il donne jour à l'existence,
Il enlace tout en ses nœuds.

La plante en trahit le mystère,
Chaque être, en lui, prend son essor;
Le moindre atôme de la terre
Semble le céler en son for;
Par lui, sans cesse est rajeunie,
L'affinité de l'harmonie
Des suaves attractions;
Il est l'instinct de la nature,
Il en fait la riche parure,
Les plus douces émotions.

Dans le plus détourné repaire,
Au sein des ondes ou de l'air,
Nul vivant ne peut se soustraire
A l'aimant de son vif éclair;
Partout imprimant sa puissance,
Déversant son exubérance,
L'amour, par sa pérennité,
Se garantit l'être à lui-même,
En réflétant, sans fin, l'emblême
D'une incessante ubiquité.

Chaque créature le fête,
Tout être en a le sentiment,
Pour l'irradier il apprête
Son plus luxueux vêtement;
De l'insecte le test s'émaille;
Du reptile le derme écaille
Sous un éclatant coloris;
Le poisson se dore ou s'argente,
L'oiseau, sous sa plume brillante,
Etale de riches rubis.

La fleur, des teints d'une palette,
Epuise l'ensemble des tons,
Et sous son allure coquette,
Des gemmes brillent les chatons;
Si la vie en elle s'efface,
L'amour la reproduit vivace,
En l'étalant avec candeur,
Sous la grâce de l'hyménée,
Sur la corolle tant ornée
Par les apprêts de la pudeur.

On dit qu'avec attrait la terre,
Autour du soleil circulant,
Dans sa course ainsi persévère
Sous ce magique stimulant;
Qu'en son harmonique cadence,
Tout astre voltige ou balance
Sous les élans de tels amours.
Que les nôtres, bergers, bergères,
Aussi constants, restent prospères,
Et que sans terme soient leurs cours!

Lors, du centre de cette troupe,
Le vieux bayle élevant la voix,
Enfants, dit-il, de votre groupe
Le chant me semble trop courtois;
De votre aveugle confiance,
Je ressens l'inexpérience;
Contre un insidieux danger,
Je vous dois les conseils de l'âge,
Du droit qui m'échoit en partage,
De vous instruire et protéger.

Oui, l'amour tresse de la vie
Les liens les plus gracieux,
Mais qu'elle ne cède, asservie
A ses attraits capricieux;
Des passions le triste empire
Contre le bien-être conspire,
S'il n'est guidé par la raison,
Et, trop fréquemment, la jeunesse,
Sous les écueils de la tendresse,
Rembrunit tout son horizon.

Le chœur lui répond: « Merci, Père,
Vos bons conseils seront suivis; »
Puis s'exclame une voix austère
Sur les plateaux alpins gravis:
Salut! habitants des montagnes,
Toujours fraîches sont vos campagnes,
Nous délaissons notre terroir,
Sûrs de trouver dans vos asiles,
Dans vos champs en été fertiles,
Ces attraits qui nous font revoir.

Glorieux enfants de ces sites,
Aux frais vallons, aux verts aspects,
En accédant près de vos gîtes,
S'augmentent pour vous nos respects ;
Ici, contenant la nature,
Elle vous rend l'investiture
Qu'assigne un labeur patient,
Et de vos mains fortes, calleuses,
Sortent les œuvres merveilleuses
Qui parent l'horizon riant.

De l'homme simple les mérites
Se trouvent en vous réunis ;
Vos paroles sont lois écrites,
Et tous vos actes sont bénis ;
Chez vous, à peine l'injustice
Recrute parfois un complice,
Et, dans vos monts accidentés,
Jamais le vice, avec audace,
Ne vient étaler sa menace,
Ni troubler vos placidités.

Actifs, laborieux, modestes,
Honnêtes, sobres, bien unis,
Sous des formes rudes, agrestes,
Vous semblez toujours rajeunis ;
Peu riches d'or, votre simplesse
Vaut mieux qu'une subtile adresse,
Pour assurer votre bonheur ;
Les succès pour vous si faciles,
Que vous obtenez dans nos villes,
Prouvent encore en votre honneur.

Hommes heureux de ces vallées,
Aux corps robustes, aux cœurs droits,
Dans ces retraites isolées,
Nous venons partager vos toits.
Vos frères aimés de Provence,
Retiennent bonne souvenance
Des exemples donnés par vous,
De votre probité constante,
De la valeur prééminente
De vos us précieux pour tous.

Lors s'échangent les accolades,
Et les toasts sont renouvellés;
Puis retentissent les aubades,
Et tous les pactes sont scellés;
Les parcs, limites, droits, usances,
Imposés pour les transhumances,
Sont définis et reconnus;
Chacun se confine en ses digues,
Ou se remet de ses fatigues
De parcours longs et soutenus.

Vite installés à la montagne,
Les divers scabots de moutons
Que l'on appelle la campagne,
Sont établis dans leurs cantons;
Les jeunes séparés des mères,
Les brebis, à trois ans pubères,
Mises aux parcs, près des béliers,
Dans les abondants pâturages
Ornant des Alpes les pacages,
Tous broutent en d'épais herbiers.

Bientôt, dans la basse Provence,
Par le soleil mises à sec,
Les humbles herbes font absence,
Et la verdure est en échec.
Chaque jour, dardant plus intense,
D'un vif soleil l'intémpérance,
Empreint partout la siccité ;
Des cours d'eau tarissent les sources,
Les citernes sont nos ressources,
La chaleur croît : voici l'été.

L'ÉTÉ

L'été ! C'est l'afflux de lumière,
La chaleur, la fertilité,
Le riche élan de la matière,
L'essor de la fécondité ;
Tout s'émeut, s'active, s'agite ;
Tout être s'anime et palpite,
Fête avec bonheur son réveil ;
La majesté partout s'étale,
Inépuisable et sans égale,
Sous les feux brillants du soleil.

Cet astre fécondant la vie,
Ne cesse de nous réjouir,
Chaque créature est ravie,
En son sein, de s'épanouir ;
Jusqu'aux confins de son système,
S'impose l'éclatant emblème
De ses gloires, de sa splendeur,
Prodiguant sa munificence,
Pour embellir toute existence,
Sans s'amoindrir dans sa grandeur.

Les planètes, les satellites
Ordonnent sous lui leurs élans,
Il leur définit les limites,
Des jours, des saisons et des ans ;
Ce qu'englobent toutes ces terres,
Leurs roches, eaux, gaz, atmosphères,
De leur éther tous les débords,
Les deux empires organiques,
Leurs fonctionnements magiques
Enlacent en lui leurs accords.

Il organise, il vivifie
Toute matière et son milieu,
Notre monde le glorifie
En maître suprême après Dieu ;
Sans trêve et terme se révèle
Son influence originelle
En tout phénomène ambiant ;
La terre, sans cesse, est avide
De graviter sous son égide,
Tournant toujours vers l'Orient.

Dans sa route sur l'écliptique,
Le soleil avec majesté,
S'élève par sa marche oblique
Au Cancer, solstice d'été ;
Prolongeant son cours, il s'immerge
Vers le Lion et vers la Vierge ;
La petite Ourse s'élevant,
Au Chariot presque contraire,
Le soir, surmonte la polaire,
Son front vers le Sud se mouvant.

Par ses épanchements limpides,
Illuminant soudain les yeux,
Le soleil, en débords lucides,
Irradie en tous les milieux.
Par ces profusions fécondes
De l'éther s'ébranlent les ondes,
La chaleur croît avec les jours;
Dans cette connivence intime,
De la vie éclot l'origine
Sous ses luxuriants atours.

En moyenne, la chaleur donne,
Prise à l'ombre, vingt-trois degrés;
La lumière sur nous rayonne
Durant seize heures à peu près;
En orage du ciel enfuie,
En huit jours, dans l'été, la pluie
Verse cinq centimètres d'eau;
Soixante-treize millimètres
Séparent sur les baromètres
Des cours extrêmes le niveau.

Dans toute sa pompe à l'aurore,
Le soleil dorant l'horizon,
Vers l'extrême Orient colore
Le plus majestueux blason;
Ses tons sont vifs, sa teinte est riche,
Ses décors, en vaste pastiche,
Projettent l'éclat, la couleur;
Ce globe, en pleine incandescence,
Prodigue sa magnificence,
Épanchant lumière et chaleur.

A son approche , la nature
Aussitôt fait trêve au sommeil ,
Chaque être reprend sa parure ,
Heureux de son nouveau réveil ;
De la nuit les pensers sévères
Et les recueillements austères
S'échangent en hâtifs désirs ,
Sous l'affinité tutélaire
De l'astre par qui tout s'éclaire ,
D'éloigner repos et loisirs.

Tout resplendit ou s'illumine
Sous le plus luxueux décor ;
Quel étrange prisme fascine
Les sens ravis d'un tel essor !
Le ciel est pur et sans nuage ,
Fleurs ou fruits parent le branchage ,
De la vie éclate l'écrin ;
Une douce chaleur pénètre
Nos corps mieux restaurés , tout être
Se sent renaître avec entrain.

La lumière est plus scintillante ,
Des flots d'or versent du soleil ;
En nappes d'argent l'eau coulante ,
S'émaille d'un reflet vermeil ;
Les champs sont verts , sur les cottages ,
S'étalent de riches herbages ;
Les bourgeons , tous épanouis ,
S'allongent en fraîches coupoles ,
Qu'ornent d'élégantes corolles ,
Fascinant nos yeux éblouis.

Aspirant à reprendre encore
Son état subtil, primitif,
L'eau se dilate, s'évapore,
Se transforme en gaz expansif;
S'élevant dans notre atmosphère
D'autant plus haut que s'exagère
Du calorique l'excédant,
Son élan est trop peu rapide
Pour saturer un air avide
D'en rafraîchir son sein ardent.

Dans l'atmosphère atténuée,
La vapeur, limitant son cours,
Se condense en blanche nuée,
Que le vent déplace toujours.
Nous leurrant d'un espoir fallace,
La nue élancée en l'espace,
S'enfuit bien loin de son berceau,
En couronnant de hautes cîmes
Qu'elle enrichit de dons opimes,
Pour raviver les grands cours d'eau.

Quand sur les sommets des montagnes,
En glacier encor s'entassant,
La pluie enlève à nos campagnes
Son charme si réjouissant,
Parfois elle les dédommage
Par les averses d'un orage
Dont l'eau sur les coteaux s'enfuit;
Puis, plus l'air de chaleur recèle,
Plus de rosée il en ruisselle
Sur le sol refroidi la nuit.

Bientôt les ruisseaux se tarissent,
Des torrents le lit reste à nu,
Les sources mêmes s'amaigrissent,
Des puits baisse le contenu ;
Les humbles herbes s'étiolent,
Les agriculteurs se désolent,
Tout plant par le sec est atteint ;
Quand de la puissance solaire
L'afflux de vie et de lumière
Oppose entrave à ce qu'on craint.

Elle engendre, en la cellulose,
Diastase, gomme, albumen,
Acides, amidon, glucose,
Huiles, résines, sels, gluten,
Dont les combinaisons fertiles,
Aux parfums d'essences subtiles,
Aux alcaloïdes actifs,
Sous les teintes luxuriantes
De leurs matières colorantes,
Cèlent d'incompris extractifs.

Les végétaux se démunissent,
De leur surplus de sucs aqueux,
Qui de leurs tissus ramollissent
La trame dans l'état muqueux ;
En eux le ligneux se condense,
La vie a plus de consistance ;
Et lorsque leur fraîcheur s'enfuit,
C'est pour renaître dans leurs germes,
Ou fournir des supports plus fermes
A tout ce que leur sein produit.

Sur les coteaux réfugiées,
Ou dans des sites plus communs,
Des cohortes de labiées
Exhalent les plus vifs parfums;
Ce sont la bétoine piquante,
L'hyssope, la sauge, la menthe,
Les bugles, marjolaines, thyms,
Les origans, les citronelles,
Lavandes, marrubes, brunelles,
Les teucriums et romarins.

L'agronome en sa *tèse* assemble
De verts arbustes en arceaux,
Dont le frais et riant ensemble
Est plein d'appas pour les oiseaux;
Là, les myrthes, lauriers, coudraies,
Les buis, arbousiers, oseraies,
Les sorbiers, les fusains, les ifs,
Les cyprès aux tristes empreintes,
Eglantiers, sureaux, térébinthes,
S'étalent en nombreux massifs.

S'enlacent autour des tonnelles,
Les vignes, houblons, mimosas,
Aristoloches, dauphinelles,
Grenadilles, jasmins, lilas,
Douces-amères, pois, bignones,
Doliques, concombres, bryones,
Chèvrefeuilles, smilax, mûriers,
Liserons, rosiers, aubépines,
Clématites, lierres, glycines,
Cobœas, tilleuls, grenadiers.

Partout on voit des graminées
Recélant leur riche trésor,
En vastes groupes ordonnées,
Etalant leurs panaches d'or :
Le blé dur, primant sur tout autre,
Les orge, avoine, seigle, épeautre,
Parfois, les mil, riz et maïs,
Les vulpins, fétuques, dactyles,
Les flouves, bromes si fertiles,
Les paturins, les agrostis.

Bientôt des fourrages les coupes
Nous signalent la fenaison ;
Des tiges, renaissent les groupes
Jusqu'à la fin de la saison ;
Sur l'herbe, faucheurs et faneuses
Agacent leurs humeurs flâneuses,
Modulant de joyeux refrains ;
Les foins rentrés aux métairies,
Avec appât, dans les prairies,
Le bétail broute les regains.

Mais la fête est bien plus brillante,
Quand la saison appelle encor
La troupe lutine et galante
Des ouvriers de messidor ;
A l'envi, les garçons, les filles,
Sous le tranchant de leurs faucilles,
Coupent le chaume et, dans ses liens,
Enlacent des gerbes opimes,
En nouant des accords intimes,
Pour eux prévalant sur tous biens.

La chaleur brûle, le ciel brille,
Mais plaisir d'aimer rafraîchit,
Mieux que sur l'épaisse charmille
L'ardent rayon se réfléchit ;
Puis, de leurs amas déballées,
Les gerbes, sur l'aire foulées,
Offrent, vers le déclin du jour,
Un champ d'attrayantes batailles,
Où, sous des contrechocs de pailles,
Sont scellés des gages d'amour.

Sur les hauteurs, près des campagnes,
Pour la Saint-Jean, le soir, la nuit,
De l'ancien culte des montagnes
Le feu rayonne, au loin reluit ;
Les flammes à toutes volées,
Vers le ciel, légères, ailées,
Portent leurs élans radieux,
Etalant le brillant indice
Du soleil fixant au solstice
Son parcours vers le haut des cieux.

Les chants, les ris, les jeux, les danses,
Les tirs à feu, sons de buccin,
Signalent ces réjouissances ;
On y répond dans le lointain ;
Les jeunes gens se divertissent,
Leurs clameurs dans l'air retentissent,
Aucun d'eux ne cède au sommeil
Pour chanter, dès que l'aube éclaire,
Le solennel anniversaire
Des plus prompts levers du soleil.

Les jets profus de sa puissance
Lancent dans le ciel leurs rayons,
Dont se réfracte l'incidence,
En s'irisant sur tous les tons ;
Leurs oscillations mobiles,
En riches nuances fertiles,
Etalent de vifs coloris
Dont les ondes si lumineuses,
Dans des effluves vaporeuses,
Projettent or, gemmes, rubis.

Au centre le disque scintille,
L'éclat n'en pourrait être peint,
Plus pur que le diamant il brille,
Son foyer jamais ne s'éteint.
Son incandescence sereine
Atteint la limite lointaine
De son immense firmament;
Son feu jaillit intarissable
Et, par un flux inépuisable,
Disperse son rayonnement.

Sa couronne multicolore,
Enluminée en son pourtour,
Belle des fraîcheurs de l'aurore,
Est le vrai signe de l'amour ;
Son spectre, en ses teintes si riche
Dans ses tons réfractés, affiche
Du cœur les tortueux replis :
On prétend y voir l'innocence,
L'entrain, le succès, l'inconstance,
L'espoir, les désirs, les soucis.

Chaque reflet a son emblème,
Le rouge est pour le mouvement,
L'oranger pare un diadême,
Le jaune porte au changement,
Le vert aspire à l'espérance,
Le bleu signale l'indulgence,
L'indigo, l'invalidité;
Le violet sied au modeste;
Le blanc, c'est la candeur céleste,
Le noir, c'est la calamité.

Pour lier ces teintes contraires,
Avec succès l'art intervient;
Aux brunes mariant les claires,
De riches effets il obtient;
Assemblant sur la même zone,
Rose et vert, violet et jaune,
Oranger sablé sur le bleu,
Dans l'apprêt de ce disparate,
Des couleurs la richesse éclate,
Mettant tout leur relief en jeu.

Chaque jour l'astre de lumière
Sur nous rayonne plus ardent,
De ses feux la tiédeur première
Accumule son excédant;
Les uns accourent aux nayades,
Y cherchant de saines baignades
Pour rajeunir le corps, l'esprit;
D'autres, au sentiment fidèles,
S'y rendent pour fléchir leurs belles
Ou mettre un terme à tout dépit.

Bien plus chéris par la fortune,
Ceux-ci, sur les bords des ruisseaux,
Dans l'enceinte de leur commune,
Sur les abords de leurs hameaux,
Trouvent essor à leurs tendresses,
Ressentent de douces ivresses,
En échangeant leurs sentiments,
Le long des monts ou des vallées,
Ou sous ces ombreuses allées,
Pleines d'attraits pour les amants.

Quand dans le bois, pleins d'allégresses,
Folâtrent brebis et moutons,
Sous ses abris, amants, maîtresses,
Chantent l'amour sur tous les tons ;
Ici, naissent des convoitises ;
Là, se décèlent des surprises ;
Partout le cœur, dans son élan,
Etale, avec ses espérances,
De ses richesses les puissances,
De son prisme le talisman.

Le soir, la bergère innocente,
De son bétail, vers son enclos,
Règle la marche nonchalante
En réitérant les repos ;
Dans les détours de son passage,
Son bien-aimé, quittant l'ouvrage,
Se montre enclin à s'égarer ;
Puis quand s'éclipse la lumière,
Sur le parcours de la rosière,
Leur destin les fait rencontrer.

4

Des frais ruisseaux le long des rives,
Des tonnelles sous les cerceaux,
Des pinèdes sous les ogives,
Sur la plage, sur les coteaux,
Vers fin du jour, la cantilène
Du tendre amour tressant la chaîne,
Module ses suavités ;
Novice, usée ou rajeunie,
Toute âme, sous cette harmonie,
Délecte des félicités.

Car dans l'amour est notre essence,
Son signe est l'éclatant aveu,
Décélant la magnificence
De notre lien avec Dieu ;
Germe inépuisable de vie,
Dont la pérennité convie
Au plus expansif dévoûment,
Il dote toute créature
De cette attrayante parure
Dont radieux est l'ornement.

Au village, on voit sur la place,
Sous des équipements coquets,
Chevaux, mulets, ânes en masse,
Montés par des couples discrets.
Sur leur front un brillant cortége,
Plus alerte qu'en un manége,
D'enseignes, prieurs, écuyers,
Présente le *capitanage*
Ou libre garde du village,
Elue, au choix, dans ses foyers.

C'est de la race chevaline,
De tous ceux en faisant emploi,
Ou dont l'art à ce but confine,
La grande fête Saint-Eloi.
Le pasteur bénissant la foule,
En défilant elle s'écoule ;
Son ensemble est prestigieux ;
Les tambourins, fifres, trompettes,
Les drapeaux, boîtes et sonnettes,
Rendent l'entrain prodigieux.

Mais ce qui ravive la joie,
C'est ce suave et franc élan
Que nombre de couples flamboie,
Signe qu'avant la fin de l'an,
S'accomplira pour plus d'un groupe,
Engagé par sa mise en croupe,
La solennité d'un hymen,
Déjà conclu par les familles,
Et dans lequel garçons et filles
Ont foi de trouver leur Eden.

Lors, souvent, des fêtes locales,
Dites *Romeirages* ou trains,
Aux moindres communes rurales,
Font affluer tous les voisins.
Là, libres, gais, à la franquette,
Les campagnards, sans étiquette,
Vont échanger leurs sentiments ;
La simplicité, la franchise,
L'absence de toute feintise,
Font le charme des cœurs aimants.

Dès la veille, dans le village,
Paraissent d'élégants apprêts,
La joie empreint chaque visage,
De ses plus expansifs reflets.
Des prix s'étalent les parades,
Et retentissent les aubades
De ménétriers égayants ;
Vers le soir, les boîtes détonnent,
Les cloches au lointain résonnent,
Partout des feux sont flamboyants.

Le matin, sur la place affluent
Les gens du lieu, les arrivants,
Ils s'entr'appellent, se saluent,
S'abordent tous, en bons vivants ;
Attirés vers la salle verte,
D'élégantes tentes couverte
Contre les feux brûlants du jour,
Ils sont heureux de se redire
Tout le plaisir que leur inspire
De leur rencontre le retour.

A l'église, chacun se presse
Pour offrir son hommage à Dieu ;
Bientôt commence la grand'messe,
On étouffe dans ce milieu ;
Mais des chants la magnificence,
D'un culte pompeux l'ordonnance
Et des assistants la ferveur,
Vous imprègnent d'une harmonie,
D'une suave symphonie,
Pour l'âme pleines de saveur.

A midi, chacun nous convie,
Des tables s'élèvent partout ;
La faim ne peut être assouvie,
L'attrait met tout convive en goût ;
Les élans du cœur resplendissent,
Les amitiés se raffermissent,
On se sent revivre en autrui ;
Puis, les vins, les chants, l'allégresse .
Nous inspirent une tendresse
Qui jamais si vive n'a lui.

Au dehors, la tourbe bruyante
Nous revendique dans ses rangs,
Ce ne sont que joie attrayante,
Plaisants propos ou rires francs ;
Mais, couvrant les cris de la foule,
Avec majesté se déroule
Des chœurs le chant harmonieux ;
Et de la cantate sonore
L'enthousiasme fait éclore
Des sentiments délicieux.

Puis retentissent les musiques,
Sous le prestige de leurs sons,
Par des vibrations magiques
Nous rivant à leurs unissons ;
Les cœurs agrandis s'électrisent,
Vers l'idéal ils sympathisent,
S'élevant au sublime élan
Que l'art projette dans nos âmes,
Quand, les attisant par ses flammes,
Il les embrase en son volcan.

Bientôt de fraîches jouvencelles,
En salle verte s'installant,
Aux gais appels des ritournelles,
Perce tout l'instinct pétulant ;
Le tambourin, la clarinette,
Le violon et la trompette,
Aux sons aigus des flageolets,
Font vibrer la note perçante
Pour ranimer l'humeur dansante
Dans les plus indolents mollets.

C'est le vrai moment de l'ivresse,
C'est l'heure si chère à l'amour,
Dans ce foyer de la tendresse,
C'est là qu'il tend à voir le jour ;
Emue, éblouie, agitée,
La vierge, en son âme aimantée,
Aux charmes d'un entraînement,
Lutte sans se laisser surprendre,
Résiste sans jamais se rendre,
Sans savoir pourquoi ni comment.

Mais les tendances se révèlent,
Les tendres regards sont compris,
Les connivences se décèlent,
Se trahissent en doux souris ;
Lors, l'orchestre en ses batteries,
Met un terme à ces rêveries,
Et sous ses sons impétueux,
La jeunesse ardemment s'élance,
Coordonnant avec cadence
Ses mouvements tumultueux.

Où vont ces hommes qui se cachent
Semblant projeter un complot?
Quelques-uns d'entr'eux se détachent,
Veillant l'abri de leur tripot;
Ce sont des insensés avides,
Aux yeux troublés, aux cœurs arides,
Rongés par la cupidité,
Voulant sans labeur la richesse,
Des leurs préparant la détresse:
Leur jeu n'est qu'un vol éhonté.

D'autres, à l'âme épanouie,
Assis autour d'un bon festin,
Convives d'humeur réjouie,
Echangent, sous un air serein,
Ces doux élans d'une âme pure
Que les justes, dans leur droiture,
Sont tous heureux de ressentir,
Et qu'en loyales convenances,
En bons rapports, en bienséances,
Leur amitié sait assortir.

Ils sont les mages du village,
En maintiennent la dignité,
En eux chacun révère un sage,
S'inspirant de leur équité.
De leur probité la tutelle
Au pays garantit, fidèle,
Des traditions tout l'éclat;
Leur banquet s'étale splendide,
Sous une honnêteté candide
Les ornant de son apparat.

Magnats, concédez-moi l'aubaine
D'un toast à votre probîté,
En vous offrant ma coupe pleine
Et buvant à votre santé.
Dans vos rangs d'antique mémoire,
Mes aïeux, fiers de votre gloire,
Ont, aussi, longuement vécu;
C'est sous ces bienveillants auspices
Que j'ai recueilli les prémices
Des dogmes qui m'ont convaincu.

Quand bien tard devisent les sages,
Retournent, avec déplaisir,
Les jeunes gens, vers leurs ménages,
En proie à d'inconnus désirs;
La nuit, abritant sous ses voiles,
Ouverts au seul feu des étoiles,
De l'amour les signes discrets,
Chaque amant à sa chère amie
Témoigne, en toute bonhomie,
De son cœur les troubles secrets.

Le lendemain, c'est encor fête,
Plus friands en sont les regains,
A d'autres plaisirs on s'apprête,
On ne voit que joyeux entrains,
Foires d'instruments de campagne,
Jets de palets, mâts de cocagne,
Courses d'hommes et de chevaux,
Boules, ballons, pelottes, cibles,
Et dons, acquis aux admissibles,
Des prix, écharpes ou drapeaux.

A ces jeux, dans quelques villages,
Sont joints aussi d'autres ébats,
Plusieurs danses que nos usages
Maintiennent dans tous leurs éclats :
Les cordèles, les jarretières,
Les bergères, les jardinières,
Les olivettes, chevaux-frux;
Puis, au son des orgues vibrantes,
S'élancent voitures tournantes
Et jeunesse en ces omnibus.

Ailleurs, ce sont les sauts, la lutte,
Une fraîche exposition
Des francs produits des champs qu'on scrute
Avec bien vive attention.
Dans les ports encore on ajoute
Les bigues, les nages, la joute,
Les régates en pleine mer,
Dont les yoles, sous leurs voiles,
Sont, avec ces ailes de toiles,
Plus lestes qu'un oiseau dans l'air.

Le long des routes, la poussière
S'élève en nuages épais,
En projetant sur leur lisière
De ses dons le fertile engrais;
Du soleil la chaleur ardente
Fait qu'une sueur ruisselante
Nous baigne au moindre mouvement;
Le parasol sur notre tête,
Vers notre corps à peine arrête
Ce trop vif retentissement.

Les herbes ne sont plus humides,
Se dessèchent, leur teint brunit ;
Le bois vert de nos pins splendides
Perd en fraîcheur et se ternit ;
La feuille d'olivier s'argente,
La cohorte si voltigeante
Des insectes vient nous piquer ;
En trilles égaux, la cigale,
Faisant résonner sa timbale,
Ne cesse de nous offusquer.

Au salon, chacun cherche l'ombre ;
Traversant des volets mal joints,
Le soleil décèle, en grand nombre,
Par jets luisants en quelques points :
Germes, pollens, graines, ovules,
Myriades d'animalcules,
De tous débris menus fragments,
Dàns lesquels nous montre l'optique
Un microscome atmosphérique
Semant la vie et ses ferments.

Prodigue en sa luxuriance,
La vie en tous sens se produit ;
Etalant son exubérance,
Pour créer même elle détruit ;
L'homme à ses progrès illicites
Impose et fixe des limites
Que son esprit doit maintenir,
Afin que sur tous points du monde,
Harmonieuse, elle réponde
Aux grandeurs de son avenir.

Si dans nos champs ce serait leurre
Qu'un parasite fût laissé,
De même de notre demeure
Tout être nuisible est chassé ;
Tels que scorpions, araignées,
Des souris, des vers les lignées,
Les cousins, mouches, poux, cirons,
Fourmis, punaises, puces, mites,
Acares, vrillettes, termites,
Mille-pieds, cloportes, grillons.

Au dehors, des sites agraires
Sont éloignés dans leurs assauts :
Loups, sangliers, renards, vipères,
Taons, lézards, hannetons, crapauds,
Chenilles hideuses ou belles,
Courtilières et sauterelles,
Arachnides, ricins, criquets,
Pucerons, bombyx, pyralides,
Cétoines, kermès, tinoïdes,
Blates, charançons et cavets.

Par la chaleur surabondante
On se sent presque consumé,
Par une fatigue excédante
Tout corps débile est surmené ;
L'intelligence se déprime,
Son élan, sans vigueur, s'anime ;
L'inspiration fait défaut ;
La nonchalance, la mollesse,
L'énervement et la paresse
Nous obsèdent par un temps chaud.

L'un les détrompe par la sieste,
Dormant plusieurs heures par jour ;
L'autre rend celle-ci plus leste,
Pressant du travail le retour ;
Sous l'ombrage d'une charmille,
Celui-ci qu'un frais linge habille,
S'expose à tous les courants d'air ;
Ceux-là recherchent l'eau, la glace,
Ou, mus par un choix plus sagace,
Un café noir, un faible amer.

D'autres s'élancent vers la plage
Avec l'ardeur des matelots,
Et, sans hésiter, à la nage,
De la mer affrontent les flots ;
Quelques uns, à la fraîche brise
Exposés par leur leste mise,
Cachent dans l'eau léur nudité ;
De leur chaleur ils s'y détrempent,
Ou le long du rivage ils rampent,
Cédant à leur mobilité.

La famille dans une grotte,
Trouvant un plus tranquille abri,
En costume de bains barbotte
Vers le point le plus assombri ;
Dans une pose sédentaire,
De l'eau de mer si salutaire,
Tous les parents sentent l'effet ;
Puis, ils dégustent les délices
D'un franc régal dont les services
Charment mieux que ceux d'un buffet.

C'est le fruit à la saveur fraîche
Détaché de l'arbre voisin ;
C'est le poisson que dans sa pêche
A surpris le hardi gamin ;
C'est le mollusque, dans l'eau vive
Atteint alors qu'il s'en esquive ;
Ce sont les mets édulcorés
Dont la jeune fille est heureuse
D'être l'aimable pourvoyeuse
Près de ses parents vénérés.

Non loin d'un filet à la traîne
De forts pécheurs, sur les deux bords,
S'alignent en demi-douzaine
Pour mieux déployer leurs efforts ;
L'eissaugue hâlée à la grève,
En bonds subits jaillit, s'élève
Sous les soubresauts des poissons,
Dont l'agitation saillante
Rend la nasse plus frétillante
Qu'un vol d'oiseaux dans les buissons.

Le feu s'allume sur la côte,
La marmite, entre deux pavés,
Bientôt par saccades cahote
Sous les poissons tous soulevés ;
On apprête la bouille-baisse
Dont le poivre surtout redresse
Le bouquet trop appétissant ;
Des marins la bande rentrée
A leur bord, durant la soirée
Fait son repas réjouissant.

Par une pêche soutenue,
Sur le littoral, en été,
La marée, en sa bienvenue,
Nous fournit à satiété :
Oursins, bucardes, modioles,
Moules, clovisses, sépioles,
Crabes, poulpes, seiches, homars,
Langoustes, murènes, torpilles,
Dattes de mer, buccins, anguilles,
Patelles, murex et colmars.

Des pêcheurs les engins perfides
Surprennent trygles, maqueraux,
Sabres, rougets, loups, pélamides,
Sparres, gros thons par drus troupeaux,
Caranx, sardines, soles, gades,
Scie, anchois, raie, ange, dorades
Alozes, blenniens, merlans,
Limes, spadons, vives, baudroies,
Muges, lires, fanfres, lamproies,
Lutjanes, scorpènes, serrans.

Les eaux douces s'offrent propices
Pour la lamproie et les saumons ;
On y prend barbeaux, écrevisses,
Carpes, truites, brochets, goujons ;
De tous ces êtres chaque race
Par sa fécondité surpasse
Ce qu'on n'oserait projeter ;
Le long des fleuves, des rivages,
L'homme par d'habiles ouvrages,
Parvient encore à l'augmenter.

Sous l'eau des côtes attenantes,
Sont facilement décelés,
Des stellérides rayonnantes,
Ophiures articulés,
Comatules et cydarites,
Des euryales, ananchites,
Spatangues au corps subgibeux,
Holoturides et scutelles,
Béroës, cestes et velelles,
Méduses au disque globeux.

En foule les molluscoïdes,
Aux appareils si différents,
Sur nos rivages si limpides
Se montrent libres, adhérents ;
On y trouve des ascidies,
Des pyrosomes, aplidies,
Divers empâtés tuniciers,
La doriole transparente,
Les salpes à vie alternante,
Par dimorphismes singuliers.

L'intestin à double ouverture
Sur un testier bien gracieux,
Des bryozoaires assure
Un diagnostic précieux ;
Les escarres, les rétépores,
Les flustres, les tubulipores
Nous ouvrent leur port élégant,
Et par leurs bras en tentacules,
Que bordent de fins ciliules,
Ils cernent tout butin voguant.

Des divers âges meduzaires
S'offrent les brillants échelons,
Campanules et tubulaires,
Décèlent ces charmants jalons;
Bourgeonnant d'abord en leur place,
Leur port, si gracieux, s'enlace,
Sur leur point natal grandissant;
Puis, naissent sur leurs capitules
De nombreux et féconds ovules
En méduses libres croissant.

De zoophytes non utiles
Il est ici fait un rappel
Pour signaler les jets fertiles,
L'élan magique et virtuel
De la vie entant ses prémices,
Étalant partout ses caprices
Sous le plus dissemblable aspect,
Irradiant en sa génése
Une inépuisable exégèse,
Œuvre d'un sublime intellect.

Dans d'opulentes harmonies
Elle départit ses bienfaits;
Ses profusions infinies
Comblent, surpassent nos souhaits;
De ses formes l'ample série
Épuise toute la féerie
Du plus radieux idéal;
Sans cesse son prestige auguste
Imprime l'élan le plus juste
A son essor si libéral.

Sous les décors de son égide,
Ce ne sont que rejets nouveaux
D'une création splendide
Sur les plus ravissants berceaux ;
Sa somptuosité prodigue,
Sans entraves et sans fatigue,
En de sympathiques émois,
Verse ses largesses opimes,
Sous l'attrait des forces intimes
De ses grâces et de ses lois.

Dans ces êtres dits zoophytes
Séduisent les riches apprêts
Des formes les plus insolites :
Ce ne sont que réseaux, filets,
Dentelles, couronnes, ceintures,
Etoiles, globes, panachures,
Colonnades, tubes, rayons,
Corymbes, bourses, tentacules,
Flotteurs, syphons, gemmes, ovules,
Pseudo-morphiques embryons.

Par son coloris ravissante,
Fixe sur roc, nageant en mer,
L'actinie est resplendissante
Aussi bien dans l'eau que dans l'air ;
Etalant sa fraîche couronne,
Qui lui vaut le nom d'anémone,
Elle brille d'un vif éclat ;
A toute influence sensible,
Par trépidation visible
Dans ses émois elle s'ébat.

Les polypes, en affluence,
Se décèlent à nos regards,
Et leur riche luxuriance
Orne la mer de toutes parts;
On admire les sertulaires,
Les gorgones, antipathaires,
Les millépores, les coraux,
Les fungie, astrée, oculine,
Les tubipore, méandrine,
Les éponges s'abreuvant d'eaux.

Aussi merveilleux sont encore
Des animalcules visqueux
Que l'œil au microscope explore
Sous un aspect souvent muqueux;
On aperçoit un systolide
Qui sur les toitures réside,
Tantôt vivant, tantôt occis;
Selon que s'humecte sa masse,
La vie, apparaît, perd sa place,
Sur ce rotifère incompris.

Parmi ces êtres peu visibles
On rencontre de nombreux vers,
L'un surtout aux effets terribles
Des cochons infectant les chairs;
Inconnue en notre contrée,
La trichine trouve une entrée
Dans l'homme par ces animaux,
Qu'atteignent les nématoïdes,
Ainsi que plusieurs cestoïdes
Des ténias causant les maux.

A pareil groupe se rallie
Tout anguillule recélé
Dans les vinaigres, en leur lie,
Dans l'empois, le blé niellé.
Reluisent dans les rocs antiques
Des sédiments géologiques,
Les vestiges d'êtres nombreux :
Ce sont de foraminifères,
Rhizopodes protozoaires,
Les restes en débris pierreux.

Vivants, ils offrent un sarcode,
Mou, contractile, épanoui,
En bras qu'on nomme pseudopode ;
Leur corps est souvent enfoui
En des tests siliceux, calcaires,
Dont les mailles fines et claires
Font un perméable réseau.
Quand leur chair librement s'exhibe,
Sur le protée ou sur l'amibe,
Le profil est souvent nouveau.

Dans les eaux douces ou salées,
En parasites sur les vers,
En formes rondes, étoilées,
Sous les aspects les plus divers,
Abondent les radiolaires
Uvigeriens, cristellaires,
Bulimines, actinophrys,
Les jaunes échinocystides,
Les acanthomètres, gromides,
Arcelles et pseudochlamys.

Auprès d'eux sont les infusoires,
Portant des cils, des flagellums,
Dont les organismes notoires
Sont réduits à des minimums;
Aux simples yeux non perceptibles,
Par l'optique rendus sensibles,
Ils se montrent libres, soudés,
Pourvus de suçoirs ou de bouche,
Se contractant dès qu'on les touche,
Cuirassés, souvent dénudés.

Leur dénombrement est immense,
Il tresse une chaîne sans fin
D'êtres naissant sous l'influence
D'un milieu terrestre ou marin,
Au sein d'un élément liquide,
Dans la vase, dans l'eau limpide,
Sur des herbages submergés,
Dans les infusions des plantes,
Les marécages, eaux stagnantes,
En lesquels ils vivent plongés.

Sous la plus réduite tissure
On voit le végétal naissant,
En algue tresser sa texture
Par des frustules s'enlaçant.
Ainsi naissent les oscillaires,
Les desmidiens, bacillaires,
Les mycrozymas, vibryons,
Les leptotrix, les navicelles,
En plantules fines et grêles
Germant dans les solutions.

Ici convergent les séries
De tous figurés éléments,
Leurs diverses catégories,
Les cryptocoques des ferments,
Les arthrocoques des acides,
Les microcoques trop putrides,
L'utricule primordial,
Les chaînettes de leurs torules
S'agglutinant en membranules,
En mycoderme spécial.

Du microcoque les ruptures
A la bactérie ouvrent cours ;
Les oïdiums, moisissures,
Apparaîtraient sur ses entours,
Qui, bourgeonnant en aspergilles,
En fins treillis de pénicilles,
S'offriraient autrement venus,
Quand l'azote en son affluence,
De leurs milieux la convenance,
Sont différemment soutenus.

Vite effleurons les hypothèses
En face des réalités,
Défiant de savantes thèses
Par les attraits de leurs beautés :
L'intérieur de la cellule
Albumineux se coagule ;
L'iode rend ses tons brunis ;
L'aleurone, la chlorophylle,
Les sels, gommes, fécules, l'huile,
La cellulose y sont unis.

Par réciproques influences
Ces principes sont épurés,
Et par intimes connivences
Leurs composés sont attitrés
Pour parfaire en tout organisme
Le merveilleux parallélisme
De concours, de plasticité ;
Dont les accroissements magiques
S'enceignent aux bornes typiques
De l'espèce en sa fixité.

Quels que soient l'état, l'origine
Du ferment dans les jus, dans l'air,
Que son azote s'y combine
Avec l'oxygène ou l'éther,
Qu'il soit le produit d'une spore,
La vie, en son sein s'élabore
Par des empreintes que, seul, Dieu
En exubérance ne cesse
De déverser avec largesse,
Réflétant son nom en tout lieu.

Dans l'immensité, dans l'atôme,
Sous l'identité de son sceau
Et de son essence autonome,
La vie émaille son réseau ;
Dans l'amour, la raison, la force,
En convergence elle s'amorce
Sous de subtils enlacements ;
En cet ensemble sympathique
Ressort l'attribut générique
De l'être en ses linéaments.

Il a pour phare la lumière,
Le mouvement pour l'action ;
L'ordre fixe sa loi fonciére,
De l'esprit juste expression ;
De ses mobiles alternances,
De ses plastiques renaissances
Le calorique est le foyer ;
Et l'électricité rassemble
De ces principes tout l'ensemble,
Afin de les irradier.

Dans l'éther ils se subtilisent
Par des vibrations sans fin,
Tous leurs croisements y pactisent,
Sous un dynamisme intestin ;
Tant que se maintient leur concorde,
Que leur activité s'accorde,
Leurs élans sont harmonieux ;
Dès que leur essor disparate
Par une discordance éclate,
Cesse leur entrain gracieux.

Lors des collisions surgissent,
Redoutables sont les conflits,
Dont les désastres retentissent
En bouleversements subits ;
L'amour polarise la haine,
La raison en erreurs s'entraîne,
L'acte, au lieu de créer, détruit ;
Mais, sitôt qu'une juste entente
De son cours retrouve la pente,
Tout en bon ordre se traduit.

Entr'eux les éléments convergent,
L'un dans l'autre ils sont transformés ;
Les rayons de lumière émergent
En éclats bientôt consumés;
Se reproduit du calorique,
En mouvements, la dynamique,
Dont les électriques parcours
Déversent en élan célère,
Dans le sol et dans l'atmosphère,
L'enlacement de leurs amours.

Ainsi qu'en puissance opposante
Réagit l'électricité,
En sa tension divergente,
Qui disparaît en l'unité:
D'un tel unisson la magie
Est la meilleure stratégie
Pour recueillir, en leurs débords,
Tous les dons que la Providence
Sans cesse autour de nous dispense
Par d'inépuisables apports.

Rudiment de la vie active,
L'algue peuple le fond des eaux ;
La génèse en elle s'avive
Sur les plus élégants berceaux;
Du granule microscopique
Jusqu'au jet le plus excentrique
Elle apparaît en son essor,
Tressant d'innombrables cellules
En frondes, filaments, globules,
Sous le plus gracieux décor.

Parfois rouges, jaunes ou brunes,
Mais le plus souvent aux teints verts,
Les algues chez nous sont communes
Dans les eaux douces et les mers.
En leur ensemble, elles sont dites:
Conferves, thalassiophytes,
Selon l'un ou l'autre habitat.
On les divise en ulvacées,
En florides, en fucacées,
Selon de leurs fleurs l'apparat.

Les spores sont disséminées
Sur les ulves dans tous leurs fonds ;
Les florides les ont cernées
En des thèques, ornant leurs fronts ;
Dans les fucus, on voit des tiges
Et de luxuriants prestiges
D'une riche fécondité,
Sur des sacs remplis d'air s'étale
L'anthéridie ou la fleur mâle
Vers un sporange à son côté.

Des ulves les spores agiles
Dans leur suc circulent sans fin,
Elles s'en disjoignent, mobiles,
Par gemmules, comme un essaim ;
D'autres quittent leurs gonidies,
Puis en zoospores grandies,
Prennent le port d'un végétal ;
Des fucus l'anthérozoïde
Par jet direct ou cycloïde,
Du sporange atteint le canal.

Se rattachent aux ulvacées :
La conferve au long filament ;
Les cellules libres, tissées,
Du végétal en rudiment,
Dit protocoque vert, rougeâtre,
Parfois même au teint violâtre ;
Les nostocs mucilagineux,
Les trémelles, les rivalaires,
De nos étangs les oscillaires,
Les ulves au front membraneux.

Se classent dans les floridées,
A l'aspect radieux et fin,
Dont les frondes semblent brodées
Sous le plus gracieux dessin :
Les chondrus, les délesseries,
Des ceramiums les séries
Sous formes d'arbres exigus,
Les gélides, les gigartines
Aux ramules que des épines
Hérissent de replis aigus.

On comprend dans les fucacées
Au vert-brun noircissant à l'air,
Les grandes algues herbacées,
Parfois en îlots sur la mer,
Les corallines, laminaires,
Les varechs, acétabulaires,
Les sargasses portant raisins,
Les hydrogastres aux granules
Dont crépitent les vésicules
Sous nos pas le long des jardins.

Sur les côtes de la Provence
Bien de ces plantes font défaut,
Mais chaque jour de leur présence
S'y décèle un nombre plus haut;
Des algues les tribus marines
Versent au sein de nos usines
L'iode, le brôme, le sel;
Elles se montrent abondantes
En fertile engrais pour les plantes,
Et leur service est usuel.

Vient la torride canicule,
Se levant avec Syrius,
Par son ardeur le soleil brûle,
Mettant à sec ruisseaux, humus;
La mer, en perles, étincelle,
De vives chaleurs l'air ruisselle,
En juillet jusque vers fin d'août;
C'est un déluge de lumières
Fatiguant toutes les paupières,
Et dans lequel notre corps bout.

Les teints frais et clairs rembrunissent;
On boit toujours, on n'a plus faim,
Tous nos organes s'allanguissent,
On n'est bien que dans l'eau d'un bain.
Les oranges, citrons, groseilles,
Les melons, pastèques vermeilles,
Les fruits aqueux sont délectés;
Dans des grottes, sous la charmille,
Tous les membres d'une famille
Se tiennent souvent abrités.

Chacun au frais se met à l'aise;
L'oisif se couche sur le flanc;
Nous vivons dans une fournaise
Où s'embrase tout notre sang;
Le sirroco sèche l'haleine;
Du serein la vapeur malsaine,
Le soir, d'abord nous refroidit,
Puis de miasmes saturée,
Par nos organes aspirée,
En nous, suspecte, elle s'ourdit.

Les corps brillants au loin scintillent,
La pierre grisâtre reluit,
Sans grondement les éclairs brillent,
Le jour est long, courte la nuit;
La mousse sur les rocs se sèche;
Aux bois, une seule flammèche
Suffit pour mettre tout en feu;
Des divers papillons les sectes,
Les lézards, couleuvres, insectes,
Seuls se plaisent en ce milieu.

L'été suscite les névroses,
Hépatites, gastricités,
Ictères, vertiges, chloroses,
Pleurites, atonicités,
Choléras, fièvres bilieuses,
Anémiques, pernicieuses,
A paroxysmes vespéraux,
Encéphalites, méningites,
Dartres, coliques, entérites
Et nombreux flux intestinaux,

Prévenez les effets nuisibles
De la vive ardeur du soleil ;
Contre les fièvres transmissibles
La prudence prescrit l'éveil ;
Enrayez par l'effet magique
D'un prompt éméto-cathartique
L'état muqueux suspect ou franc ;
Hâtez-vous de guérir bien vite
Goutte, rhumatisme, bronchite,
Certains flux et vices du sang.

Vers fin août, l'air, s'offrant plus dense,
De blanches brumes se remplit,
Dans leur profusion immense,
S'ouvre un électrique conflit :
La foudre retentit sonore,
La grêle avec vigueur perfore
Ce que vers le sol elle atteint ;
Par torrents, l'eau se précipite,
En bouleversant dans sa fuite,
Tout ce qui l'arrête ou l'étreint.

L'air, détrempé par les orages,
Redonne espoir au laboureur,
Mais, trop tôt reprenant ses rages,
Le mistral souffle avec fureur ;
Les nuits prolongeant leur durée,
L'atmosphère, dans la soirée,
Par sa tiédeur n'obsède plus ;
Dans l'après-midi, règne encore
Une chaleur que corrobore
Des brumes l'énervant afflux.

Lors, s'ouvre le ban de vendange,
La joie épand tous ses attraits ;
Elle rayonne, elle s'échange,
Accédant à tous les souhaits ;
Sous le vif tranchant des serpettes,
Guidé par la main des fillettes,
Sont détachés tous les raisins,
Dont le jus bientôt dans nos cuves,
Par son ferment et ses effluves
Nous enrichit de ses bons vins.

L'AUTOMNE

Du soleil la marche apparente,
Laissant le pôle boréal,
Vers la Balance se présente,
De l'automne c'est le signal.
La longueur des nuits prédomine,
Jusqu'en hiver le jour décline;
Deux cent cinq millimètres d'eau,
Dans les trois mois, en pluie, orages,
Détrempent par leurs arrosages
De notre sol le sec terreau.

Alors, le soir de la grande Ourse
Vers le Nord s'incline le front,
Et la petite, dans sa course,
Par le sien à l'Ouest répond;
Le temps fraîchit, l'air plus humide
Délaisse son éclat limpide,
L'eau s'y condensant en vapeur;
L'horizon moins serein s'enfume
De flocons nuageux de brume,
Le mirage devient trompeur.

De la ligne équinoxiale
Le soleil coupant le contour,
En vain déverse en part égale
Aux demi-globes son amour :
Dans nos régions tempérées,
Par des luttes démesurées,
Vapeurs, nuages, grelons, vents,
En conflits fougueux, implacables,
Rompent leurs unissons instables
Par des sinistres émouvants.

La chaleur mesure, en moyenne,
Dans la saison quinze degrés ;
Les vents, en fougue aérienne,
Se déchaînent exaspérés ;
Le sud-est, le mistral alternent ;
Par leur violence ils consternent
L'agriculteur et le marin ;
En lacs se transforment les plaines,
Des sources, fleuves et fontaines
Les jets se projettent sans frein.

Tempéré, le froid reste humide ;
La vapeur ne se dissout pas,
Son contact au corps est perfide,
Des brouillards le cours reste bas ;
Des tissus la trame organique
S'imbibant, trop hygrométrique,
Parfois décèle leur langueur ;
Mais leur vitalité latente,
Féconde, active et prévoyante
Retient en essor sa vigueur.

L'atmosphère est froide, assombrie,
L'herbe s'étiole et jaunit,
Le temps est à l'intempérie,
La verdure se dégarnit ;
Chaque jour sa teinte est plus rare,
L'aspect de nos champs se dépare,
Les arbres sont nus, macérés ;
Sur les sols les feuilles livides
Fomentent des levains morbides
Par leurs éléments altérés.

Dans l'air, un fin brouillard se glace,
Reflétant, parfois, des halos
Dont la forme à nos yeux retrace
De confus ou de nets tableaux.
La brume, éparse ou continue,
Se prolonge jusqu'à la nue ;
Des arcs ou des jets irisés
Se nuancent sur un ton sombre
Dont la langueur, même, de l'ombre
N'a pas les effets accusés.

La défaillance prédomine,
De plus en plus l'herbe brunit,
La vapeur suinte la bruine,
L'horizon entier se ternit ;
Les arbres, des gouttes fluides,
Cessent de se montrer avides ;
L'eau s'en détache vers le sol,
Qui, lors, détrempé, sans béance,
L'accueille avec l'indifférence
Qu'aurait pour elle un simple bol.

Le soir, plus fraîche est la froidure,
Le corps s'imprègne de vapeur,
Dont l'insidieuse souillure
Suscite faiblesse et torpeur ;
La voix facilement s'enroue,
Contre une épaisse brume échoue
Tout apprêt le plus circonspect,
Et les organismes sensibles
Aux influences dépressibles,
Sont atteints par ce temps suspect.

Les nuages entr'eux s'agencent
En amas mobiles, confus ;
Superposés, ils se condensent
En groupes vastes et touffus ;
Leur blancheur est prédominante,
Sous la lune qui les argente
Par des élans plus ou moins clairs ;
Le fond bleu du ciel se combine
Au noir projettant sa sourdine
Par grands espaces dans les airs.

La nuit sombre, mélancolique
Impose son austérité ;
Un silence grave, magique,
Au milieu de l'obscurité,
Semble nous imprégner des charmes
Que la nature en deuil, en larmes,
Dispense bien mieux à nos sens,
Quand sa nudité ressentie
Décèle à notre sympathie
Quelques découverts de ses plans.

Des sons à travers les ténèbres,
Parfois percent dans le lointain,
Tels que, croassements funèbres
D'oiseaux nocturnes ayant faim,
Ou cris entrecoupés et tristes,
Craints à tort par les fatalistes,
De voraces chassant la nuit ;
Le renard glapit et giboie,
Le loup hurle, le chien aboie,
Dès qu'il entend le moindre bruit.

A distance, quelques lumières,
La nuit, brillent aux alentours,
Ou de nos routes voiturières
Signalent le rare parcours ;
Soudain un éclat plus mobile
Sur un chemin de fer profile ;
Bientôt, un subit grondement
Nous annonce l'élan rapide
D'un train de wagons, sous l'égide
De la vapeur au jet fumant.

Le silence nous intéresse :
Son imposante austérité
A l'esprit pénétrant s'adresse ;
Sous elle la causalité,
Se dévoilant mieux à notre âme,
Semble nous ouvrir de sa trame
Les énigmatiques secrets,
Et nos sens caressent l'attente
D'un décel qui nous rend présente
La notion de tels attraits.

La profondeur de ce silence
A plus d'empire sur nos cœurs
Que la plus féconde éloquence
En ses entraînements vainqueurs ;
Elle est l'organe du mystère
Et le radieux reverbère
Par lesquels nos sens fascinés,
Sous un prestige magnétique
Grandissent jusqu'à l'esthétique
De leurs élans illuminés.

Commençant le vingt-trois septembre,
Et durant quatre-vingt-neuf jours,
L'automne, le vingt-deux décembre,
Fournit le cycle de son cours.
Le soleil, sur le Zodiaque,
Trois constellations attaque :
Vierge, Balance, Scorpion ;
Et le signe du Sagittaire
Rend sa halte stationnaire,
Mais par seule convention.

Car s'inclinant sur l'écliptique
Notre terre, en vingt-six mille ans,
Parcourt le mouvement conique
Sur lequel balancent ses plans ;
Durant cette longue tournée,
Constituant la grande année,
Saisons et jours sont inégaux ;
Et du Zodiaque les signes,
Coupés sur de changeantes lignes,
Prennent alors des sens nouveaux.

Aujourd'hui du Bélier l'indice
Serait donc aux Poissons acquis,
Le soleil, ouvrant sur leur lice,
Du printemps le début précis;
En vingt-un siècles, l'équinoxe,
Par son recul, sans paradoxe,
Longe un signe ou trente degrés ;
Cette précession changeante
Revient à son signe constante,
Plus de vingt-trois mille ans après.

Vingt minutes un tiers d'avance,
L'équateur atteint le soleil,
Avant qu'à son point de partance
Cet astre revienne pareil ;
La rencontre équinoxiale
Se fait avant la sidérale,
Et des jours l'inégalité,
Par leur concordance moyenne,
Quatre fois de la méridienne,
Chaque an, rejoint la fixité.

Tempérant son effervescence,
Le soleil amortit ses feux,
Et de son ardeur l'affluence
Irradie en d'autres milieux ;
La mer gronde sur nos parages ;
Au ciel grossissent les nuages,
Sa limpidité s'assombrit ;
La vapeur se condense en brume,
Sur tout l'horizon qu'elle enfume ;
La feuille verte se flétrit.

Elle sèche, quand autour d'elle
L'humidité partout s'empreint ;
Le pétiole qui la scelle
Se fane, de langueur atteint ;
Bientôt de l'arbre désunie,
Sur terre s'entassant jaunie,
La feuillée, en épais amas,
Cumule des débris putrides
Qui, par leurs suintements sordides,
Maculent le sol sous nos pas.

L'eau, sur le sol, extravasée,
Fomente des exhalaisons,
Dont la vapeur subtilisée
Cohobe de malins poisons ;
Les lacs, les étangs se remplissent,
Sur l'argile les eaux croupissent,
Des marécages les bourbiers
Sont envahis par des vermines
Occises par les eaux salines,
Puis fermentant dans ces charniers.

La terre n'a plus sa parure,
Les bosquets restent dénudés,
Le frais éclat de leur verdure
N'orne plus nos champs dégradés ;
La nature se décolore,
Elle n'offre à l'œil qui l'explore
Que silence, vide ou néant,
Et des oiseaux le gai ramage
Ne ranime plus le bocage
Par son charme si récréant.

Voici l'instant qui de ta mère
Bien longtemps va te séparer,
Enfant, pour l'école étrangère,
Éloigne toi sans murmurer ;
Quitte tes amis, ta famille ;
De ton manoir, de ta charmille
Délaisse le bel horizon,
Afin de suffire aux études
T'imposant, pour tristes préludes,
L'écart des tiens et la prison.

Là, l'air impur, le peu d'espace,
Le dur travail, l'internement,
Les austérités de la classe,
Le trop monotone aliment,
Des vices le fréquent exemple
Qu'un jeune novice contemple
Presque à l'égal de la vertu,
Atteignent, parfois, l'organisme
Par un trop blessant réalisme
Auquel l'enfant cède abattu.

Lors s'affaiblit son énergie ;
L'élan moral perd son appui,
Il incline à la nostalgie ;
Le temps s'éternise en l'ennui ;
Sous l'empreinte de la tristesse,
S'accroît l'énervante faiblesse ;
La fraîche vigueur fait défaut ;
La constitution s'altère,
La vitalité dégénère,
Au moment même qu'elle éclot.

Par son grondement monotone,
Le vent affaissant ton esprit,
Enfant, le ciel gris de l'automne
Chaque jour encor l'assombrit;
Lors, si, le cœur tendre et sensible,
D'une souffrance dépressible
Tu ne peux point te prémunir,
Crains que sa persistante trace
Ne se soutienne trop tenace
Bien longuement dans l'avenir.

Quand de ton lieu natal les charmes,
En tes souvenirs comprimés,
Susciteront tes chaudes larmes,
Pleurant tes parents bien-aimés,
Si des douleurs l'exubérance
Brise ta santé dès l'enfance
Et l'attache de tes amours,
Fais qu'un jour on ne puisse dire
Que l'épreuve d'un tel martyre
A de ton cœur tari le cours.

Sous l'étreinte qui le déprime,
L'enfant, alors, trop affaibli,
Dans sa vigueur la plus intime
Avant longtemps n'est rétabli.
Mais plus riche devient la race
Quand la jeunesse plus vivace
S'épanouit au sein des champs,
Là, par les soins de la famille,
En sa bienvenue elle brille
Sous l'essor de ses beaux penchants.

Dans le pays qui t'a vu naître,
Près tes parents et ton foyer,
Enfant, grandis, cherche à connaître
Tout ce qui doit te défrayer
Des épreuves interminables
Et de ces heures si durables
De classique scholarité,
Alors que la science attrayante,
Est toujours facile, égayante,
Sous l'aimable simplicité.

Suis bien les écoles publiques,
Rends ton hommage aux précepteurs,
Participe aux élans magiques
De l'ensemble des auditeurs ;
Mais, durant les longs soirs d'automne,
Pendant que le foyer tisonne,
Pour grandir le cœur, l'intellect,
De l'autorité paternelle
Que la parole solennelle
Soit recueillie avec respect.

La vapeur et la flétrissure
De nos champs fanent les décors,
La trop énervante mouillure
De la vie atteint les ressorts ;
La feuille rouge, jaune, sèche,
Par sa chute agrandit la brêche
Dénudant nos sols languissants ;
De ses ornements dépourvue
La tige perd, sous notre vue,
Tous ses charmes réjouissants.

Sur la côte, la mer plus blanche
N'offre plus sa limpidité,
Dans son sein la terre s'épanche,
Le ciel est sans sérénité;
L'horizon réduit ses limites,
De l'air les troubles insolites
Dépriment nos corps alourdis;
L'atmosphère reste enfumée,
La vapeur s'y tasse embrumée,
Par afflux en gris sombre ourdis.

L'eau détrempe toutes les terres,
Les recouvre par ses apports;
Animaux, végétaux et pierres
Sont assiégés par ses débords;
Elle s'ouvre les orifices
Des plus exigus interstices
Par simple capillarité,
Dans les mailles indéfinies
Des molécules réunies
Comblant toute porosité.

Etalée, occulte ou latente
L'humidité pénètre tout;
Par son atteinte persistante
Il n'est corps qu'elle ne dissout;
Ici, disjoignant, par rupture,
Des trames dont la contexture
Brave un effort bien violent;
Là, brisant, par intermescence,
Des réseaux que leur turgescence
Détruit sous son cours indolent.

Elle influence dans leurs sources
Ces fluides prestigieux,
Scellant en leurs rapides courses
Des unissons mystérieux :
Electricité, calorique,
Des nerfs l'occulte dynamique
Par elle s'offrent altérés,
Et les actes les plus ultimes
Dans leurs connivences intimes
Sont, même, ainsi dénaturés.

En son riche essor, la pensée
Moins active s'épanouit ;
Elle se sent moins empressée,
Son idéal s'évanouit ;
Sur nos sens toutes les atteintes
Font de sérieuses empreintes ;
Notre jugement est plus froid ;
Nos illusions se dissipent,
Et nos prononcés s'émancipent
Dans le sens le plus vrai du droit.

La langueur semble radicale,
L'esprit s'obstine à rester lent,
Non sans effort son jeu s'étale,
Son grave cours est accablant ;
La vapeur tenace persiste ;
Chaque jour nous paraît plus triste,
Les soucis prennent le dessus ;
C'est le temps des pensers sévères,
Des méditations austères,
Et des raisonnements abstrus.

Mais vient aussi pour les familles
La joie intime du foyer,
Où réunis, garçons et filles,
Savent si bien tout égayer :
Là, du soir les heures sont pleines
Par des réunions sereines
Où père et mère, à leurs enfants,
Sont heureux d'enseigner la vie
Et ce qui l'enchaîne asservie
Par tant de rapports étouffants.

Les jours, durant le mois d'octobre,
Sont venteux ; le mistral, six fois,
A ce nombre se restreint sobre,
Quand, tous les autres jours du mois,
Sont par des brises soutenues,
De l'est, sud, sud-ouest venues,
Surabondamment aérés ;
Pendant le reste de l'année,
Des vents de terre la tournée
Souffle des jets immodérés.

Le vent de terre a pour moyenne
Cent soixante-quatre jours l'an ;
Et cent-vingt-trois jours se déchaîne
Le vent de mer en son élan ;
Soixante-six jours sur la plage
Revient la brise du rivage ;
Le calme règne douze jours ;
De tous ces vents la persistance,
Trente-huit jours, avec outrance,
Tonne sur leurs divers parcours,

Les stratus, vers le soir rougeâtres,
Par un beau temps, dans un air sec,
Offrent des tons verts, gris, jaunâtres,
Quand l'eau met leur rouge en échec;
Des cumulus les pommelées
Semblant en coton rassemblées,
Tendent à s'unir en nimbus,
Versant la pluie à son passage,
Quand il est noir, grondant l'orage
Qu'annonce parfois un cirrus.

Puis réapparaît fort intense
Le vent mistral ou nord-ouest,
Comblant de la vapeur l'absence,
Soufflant plus fort quand, au sud-est,
Sous le ciel de l'Afrique ardente
Par sa puissance dilatante
La chaleur rend l'air plus léger;
Lors, celui plus froid des Cévennes
Se précipite vers ces plaines,
Dans leurs vides allant plonger.

Les vents du Sud sont chauds, humides,
Et ceux du Nord sont secs et froids;
Quelquefois leurs conflits perfides
Causent d'orageux désarrois;
Le ponent vient des Pyrénées,
Les trémontanes sont données
Par les hauteurs des monts Alpins,
S'écoulent des neigeuses cîmes
Des pics des Alpes-Maritimes
Les grégalis souvent malins.

De ces frais aquilons l'allure,
Durant son cours aérien,
S'imprègne d'eau par sa mouillure
Sur le golfe Ligurien;
Le vent blanc, soufflant de la Corse,
Parfois nous décoche une amorce
Du froid le plus insidieux;
Le sirroco provient d'Afrique,
Et sa chaleur rend apathique,
Quand il souffle non pluvieux.

Du Sud-Est les tonnantes crises
En pluie abondent fréquemment;
Du labech, Sud-Ouest, les brises
Sont humides moins fortement;
Ces vents, dans leurs brusques furies,
Soulèvent, vers leurs atterries,
Les vagues hors de leur bassin;
Et des remous la violence,
Le long du littoral, élance
De hautes mers hors de leur sein.

Au loin, retentit la tempête;
Soutenus sont ses grondements,
Et si le vent du Nord l'arrête,
Les souffles sont plus véhéments;
De leurs conflits la vive lutte
Par contrechocs se répercute,
Un vrai tourbillon se produit;
Dans sa rencontre circulaire,
Équatorial ou polaire,
Le vent vers le soleil s'enfuit.

Souvent se soutient implacable
L'intensité de sa fureur ;
Son roulement est formidable,
Portant avec lui la terreur ;
L'éclair continu, le tonnerre,
Sillonnent le ciel et la terre,
Par déluge l'eau semble choir,
La grêle claque, et la nature
Mettant à bas toute parure,
La nuit ne se montre qu'en noir.

Contre un pareil temps rien n'abrite,
Partout paraissent des débris ;
Chacun court regagnant son gîte,
Heureux d'accéder au logis ;
Les murmures du feuilletage
Des arbres au ployant branchage,
Du vent l'impétuosité,
Les mugissements de la rive,
De la tempête l'offensive
Portent au loin l'anxiété.

Enfin l'orage atteint son terme :
De sa violence l'entrain
Dans le silence se renferme,
Le calme reparaît soudain ;
La flaque d'eau couvre l'argile,
Des coteaux la terre mobile
Dans les fonds se trouve en amas ;
Le soleil en lueurs frétille,
Mais la fraîcheur déjà pointille,
En signe de prochains frimas.

Les loups sortent de leurs repaires,
Poussant au loin leurs hurlements ;
Les renards, en adroits corsaires,
Flairent autour des logements.
Les oiseaux changent de plumages ;
De leurs harmonieux ramages,
Les champs ne retentissent plus ;
Leur vie, alors moins expansive,
Perd ce charme qui l'enjolive ;
Leur instinct semble plus obtus.

Déjà, grand nombre d'hirondelles,
Présentes au cri du départ,
En groupes unis et fidèles,
Ont vers le Midi pris l'écart :
Eludant du Nord la froidure
Et le manque de nourriture,
D'autres oiseaux, en nos climats,
Stationnent, dans leur passage,
Ou même font un complet stage,
Si le froid ne les chasse pas.

Les cailles, grives et bécasses
Apparaissent sur l'horizon,
Et les perdrix devant nos chasses
Souvent sautillent à foison ;
Les ramiers, les canards sauvages
Viennent planer sur nos rivages ;
L'oie émigrant vers le Midi,
Se rallie à ses congénères
Sur des lignes triangulaires,
Portant au loin son vol hardi.

Vers fin septembre, la chouette
Vient se blottir sur un vieux pin,
Dans l'immobilité complète,
Là, du jour elle attend la fin ;
Lors, passent encore la grive,
La pî-grièche peu craintive,
Les pigeons, draines, sansonnets,
Bruants, linottes, allouettes,
Gros-becs longeant les olivettes,
Engoulevents et roitelets.

Les insectes cessent de vivre,
La mouche de nous tracasser,
Et la libellule s'énivre
Aux lieux qu'elle va délaisser ;
Etalant sa robe élégante,
Sous une grâce ravissante,
Sans répit elle rase l'eau
Pour déposer, près de la rive,
Sur une plante inoffensive,
Sa ponte près de son tombeau.

Des papillons la troupe ailée
Ne voltige plus dans les airs,
Et leur séduisante mêlée
A disparu ; les champs déserts
Pour les larves offrent à peine
Une pâture peu certaine ;
Et chaque jour plus éprouvés,
Les êtres semblent se soustraire
A leur étreinte solidaire
D'un temps qui les tient énervés.

7

Les moineaux volent vers les granges,
Où des fauvettes , des bouvreuils
Accèdent parfois les phalanges ;
La corneille approche nos seuils ;
Le cygne passe en nos contrées ,
Et les poules souvent rentrées
Craignent le froid , l'humidité ;
Les martres, fouines et belettes ,
Les bestiaux, dans leurs retraites ,
Sont nourris avec siccité.

On voit encor des chrysanthèmes ,
L'héliotrope de l'hiver,
Des asters les beaux diadèmes,
Et sur les bords de notre mer,
Non loin de mon site champêtre,
Dans les jets du bonnet de prêtre,
Astragalus tragacantha ,
La violette arborescente
Mettre à couvert sa fleur naissante
Là même où Taurente exista.

Dans les bois sont des cryptogames,
Des champignons tout celluleux,
Contenant au sein de leurs trames
Des granules vésiculeux,
Qui, pleins d'un suc protoplasmique,
Sont unis en trame organique
Dérivant d'un mycélium ,
Support où germent leurs globules,
Dont s'insèrent les séminules
Aux lames d'un hyménium.

La spore à nu s'offre étalée
Ou dans un tube elle s'accroît ;
Rupturant sa thèque renflée,
Elle en fait éclater le toit ;
Elle gonfle les conidies,
En face des anthéridies ;
Parfois disjointe, elle a des cils ;
Elle est liée à ses basides,
Qui sont mono-bi-quadrifides,
Par des stérigmates subtils.

Bien variables en leurs normes,
Les spores s'enlacent par nœuds ;
Ou sur des pieds, des plates-formes,
S'offrent leurs supports membraneux ;
Sous les plus divers réceptacles
Se présentent leurs habitacles,
En lames, éventails, chapeaux,
Parasols, godets, tubercules,
Munis ou non de pédoncules,
De stipes liant leurs réseaux.

Quand des champignons la texture
Forme des rameaux flexueux,
Les jets voisins, sur leur ceinture,
Par un attrait affectueux,
S'érigent en sphères turgides,
De conjugation avides,
Dont les globes intumescents
Se confondent en spore unique,
Et l'on appelle, en botanique,
Zygospores ces corps naissants.

Syzygite mégalocarpe,
Tel est le nom d'un végétal,
Qui dénoue ainsi son écharpe,
Cédant à l'élan nuptial.
Dans l'infestant péronospore
Que la patate laisse éclore
Par suite de débilité,
Sont des zoospores mobiles
Qui, munis de cils vibratiles,
Germent après leur fixité.

Ainsi, partout de la Genèse
S'accomplissent les douces lois,
La fungine est une exégèse
De renouveau pour tous les bois ;
Promptement elle prend naissance
Au sein du ligneux en souffrance ;
L'air humide en grand la produit,
Sous une chaleur tempérée,
Dans l'obscurité modérée,
Parfois en une seule nuit.

Du bleu, du jaune les empreintes
Offrent leurs tons les plus divers
Sur les champignons dont les teintes
Ne s'étalent pas sur fonds verts.
Ils sont d'azote très avides,
Vivent en lieux sombres, humides ;
En quelques heures pullulant,
Ce végétal, non aquatique,
Exhale du gaz carbonique,
L'oxygène s'assimilant.

En automne a lieu la cueillette
Des champignons choisis pour mets,
Sans trêve leur troupe végète,
Partout insinuant ses jets.
Trop souvent les mucédinées,
En filaments disséminées,
Souillent les bois, les aliments.
Les urédos pulvériformes
Rendent les végétaux difformes
Par leurs diffus suintements.

Les hyperxyles se font place
Dans les bois morts ou affaiblis ;
Leur réceptacle coriace
Enceint des noyaux amollis.
On voit, des lycoperdacées
Les sporules croître encaissées
Dans un péridium tout clos,
D'où se projette une poussière
Dont les germes à la lumière
De la vie étalent les flots.

Pour les usages comestibles,
Les champignons proprement dits,
A nos tables seuls accessibles,
En sont souvent encor proscrits ;
Leurs propriétés vénéneuses,
Sous des formes insidieuses,
Déguisent de malins effets ;
Et trompeuse leur apparence
Doit motiver de la prudence
Contre eux de rigoureux rejets.

De la surface fructifère,
Des spores l'aspect différent,
A chaque espèce congénère
Définit le signe inhérent;
L'agaric s'étale en des lames,
Les bolets offrent sous leurs trames
Des tubes, des trous exigus,
Sont en croix les plis des mérules,
Les morilles ont des cellules,
Les hydnes des sommets aigus.

Délaissons leur chair filandreuse,
D'une odeur ou d'un goût suspect,
Coriace, pesante, aqueuse,
Quelque couleur qu'ait son aspect,
Dont le suc laiteux ou blanchâtre
Nuance de teinte noirâtre
L'étain, l'argent, le jus d'oignon.
Pour comestibles les modèles
Sont les morilles, chanterelles,
Et de couche le champignon.

Mais à d'autres fins la nature
A voulu que ce végétal,
Par le ressort de sa texture,
Offrit son contingent normal;
En tous lieux sa luxuriance
Par son essor, son abondance
Apporte son modeste appoint;
Ici son atteinte est morbide,
Elle est ailleurs un vrai subside
Qu'en son grand œuvre Dieu s'adjoint.

Par sa fraîcheur tendre et nouvelle,
Le champignon en son produit,
Rajeunit la moindre parcelle
De tout le vieux bois éconduit.
S'il révèle, par ses empreintes,
D'un être souffrant les atteintes,
Sans cesse il répond à ces fins
Par lesquelles la vie instante
Se renouvelle envahissante,
Pour faire étal de ses écrins.

Comme la larve au fruit s'acharne,
Un champignon tout spécial
A divers plants souvent s'incarne ;
On en voit léser l'animal
En aspergille auriculaire,
En oïdium pulmonaire,
En d'autres déliés plexus ;
Microsporon nous dit mentagre,
Un des ustilagos, pellagre,
Achorion, c'est le favus.

Parfois, quand germe et croît la vie,
De l'eau lui sourit le bienfait;
Mais quand à son cours asservie
Elle appréhende tout déchet,
Un surcroît d'influence aqueuse
Ajoute à l'épreuve orageuse
Du cycle vital en décours ;
D'un tel excédant la vieillesse
Se prémunit dans sa faiblesse
Pour s'assurer de plus longs jours.

Trop aisément les doléances
Des organismes affaissés,
Révèlent de graves souffrances ;
Les corps se sentent agacés ;
Lors, dominent les atonies,
Les catarrhes, les pneumonies,
Les flux bilieux et sanguins,
Consomptions, dysenteries,
Scorbuts, névroses, hystéries,
Fièvres, maints accidents malins.

La vie aussi moins expansive
Sur elle-même fait retrait,
D'une réaction active
L'essor souvent est imparfait ;
La phthisie avance son terme,
L'éruption laisse le derme
Ou dévie en sens anormal ;
Les maniaques se tourmentent,
Les endoloris se lamentent
Sous la violence du mal.

De trop latentes cachexies,
Des engorgements sérieux,
D'intermittentes pyrexies,
Du froid l'effet insidieux,
Des lésions rhumatismales
Circonscrites ou générales,
De graves ramollissements,
Des coups de sang apoplectiques,
Des épanchements hydropiques
Causent encor bien des tourments.

Mais c'est le temps des fruits opimes,
Aux sucs exquis, élaborés
En des combinaisons intimes,
Par de longs efforts préparés ;
Leurs récoltes s'offrent profuses,
Dans nos celliers et nos cambuses
Ayant don de se conserver
Pour parer à l'insuffisance,
Quand des rudes temps l'inclémence
Peut de ces produits nous priver.

Automne providentielle,
Des extrêmes fuyant l'éclat,
Des plus beaux dons sous ta tutelle
Se déverse tout l'apparat ;
Source vive de nos fortunes,
Que nos gratitudes communes
De nos cœurs t'offrent les élans,
Et du raisin et de l'olive
Riche et modeste productive,
Permets-nous d'admirer tes plans.

Par de prudents écobuages
Les terrains sont carbonisés,
Et des brûlis les avantages
Sont quelquefois utilisés ;
Les moutons de la transhumance
Retournent dans leur résidence,
Et dès l'automne, avec entrain,
On termine toutes vendanges
A moins de verdures étranges,
Aux guérets on met prompte fin.

Mais lés panses, les olivettes,
Les raisins durs et peu juteux,
Les grapillons et les clairettes,
Les grains acerbes, acéteux
Ne sont cueillis qu'en temps propice,
Quand en eux s'offre un sûr indice
Démontrant leurs maturités.
Les figues, noix, noisettes, pommes,
Sorbes, nèfles, châtaignes, gommes,
Oranges, glánds sont récoltés.

Tous les labours pour céréales,
Pasquiers, légumes du printemps,
Pour plantations automnales,
Sont le sujet d'efforts constants ;
Les semis d'herbe fourragère,
Des plants qu'on enfouit en terre,
Précèderont celui des grains,
Pour lequel on est bien moins sobre
Dès la Saint-Luc, dix-huit octobre,
En l'activant sur tous terrains.

Sur les pièces qu'on ensemence,
Si l'argile est en sédiment,
Des eaux on obtient la partance
Par rigoles d'écoulement ;
On obvie à celles stagnantes
Par des conduites dont les pentes
Du liquide aident le départ,
Et par des canaux d'égouttage
On établit un sûr draînage,
De l'humide hâtant l'écart.

Pour la Toussaint, premier novembre,
Le fermier prend son logement,
On met en état chaque chambre,
On répare le bâtiment;
On veille à ce que la toiture
De l'eau du ciel fasse capture;
On définit bien les accords;
Il est dressé des inventaires
Des bétails, paille, outils agraires,
Et des réciproques apports.

Vient la récolte des feuillées
Des bruyères, ajoncs, roseaux,
Avant que leurs fanes souillées
Se flétrissent sur leurs rameaux;
On prévient leur chûte imminente
Si l'on veut que plus succulente,
Leur trame ait un moëlleux plus fin;
On ôte guis, lichens et mousses,
Brossant les arbres, sans secousses,
Avec un mélange alcalin.

On extrait la souche épuisée,
On remplace l'arbre infécond,
On coupe la branche lésée,
Les arbres sont taillés à fond,
Mais en ménageant leur texture,
En évitant toute blessure
Tant que la sève vient au jour,
Surtout, quand épaisse, gommeuse,
Elle suinte paresseuse
Sur la plaie ou vers son pourtour.

A vingt centimètres, encore,
On rabat, à partir du sol,
Les capriers, pour les enclore
Sous la terre couvrant leur col ;
Les artichauts, par tels buttages,
Sont mis à l'abri des ravages
D'un froid souvent insidieux ;
Les plants, sous chassis ou litière,
Bravent l'atteinte menrtrière
Des chocs et gels pernicieux.

Des forêts a lieu l'abattage
De préférence en jardinant,
Et dans les taillis l'éclairage
Laisse le baliveau venant ;
On racle les tiges souillées,
Les lattes sont appareillées
Pour tuteurs contre mauvais temps.
La mise en état des clôtures,
Des murs menacés de ruptures.,
Exige aussi bien des instants.

Viennent la cueillette aux olives,
Leurs détritages aux moulins,
Les afférences successives
De l'huile dans ses magasins,
Des oliviers les émondages,
Leurs tailles et leurs récépages,
Leurs fumures, labours nombreux,
Les divers plants qu'on régénère,
Les arbres que l'on met en terre,
Les défoncements onéreux.

Viennent encore la visite
Aux vins des caves et celliers,
Les soins qu'exige leur conduite
Selon qu'ils sont fins ou grossiers,
L'arrangement des fruiteries,
Les pratiques des sécheries
Pour les figues et les raisins,
Les soins donnés aux agnelées,
Des laitages les écoulées
Et des basses-cours les fretins.

L'HIVER

Le soleil chaque jour décline,
Son auréole a moins d'éclat,
En arcs plus courts il se confine,
Sur l'horizon il se rabat.
Alors, la polaire ascendante,
Sur son char au Nord, gravitante,
Dans la soirée en un temps clair,
Limitée à l'Est par la course
Des deux gardes de la Grande Ourse,
Ainsi nous annonce l'hiver.

Du soleil la brillante allure,
Vainement, du solstice austral
Reporte sa pleine parure
Vers l'hémisphère boréal ;
Ce demi-globe, en déshérence
Soufferte par la longue absence
De son astre vivifiant,
Ressent une lugubre atteinte
Dont les angoisses et la plainte
Attristent l'espace ambiant.

Le Pôle Nord, couvert des voiles
D'une semestrielle nuit,
N'éclaire qu'au feu des étoiles
Son cristal qui toujours reluit.
Mais, en tous lieux, la Providence,
Prodigue de son opulence,
Empreint l'éclat de sa grandeur,
Et, par les lampes virginales
De ses aurores boréales,
Au Pôle éclate sa splendeur.

Sous les moyennes latitudes
De notre climat provençal,
Des jours, en faibles amplitudes,
Se décèle l'ordre normal ;
Plusieurs ne sont que de huit heures ;
La chaleur, hors de nos demeures,
En moyenne est de six degrés ;
L'eau, par quatorze centimètres
Mesurés dans nos udomètres,
Abreuve les sols altérés.

Accessible à notre paupière
Dans tout son orbe, le soleil
Nous réjouit d'une lumière,
Au reflet suave et vermeil,
Franche de cette effervescence
D'une chaleur dont l'affluence
Nous surexcite par ses feux ;
De ses tons la fraîcheur sereine
En doux ravissements est pleine
Et pour le cœur et pour les yeux.

Des nappes que blanchit le givre
Se miroitent en des glaçons ;
Les hibernants, craignant de vivre,
S'engourdissent sous leurs frissons :
Les hérissons et les marmottes
Se tapissent au fond des grottes
Avec le loir et le hamster ;
La chauve-souris, les reptiles,
Dans leur torpeur sont plus débiles
Que sous l'ivresse de l'éther.

Les jours sont rembrunis par l'ombre ;
Le froid s'accroît plus pénétrant ;
L'esprit s'allanguit, morne et sombre,
Il est lourd, morose, souffrant ;
Soudain s'efface la tristesse,
De Noël la vive allégresse
Des familles joint les liens ;
En franc essor, la joie intime
Prend son cours le plus légitime,
En ces jours si chers aux chrétiens.

Du plus loin de notre contrée,
Dès la veille, tous les enfants,
Vers leur maison si vénérée,
Arrivent joyeux, triomphants ;
Par l'averse reçue en route,
Par l'eau qui des effets s'égoutte,
La gaîté ne peut s'amoindrir ;
En réunion solennelle,
Sous la présence paternelle,
La grande cène va s'ouvrir.

Le gros et sec tison de chêne
Est allumé dans le foyer,
Le père préside la cène,
Le feu commence à flamboyer.
Avec du vin cuit du ménage,
Détrempant un léger feuillage
D'un brin de laurier vert et frais,
Le plus jeune bénit la flamme
Qu'attise au feu l'épaisse rame :
Le père aux fils donne la paix.

Pour témoigner cette alliance,
Le vin est par tous dégusté ;
Puis, à la table, avec décence,
Le grand festin est délecté ;
La morue, en capilotade,
Et l'ample chou-fleur, en salade,
Sont une initiation
Au dessert dont l'afflux multiple
Des mets épuise le périple
Toléré pour collation.

Ce sont les nougats, les amandes,
Les feuilletages pleins d'attraits,
Les pâtes légères, friandes,
Les gâteaux montés en palais,
Les panses fraîches, délicates,
Poires, pommes, oranges, dattes,
Pralines, biscuits parfumés,
Les chinois, conserves, compotes,
Figues, noix, pruneaux, aigriottes,
Liqueurs et vins les mieux famés.

8

Les cloches, bourdon retentissent ;
L'église étale ses décors,
Qui jusqu'aux voûtes resplendissent ;
Sont envahis tous ses abords ;
Dès minuit, par sa porte ouverte,
Que franchit une foule alerte,
Au loin scintillent la splendeur
Des candélabres et des cierges,
Illuminant le front des vierges
Et l'épurant en leur candeur.

L'orgue harmonieux et sonore
Ouvre le cérémonial ;
Le pasteur que la foi décore,
Le cortége paroissial,
Du plain-chant toute la maîtrise,
En procession dans l'église,
Font hommage à l'enfant divin,
Dont l'emblême dans une crèche,
Qu'orne la mousse la plus fraîche,
Offre un reflet pur et serein.

Lors, un chœur d'innocentes filles,
Au timbre argentin, doux et clair,
En présence de leurs familles,
Retentit au plus haut de l'air ;
Trois messes sont dites de suite ;
Puis, l'affluence vers son gîte
Retourne à pas précipités ;
Sur son parcours, jusqu'à l'aurore,
Un entrain ne cesse d'éclore
En noëls bruyamment chantés.

Sitôt que l'aube tend à naître,
A la messe du point du jour,
Diligemment vont comparaître
Ceux d'un plus lointain alentour.
Puis, à midi, le festin s'ouvre
Sur une table que recouvre
Un profus ravitaillement ;
Mais qui, par la dinde rôtie,
Doit être toujours assortie :
Ce gibier en est l'ornement.

La fête se prolonge encore
Le jour suivant, son lendemain,
Et plusieurs ne veulent la clore
Qu'autant qu'advenu l'an prochain,
Ils ont mis terme aux bienséances
Et satisfait aux convenances
Qu'impose le premier janvier,
Mais dont la forme dégénère
En témoignage qu'exagère
Certain instinct trop façonnier.

Dans l'air, dans l'eau, partout intense,
Bien vigoureux sévit le froid,
Chaque jour on sent sa croissance,
Avec malaise on le perçoit.
L'eau coulante gèle sur place,
Les ruisseaux se changent en glace ;
Sur nos fontaines les cristaux,
Appendus en longs stalactites,
Etalent de faux monolithes,
Parés de chatoyants vitraux.

En flocons veloutés, la neige
Tombe, agglomère ses amas;
Hexagonale elle s'agrège,
En réseaux fins et délicats :
De nos montagnes sur les cîmes,
Tassant des réserves opimes
Pour aviver tous nos cours d'eau;
Avec prestige, dans la plaine,
Reflétant l'aspect homogène
De son blanc et vaste manteau.

Surplombant de nos monts le faîte,
Les glaciers perdent leurs contours;
Ils tombent, rien ne les arrête,
Dévastant tout sur leur parcours;
Les grondements des avalanches
Se détachant par vastes tranches,
Entraînent ruines et pleurs;
Sous leur masse, les gais cottages
Sont abîmés par des ravages,
Evoquant de longues douleurs. .

Refoulant l'air sec sur les ondes
Qui l'humectent sur tous leurs fronts,
Groupant les vapeurs vagabondes,
Ou les entassant sur les monts,
Les vents, sous leurs conflits multiples,
Lancent au sein de leurs périples
Des jets d'eaux en trompe ascendants ,
Où l'électricité subite,
Par commotions sans limite,
Tonne ses ébats discordants.

Les arbres nus sont sans verdure,
Leurs branchages sont épluchés,
Tous leurs rameaux, par la froidure,
Languissent passifs, desséchés.
D'un ciel gris la lugubre teinte
Étend au loin sa grave empreinte ;
L'horizon est mat, vaporeux ;
Et de notre esprit l'allégresse
Fait bientôt place à la tristesse
Déprimant nos sens langoureux.

Sur le sol boueux les pieds glissent
Des trottoirs au fond des ruisseaux,
La fange et la glace salissent
Les pantalons et les manteaux ;
Des passants les lourdes chaussures
Projettent des éclaboussures ;
Nous sommes gelés, engourdis ;
Sur nos sabots ou sur nos socques
Nos jambes battent des berloques
Pour réchauffer nos corps raidis.

Chacun se blottit sur soi-même
Pour moins épandre de chaleur,
Ou tente quelque stratagème
Afin d'éviter la douleur ;
L'un frotte ses mains, et, bien vite,
S'empresse de gagner son gîte,
En s'agitant on ne peut plus ;
L'autre, soigneusement s'engaîne
Dans un long cache-nez de laine,
Des gants fourrés, un pardessus.

Celle-ci, sous sa capeline,
Ses peluches, son caraco,
Sous son boa, sa palatine,
Protège son incognito ;
Celle-là, sous une pelisse
Que serre une double coulisse,
Qu'ornent la soie et le velours,
Ne cherche plus qu'à se défendre
Contre un froid venant la surprendre,
Tout en ravivant ses atours.

De nos chevaux l'humide haleine
S'épaissit en blanche vapeur,
Leurs pieds trébuchent sur l'arène
Au contact d'un verglas trompeur ;
Les cochers, aux faces livides,
Entre leurs gants serrent les guides,
Et les voyageurs refroidis,
Frissonnants, transis, l'œil farouche,
Les foulards posés sur la bouche,
Par le gel sont abasourdis.

Sous une enveloppe de glace
Les arbres abritent leurs flancs,
Les reflets de cette cuirasse
Aux tons vitrés, mais isolants,
Entravent et tiennent captive
La puissance tant expansive
D'un calorique fugitif,
Dont la perte serait fatale
A toute trame végétale,
Déjà souffrant d'un froid trop vif.

La lumière terne, amoindrie
Répand son empreinte en tous sens ;
La nature reste assombrie ,
Moins réjouis sont ses accents.
A peine de l'astre solaire ,
Presque au Sud bornant sa carrière ,
Le cours s'élève chaque jour ;
Son orbe bas , large , apathique ,
De ses rayons l'élan oblique
Rendent plus sombre notre humour.

Le ciel est nuageux et blême ,
Du soleil s'efface l'éclat ,
Son disque se dérobe même ;
S'il paraît, son ton reste mat.
Mais, bientôt, sa masse confuse
Se perd dans la vapeur diffuse ,
Et sa chaleur nous fait défaut ;
Le sol se voile sous un sombre
Partout plus obscurci que l'ombre ,
Le mauvais temps nous livre assaut.

L'horizon rembrunit encore ,
Dans l'air se tasse la vapeur ;
La tempête et son glas sonore
Projettent l'effroi, la stupeur :
La nue éclate , l'éclair brille ,
L'averse tombe , s'éparpille ,
Le torrent bondit furieux ,
Et , déchaînant leurs violences,
Les vents opposent, plus intenses,
Leurs contrastes audacieux.

Des hauteurs la terre mobile
S'ébrèche et fuit par les cours d'eaux ;
De graviers, de sables, d'argile
Sont comblés les fonds des ruisseaux ;
Les pentes s'ouvrent en ravines ;
Les plants tombent sur leurs racines ;
Pleins d'angoisses les laboureurs,
Déplorent, en cette détresse,
L'énormité de leur faiblesse
Pour mettre fin à ces horreurs.

Mais, en tous sens, la Providence
Ne fait appel à nos efforts
Que pour unir leur convergence
Aux grandes fins de ses ressorts.
Dans ses prévisions intimes,
Devançant les vœux légitimes
Des désirs les moins expansifs,
Jamais n'étant inconséquente,
Elle n'évoque l'épouvante
Que pour de plus graves motifs.

Sur les mers, les monts et les plaines,
Des germes messagers discrets,
Les vents disséminent les graines
Aux gisements les plus secrets ;
Ils colportent cendres et terres
Dans les lieux les plus solitaires,
En créant des sites nouveaux ;
Selon l'apport de leurs saisies,
De riches palingénésies
Ils tressent ainsi les berceaux.

Des vents la course impétueuse,
Brassant l'atmosphère en tous sens,
Dans leur fureur aventureuse,
Prodigue des dons ravissants.
Arrosant les terres arides,
Les vents sèchent les fonds humides,
Déversant à satiété,
Ici: l'azote, le carbone,
Plus loin: l'oxygène, l'ozone;
De l'air réglant la pureté.

Au lointain s'agrandit l'orage,
Tous les éléments déchaînés,
Avec fureur, tumulte, rage,
Se heurtent convulsionnés;
Le vent mugit, la foudre gronde,
Le ciel semble se fondre en onde,
La lumière du jour s'enfuit,
Les animaux hurlent, hennissent,
De sourds murmures retentissent,
De loin parvient un morne bruit.

La mer déferle sur la grève,
Où de sa fureur le courroux
Ne laisse une accalmie ou trêve
Que lorsqu'est libre son remous;
Au large, la vague se hausse,
En ouvrant sous elle une fosse
Béante pour tout engloutir,
Et l'écume, en mousse blanchâtre,
Sur la cîme jouant folâtre,
Des sinistres fait pressentir.

La barque sur le bord s'incline,
Tous ses agrès sont renforcés;
La voilure s'étreint mesquine;
Le pont, sous les flots courroucés,
S'échange en une large flaque;
Sa membrure sur elle craque;
La raffale redouble encor;
Le marinier craint le naufrage,
Il soupire après l'atterrage,
Il redit son Confiteor.

Un grand navire ailleurs balance,
En tanguant au milieu des flots,
Et bien lentement il s'avance
Sous les efforts des matelots;
La mer s'élance avec furie,
Elle détruit, elle avarie
Tout ce qui contraint ses élans,
Et du bâtiment la charpente,
Trop souvent, s'ouvre en une fente
Par où l'eau flue en tous les plans.

Plus loin, une autre voile lutte
Contre l'inclémence du vent,
Et s'affale de chute en chute
Sur un banc de roc décevant;
Sous le choc s'entr'ouvre la coque,
Sur le champ elle se disloque,
Autour surnagent les débris;
Et transi, blessé, l'équipage,
Non sans perte, atteint le rivage,
Où sont épaves, corps occis.

Le paquebot dans le port entre
Sauvegardé de ces horreurs,
Par sa machine, dans son antre
Défiant des flots les fureurs;
Les passagers se félicitent,
A la hâte ils se précipitent
Pour débarquer diligemment,
Et des marins la longue absence
Trouve une pleine récompense
Près des leurs toujours les aimant.

Sur la terre des monts l'obstacle
Entrave le vent dans son cours,
Posant leur digue à la débacle;
L'air se replie; en ses retours,
Il se soulève en pyramide;
Les étreintes de ce flùide
Laissent au vide un gouffre ouvert,
Où l'ouragan plongé, s'agite,
Et dont la raffale suscite
Des désastres l'affreux concert.

L'arbre fléchit, se déracine,
La branche par gros quartiers choit,
La ramure en brins s'élimine,
La tuile s'envole du toit,
Des plants se rupturent les tiges,
Et les passants font des voltiges
Pour ne point être renversés;
Dans la fange ou dans la poussière,
Leurs chapeaux, roulant contre terre,
A distance sont dispersés,

La vent suscite en sa furie
Maints ébranlements dans le corps,
Et par sa froide intempérie
Il en altère les ressorts ;
Il cause des douleurs, bronchites,
Les rhumatismes, les rhinites,
Les catarrhes, le tremblement ;
Selon qu'il souffle frais, humide,
Pulvérulent, pur, sec, aride,
Il agit bien différemment.

Durant l'hiver, les parenchymes
Sont plus gravement exposés,
Et dans leurs textures intimes
Les organes sont plus lésés ;
Violents, à début rapide,
Sous une phlogose turgide
Les maux s'offrent plus continus ;
Des organes respiratoires
Les lésions inflammatoires
Montrent leurs signes soutenus.

L'angine simple ou sérieuse
Se manifeste à l'avenant,
La pneumonie astucieuse
Soutient son cours trop imminent ;
Des altérations locales,
Atteignant les masses centrales
Où les nerfs scellent leurs accords,
En coups de sang apoplectiques,
En ramollissements chroniques,
Tentent de trop fréquents abords.

La congestion nous étonne
Aussi rapide que l'éclair ;
Le phthysique autant qu'en automne
Est en angoisse tout l'hiver ;
La pléthore, l'hémoptysie,
L'obésité, l'hydropisie,
L'hypochondrie et ses langueurs,
Les sciatiques, courbatures,
Les crevasses, les engelures,
Inquiètent trop par leurs rigueurs.

L'eau, sous l'air en tension moindre,
Réduit son coefficient ;
La vapeur tend à se disjoindre
De son subtil récipient.
En liquide elle se condense ;
L'humidité persiste intense,
Puis s'évaporant de nouveau,
L'eau nous soustrait le calorique,
Et cette cause morbifique
Pour le corps est un vrai fléau.

La bile est bien moins affluente ;
Le produit azoté des reins,
En quantité plus abondante,
Elimine tous les trop pleins,
Dont la peau, par son atonie,
Ne chasse plus l'acrimonie
Ni le résidu dispersé.
D'un sang noir le charbon perfide
Dans les poumons bien mieux s'oxyde,
Sous l'air par le froid condensé.

La digestion plus active
S'accomplit mieux dans l'intestin ;
Du froid l'action sédative
Calme , par son effet bénin ,
Des nerfs la vive effervescence ,
Leur irritable impatience ;
Bien oxygéné , moins aqueux ,
Du sang se montre le globule ,
Et plus lentement il circule ,
Son sérum étant plus visqueux.

Le froid porte à la somnolence ;
Sec et vif , il est excitant ,
Surtout quand , par sa résistance
Le corps réagit à l'instant ;
Humide , il frappe de faiblesse
La vitalité qui s'affaisse ;
Il est à craindre après le chaud ,
Plus encore , dans la soirée ,
Quand , au sortir d'une chambrée ,
Les vêtements nous font défaut.

Contre l'excès de la froidure
Tous cherchent à se prémunir ,
L'un par un surcroît de vêture ,
L'autre ne craint pas de vernir ,
Avec l'axonge non rancie ,
De son corps la superficie ,
Aux pores par le suint scellés ;
Plusieurs , couverts d'étoffe blanche
Pour que leur chaleur ne s'épanche ,
Du froid ainsi sont isolés.

L'ours se cache dans sa tanière,
Le loup dans l'antre se blottit ;
En sa demeure hospitalière
Chaque animal se garantit ;
Doublant sa graisse ou son costume,
Sous le poil, la laine ou la plume
S'abrite tout être vivant ;
Pour les herbivores, l'étable
Mieux que le champ est favorable,
Un froid trop vif les énervant.

Dans la torpeur, au fond des grottes,
Sont endormis sous leurs frissons,
Les chauves-souris, les marmottes,
Les blaireaux, tenrecs, hérissons ;
Restant privés de nourriture,
Se réduit leur température
Sans tomber au niveau de l'air ;
L'absorption de l'oxygène
Suffit pour que leur sang soutienne
L'élément vital en hiver.

L'oiseau, dans une chaude zone
Par son vol retrouve un abri ;
La couleuvre se pelotonne
En amas froid et rabougri ;
Le poisson sous les ondes plonge,
Dès que le soleil ne prolonge
Sur lui l'influx vivifiant ;
L'insecte en son trou s'emprisonne ;
Dans sa coquille se cantonne
Le mollusque si défiant.

Si les bourgeons des zoophytes
S'épanouissent quelquefois,
Quand le soleil atteint leurs sites
Et fait étaler leurs pavois;
Les masses de polypiaires,
De méduses, de zoanthaires,
Font trêve à ce splendide éclat
Dont l'été, sur notre rivage,
Projette le papillottage
Et son élégant apparat.

La nature semble engourdie
En la plupart des végétaux;
La sève stagne refroidie
Dans leur trame ou dans leurs vaisseaux;
Mais, en réserve, dans la graine,
Dans l'ovule, la vie engrène,
Son resplendissant avenir:
Dans l'ordre des métamorphoses
Déroulant le parcours des choses,
L'inertie est un rajeunir.

Non, jamais elle ne s'efface,
Toujours, sous de brillants fleurons,
La vie afflue ou s'entrelace,
Inépuisable en ses girons;
Partout l'homme, cosmopolite,
Trouve accès, établit son gite;
Bien que plus réduit, l'animal,
Souvent, par son instinct surmonte
Et prévient, annihile ou dompte
Des cataclysmes tout le mal.

Sous le froid, pour eux tutélaire,
S'embellissent nos arbres verts,
Du pin d'Alep, sur sol calcaire,
Nos coteaux sont gaîment couverts ;
Ses ogives, ses pyramides,
Par leurs décors vivants, splendides,
Fascinent sans fin nos regards,
Et c'est au sein de leurs branchages,
Sous l'épaisseur de leurs ombrages,
Que j'aime égarer mes écarts.

La gravité de leur silence,
La majesté de leur élan
Profilé sous le dôme immense
Dont seul le ciel forme l'écran,
Le charme de leur solitude
Que redouble la quiétude
De leur aimable isolement,
M'offrent les douceurs ineffables,
Les délices intarissables
D'un paisible recueillement.

Dans son émoi, l'âme elle-même,
En seule présence de Dieu,
S'inspire et s'élève à l'emblème
Qui se reflète en ce milieu ;
La sérénité de la vie,
De ses suavités suivie,
S'y révèle dans sa grandeur ;
Et le charme de la connaître
De celui qui nous à fait naître
Décèle l'auguste splendeur.

9

Là ne résonne qu'un murmure,
Que le vent sait harmonier,
Ou d'un ruisseau dont la verdure
Paraît, près l'eau, s'extasier ;
De ces sons la magique entente
Semble ouvrir mon cœur à l'attente
De ces messages ravissants,
Qui nous découvrent les mystères
Auxquels atteignent ces prières
Dont le cœur dicte les accents.

Près des pins, avec affluence,
Croissent de beaux végétaux verts,
Etalant leur luxuriance
Sous les aspects les plus divers :
Les redouls, ajoncs, daphnés, cystes,
Térébinthes, cyprès trop tristes,
Ifs, fragons, houx, thyms, arbousiers,
Busseroles, mousses, lierres,
Alaternes, myrthes, bruyères,
Yeuses, buis, genévriers.

A distances plus ou moins grandes
Sont des chamœrops, des thuyas,
Des rosiers en massifs, guirlandes,
Des néfliers, filarias,
Lauriers-jaunes-roses-cerises,
Citronniers, orangers, cytises,
Agavés, cactus, romarins,
Oliviers, buissons d'humbles chênes,
Buplèvres, aurones, troënes,
Viornes, alisiers, fusains.

Des palmiers, des cèdres austères
La tête élance ses ampleurs ;
En légions closes en serres,
S'étalent de brillantes fleurs ;
Ailleurs, de fougères les frondes
Sous les zéphyrs meuvent leurs ondes,
En flots mollement agités ;
Les mares ont des lycopodes ;
Maints arbres verts des antipodes,
En nos parcs sont acclimatés.

Sous une verdure attrayante,
En plein hiver, ces végétaux
De la vie en eux rayonnante
Dévoilent de charmants joyaux ;
Si précieux est leur ombrage,
Lorsque de la chaleur l'outrage
Intervient au sein de l'été ;
En temps froid, leur éclat suave
Réjouit notre humeur trop grave
Et l'empreint de sérénité.

On voit encor, par intervalles,
Les sapins sur le haut des monts,
Près la mer, quelques astragales,
Des tamarix, carex et joncs ;
Vers son fond s'offrent des naïades,
En surabondantes pléïades,
La zostère, la ruppia,
Qui fécondent la terre arable,
Si leur transport est praticable,
Comme la posidonia.

Quand l'air est pur, le ciel paisible,
Qu'un calme plat succède au vent,
Que le soleil est bien visible,
Par sa chaleur nous avivant,
Combien, l'hiver, la tête à l'ombre,
J'aime m'asseoir libre d'encombre,
Sur un tertre dans mon vallon ;
Là, de la splendide nature
Je contemple l'enluminure
Si belle en son moindre jalon.

Là, je suis heureux et tranquille,
Silence, lumière et chaleur,
Tressent en leur trame subtile
A mon essor toute l'ampleur ;
Libre, sans frein et sans contrainte,
Mon cœur n'accède à d'autre empreinte
Qu'à celle du pur sentiment,
S'ouvrant à la ferveur divine
A laquelle mon âme incline
Par extatique enchantement.

Là, se déroulent les délices
De mon initiation
Aux enchanteresses prémices
De cette révélation,
Levant le voile des merveilles,
Qui se décèlent, sans pareilles,
A tout esprit judicieux,
Par ces magnifiques prodiges
Dont il pénètre les vestiges
Sous leur emblème radieux.

La vie est faite à ton image,
Transcendante divinité,
Elle est comme toi l'assemblage
De l'être et de l'activité ;
Au sein du temps et de l'espace,
Elle ne désunit sa trace
Que pour prendre un nouvel élan ;
Dans l'infini, son origine
Ni ne se perd, ni ne décline,
Etant un appoint de son plan.

Coefficient de la force,
La vie en est le complément,
Elle en subtilise l'amorce
Jusqu'au perfectionnement ;
Sous les multiples différences
Qui distinguent, dans leurs essences,
L'âme, le sens et la raison,
Par leur concordance unanime,
Son essor retentit sublime,
Sur ce triple diapason.

C'est le temps des plantes humides,
Venant au nord, à l'ombre, au froid,
Des lichens aux thallus avides
D'envahir roc, arbre, mur, toit,
En membranes, frondes, rosettes,
Lames, croûtes, tubes, fossettes,
En filaments utriculés ;
Leur spore grossit intrinsèque
Dans l'hypotécion ou thêque,
Les mâles sont en fils renflés.

En leur fine miniature
Les mousses abondent encor,
Projettant leur investiture
Sous le plus gracieux décor;
La plante, au teint vert émeraude,
Quoique grêle, sur roc corrode,
En tarit la stérilité;
Elle triture la substance
Du terrain, même le plus dense,
Qu'elle met en fertilité.

Les filets de sa séminule,
En mycélium assemblés,
Engendrent une radicule
Dont les feuillages, étalés
En périchèses latérales,
En périgones, qui, fleurs mâles,
Près des femelles advenant,
Enserrent des anthéridies,
Pour leurs archégones grandies,
En commun accord voisinant.

Les fleurs sont mâles ou femelles,
Hermaphrodites quelquefois;
L'anthérozoïde à ses belles
Impose ses suaves lois ;
L'une d'elles proéminente,
Brise l'épigone et présente
Un pédicelle fin et net,
Se terminant par un sporange
Que son dédoublement échange
En vaginule et son bonnet.

Des sporanges les paraphyses,
Leur élan étant infécond,
En rosette, restent émises
Au pied d'un filet qui répond
A la saillante vaginule,
Recouverte d'un opercule,
Que coiffe le bonnet caduc.
Par sa chute une urne s'étale,
Dont la columelle centrale
Nourrit les spores par son suc.

De l'urne l'ouverture est nette,
Souvent elle a deux bords garnis,
En épistome ou collerette,
De dents ou cils par quatre unis.
Parfois, des branches latérales
Avec capsules terminales,
Au plant font un port gracieux.
Par bulbes, drageons axillaires,
Tubercules radiculaires,
Il germe aussi bien radieux.

La mousse recouvre la place
Que délaisse le végétal ;
Sous le froid humide sa trace
Empreint son riche essor vital
Au pied de l'arbre dont la voûte
Semble, sous lui, clore la route
A la moindre fécondité ;
Elle verdit déserts, parages,
Montagnes, tertres, marécages,
Recouvrant toute nudité.

Elle végète, en affluence,
Au sein des eaux et sur les monts;
Par elle la tourbe s'agence
Sur les hauteurs et dans les fonds;
Là, retenant le jet fluide,
Ici, séchant la mare humide,
Partout garantissant du froid,
Sous une épaisse couverture,
La mousse, en son enjolivure,
Des cases, même, orne le toit.

Active et prompte, sa croissance
Forme un tissu fort résistant,
De l'humide aimant l'influence
Sans céder à l'eau l'humectant;
Sa texture toute homogène
De seuls utricules est pleine,
Sans signe de vaisseau distinct;
Le sporange, l'anthéridie,
Dans cette trame, en sacs ourdie,
De leurs amours cèlent l'instinct.

Le lichen vit à la surface
Et la mousse érode le fond;
Sa racine fait longue trace,
Son jet en devient plus fécond;
En sol inculte est son empire,
Laissant le champignon s'inscrire
Sur les corps désorganisés.
Au fond des eaux l'algue s'installe;
Sur l'hépatique, en part égale,
Mousse, lichen sont apposés.

Ainsi, toujours, la Providence,
Dans les grandeurs et dans les riens,
Manifeste sa vigilance,
Réalisant les meilleurs biens ;
Quand la mousse lime la roche,
En cette poussière elle pioche
La disposant en frais terreau,
Qui, par ses ressorts dynamiques,
Des créations organiques,
Façonne l'immense berceau.

Le laboureur, en fin d'année,
Règle ses comptes, ses crédits ;
Dans la ferme il fait sa tournée,
Il pourvoit à de prompts débits ;
Il arrête ses inventaires,
Ses encaisses en numéraires,
Il vise aux ventes des produits ;
Il utilise les chômages
Pour parer aux divers ravages,
Causés par accidents fortuits.

Tous les instruments aratoires
Sont avec soin mis en état,
Sur ses nombreux laboratoires
Il étend son économat.
Il donne durant les veillées
Ses instructions détaillées,
Pour se soustraire à l'imprévu.
Il avise à ce qu'en famille,
Rien sans profit ne se gaspille,
Son monde étant de tout pourvu.

Des murailles en pierre sèches,
Sur leurs assises s'ébranlant,
Il répare fentes et brèches,
Refait à neuf un point croulant;
Il complète ses palissades,
Il nivèle ses esplanades,
En ouvrant cours aux flaques d'eaux;
Il comble toutes les ornières,
Il rend les routes régulières,
En consolide les ponceaux.

Il fait exploiter ses futaies,
En éclaircissant leurs massifs;
Il coupe ses taillis, ses haies;
Il creuse les ruisseaux chétifs;
Il assure les élagages
Des plus inopportuns branchages,
Des bois tarés, malades, morts;
Rentrant les graines résineuses,
Il sème les plus vigoureuses
Pour obtenir des plants plus forts.

Quand les champs sont inaccessibles,
Dans son logis sont accomplis
Tous les travaux rendus possibles
Par de propices établis;
Faisant des paniers, cages, claies,
Avec ses roseaux, oseraies;
Apprêtant litières, composts,
Il fredonne des chansonnettes,
Aux paroles toujours discrètes,
En se garant de nombreux toasts,

Dès le commencement d'année,
Le méger exploite son bail,
A moins que, par date ajournée,
N'en commence en mars le travail ;
Lors, il entre, au lever du chaume,
Si le précédent agronome
N'a déjà ce vide obtenu ;
Qu'une convention écrite
Détaille, sous forme explicite,
De tels accords le convenu.

Le bail règle labours, semences,
Assolements, tailles, provins,
Bétail, meubles, transports, dépenses,
Entretien des locaux, chemins ;
Il détermine les cultures,
Les modes, apprêts de fumures,
Les partages des divers fruits ;
Il fixe les prérogatives,
Toutes réserves respectives,
Le port en ville des produits.

Plusieurs réfèrent à l'usage,
Comme un pilote au gouvernail,
Mais pour l'entente du ménage
Mieux vaut en régler tout détail,
Peu défini par les coutumes,
Concernant les vins, blés, légumes,
Huiles, fruits, herbes, pailles, foins,
Bois, sarments, attraits, ustensiles,
Eaux, puits, ruisseaux, voyage aux villes,
Abus ruraux et tous besoins.

En hiver, l'agronome taille,
Pare, émonde ses oliviers,
Puis, à les chausser il travaille,
Il donne un labour aux fruitiers ;
Il fume en plein les olivettes,
Il plante les ceps ou crossettes,
Il repique les jeunes plants ;
Greffant ou marcottant ses vignes,
Il déchausse, en leurs interlignes,
Les pieds des souches sur leurs flancs.

Il met pois, lentilles en terre,
Et les garantit des oiseaux ;
Il sème graine potagére,
Il herse et tasse avec rouleaux ;
Sous leur pression le blé talle,
Puis, en fin mars, la vigne étale
Parfois de hâtifs œilletons ;
Lors, souvent, de vives gelées
Ou de tardives giboulées
Font un grand nombre d'avortons.

En mars, on visite la tonne
Si le vin s'y retrouve encor ;
On évite qu'il n'y bouillonne
Par l'éveil d'un nouvel essor ;
On l'apure par des collages,
En entretenant les ouillages,
On soutire en d'autres tonneaux ;
On aère cellier et cave,
On éloigne ce qui déprave
L'intégrité des vins nouveaux,

Mais dans les champs surtout s'agite
L'élan des végétations,
Sitôt que la chaleur l'excite,
Se font jour les éclosions ;
Les amandiers sous des fleurs blanches,
Dès février, couvrent leurs branches ;
Puis, la pervenche aux tons bleuets,
Les primevères, violettes,
Les narcisses et pâquerettes
Bientôt apprêtent leurs bouquets.

Les fleurs décorent les branchages
Des abricotiers, cerisiers,
Des laurier-tins dans les bocages,
Des buis, pêchers et cognassiers ;
Surmontant toutes les contraintes,
La vie, affirme ses empreintes
Sous les plus variés accents,
Auxquels tout être fait réponse,
En étalant la fraîche annonce
Du renouveau, du gai printemps.

LES
TRAVAUX DES CHAMPS
EN PROVENCE

A MON FILS

JULES BLACHE.

PROLOGUE

L'avoir d'un ample fonds de terre
Ne suffit pas pour enrichir ;
Si tu veux qu'il te soit prospère,
Qu'il assure ton avenir,
Conduis toi-même sa culture,
En patron de manufacture ;
Prévois-en le moindre détail ;
Si non, d'un méger convenable,
Probe, loyal, actif, capable,
Utilise tout le travail.

Tiens beaucoup moins à l'étendue
Qu'au bon entretien de ton fonds ;
Que sa façon bien entendue
Assure ses produits féconds ;
A l'achat d'un vaste domaine
Préfère sa grandeur moyenne,
Dans un heureux emplacement,
Dont la climature, le site,
L'accès et la bonne limite,
T'assurent bien-être, agrément.

10

Des monts la route est peu facile,
Leur produit est moins copieux,
Et dans la plaine plus fertile
L'humide est fort insidieux ;
Sur un coteau bien accessible,
Fais que ta demeure paisible
S'ouvre au sóleil, se ferme au vent ;
Que son front vers le Sud présente,
Mais que sa ligne s'oriente
En s'inclinant vers le Levant.

Lors, en hiver, de la lumière
Lè soleil t'éclaire plus tôt,
Le mistral souffle plus arrière,
En été le soir est moins chaud.
Que, sèche et pure, l'atmosphère,
Y trouve un abri tutélaire
Dans des massifs longeant le Nord,
Et que de trop denses ombrages,
Fournis par d'humides feuillages,
Du logis ne couvrent l'abord.

Qu'une surface bien voisine
Soit le centre de ton chantier,
Et qu'à son enceinte confine
Le logement de ton fermier ;
Joins-y puits à pompe ou fontaine,
Volière, basse-cour, garenne,
Bûcher, loge à sarments, hangar,
Remise, fenil, écurie,
Bassins, séchoirs, buanderie,
Et des instruments ton bazar.

Sur points s'offrant les mieux propices,
Oppose un barrage aux cours d'eaux ;
Fais déboucher leurs orifices
Dans des étangs à citerneaux ;
Que tes celliers, caves et cuves
Soient à distance des effluves
De la suie et de ses fumiers ;
Place assez loin tes porcheries ;
Aie ou non moulins, bergeries,
Auvents à ruches et viviers.

Conserve tes vins, ta piquette,
Tes huiles, grains, fruits verts et secs,
Dans leur intégrité complète,
Hors d'atteinte de tous échecs ;
Qu'un bon système d'ouverture,
Qu'une fraîche température,
En local non humide et clos,
Répondent à ta prévoyance
Pour maintenir, en permanence,
Tes récoltes hors de défauts.

Souvent, par des propriétaires
Sont aménagés, à grands frais,
De belles fleurs en gais parterres,
Des serres, des jardins anglais,
Des arbres aux hautes futaies
De l'avenue ornant les haies,
Des tertres, jets d'eau sur bassins,
Aquariums, tèses, bruyères,
Pelouses, vergers, pépinières,
Promenoirs, parcs, bosquets de pins.

Par quelques ares de colline,
Par un coin de sol réservé,
Pare à ce faste qui ruine,
Dont tu dois rester préservé,
Par l'attrait du charme suave
Que ton bois, sans te rendre esclave
D'un luxe toujours décevant,
Offre à la douce rêverie
De ton âme tant attendrie,
Au sein de ce site émouvant.

Sois toujours bon, sage, équitable,
Probe, humain, prudent, vertueux,
A tous tes voisins agréable,
Pour tes parents affectueux,
Plein de respect pour la vieillesse,
Simple, sans apprêt ni rudesse,
D'une sévère intégrité,
Doux, indulgent, discret, honnête,
Fais le bien, sois d'humeur parfaite,
Adore la divinité.

A l'entrain, à la diligence
Pour la culture de tes champs,
Joins l'adresse, la patience;
Constate bien le prix du temps;
N'ajourne jamais ton ouvrage,
Ne le dévance davantage,
Interviens à l'instant donné;
Consulte tes moyens, tes forces,
Résiste aux trompeuses amorces,
Que tout par toi soit raisonné.

Ne tente rien à l'aventure ;
Compte-bien, mais paie encor mieux ;
Ne dépense qu'avec mesure,
Ne sois point parcimonieux ;
Par l'ordre, par l'économie,
Toute gérance est raffermie ;
Choisis ton aide dévoué,
Docile, ponctuel, fidèle,
Pour te complaire plein de zèle,
A l'œuvre toujours enjoué.

Lors, le bonheur en ton domaine
Semblera fixer son séjour,
Ta récolte sera mieux pleine,
Et de tous tes enfants l'amour
T'ouvrira ces réjouissances
Que le ciel verse, en affluences,
A ceux ayant paix en leurs cœurs ;
Au sein d'affables sympathies,
Près de toi seront réparties
De l'existence les douceurs.

Alors fuiront de ta pensée
L'ennui, les soucis, les regrets,
Et ton âme aux champs enlacée,
En savourera les attraits ;
De la nature les magies
T'étaleront leurs effigies
Empreintes de suavités,
Et sa splendeur, toujours nouvelle,
Sans fin t'apparaîtra plus belle
Et féconde en sérénités.

Pénètre toi bien des principes
Qui règlent les travaux des champs,
Sans les prendre pour prototypes
Ou comme axiomes tranchants;
Sache qu'en maintes occurrences,
Convergent des coïncidences
Faisant dévier nos desseins;
Ne délaisse point le précepte,
Mais en toutes choses accepte
Ce qui mène à meilleures fins.

Surtout, en face de la vie,
Ne te montre point exclusif;
A ses formes non asservie,
Son libre essor est expansif;
En regard des facteurs multiples
Qui déterminent ses périples,
Ses termes, toujours en progrès,
S'élèvent jusqu'à des portées,
Dont les hauteurs illimitées
Révèlent d'inconnus accès.

Ne cultive que plants utiles
Dont tu peux consommer les fruits,
Ou dont les récoltes faciles
Donnent d'avantageux produits;
Evite d'entrer en dépenses
Pour achat d'engrais ou substances
Dont ton sol peut fournir l'apprêt;
Et, jamais, chez toi ne confine
Un superflu qu'on n'élimine
Que pour parer à son acquêt.

Selon les qualités des terres,
Dirige tes plantations
Que rendent plus ou moins prospères
Tes modes d'opérations;
La grande culture aux domaines
Convient, surtout s'ils sont en plaines;
Les blés tallent en tels milieux;
Sur les coteaux bien plus arides,
Les vignes croissent moins turgides;
Mais leurs sucs sont délicieux.

Transforme un terrain arrosable,
Soit en pré, soit en potager.
La pierre, au sol peu favorable,
Concourt à le désagréger;
Elle gèle, en hiver, la plante
Qu'elle tient, en été, brûlante,
Sur son pied ne résistant pas.
En nos fonds, la tige arbustive
Redoute moins la chaleur vive,
Portant sa racine plus bas.

C'est là que prospère la vigne
Et que resplendit l'olivier,
A peine le blé s'y résigne,
Son grain y croissant printannier;
Mais notre petite culture,
Tant active, ne veut exclure
Le produit d'aucun de ces plants;
Elle rend ses récoltes triples
En des assolements multiples,
Par ses labeurs et ses talents.

Ayant à te conter l'histoire
Des travaux les plus usuels,
Je ne rappelle à ta mémoire
Que ceux chez nous habituels;
Leur facture est bien plus directe
Quand à la vigne elle s'objecte,
Dont plus riche est le seul rapport;
Mais en signalant l'avantage
Qui de chaque œuvre se dégage,
L'entente des sols mieux ressort.

La culture mixte ou petite
S'accomplit surtout à la main;
Bien fréquemment sa réussite
Comporte des chevaux l'entrain;
Chez nous, elle se subordonne
A la vigne qui s'échelonne
Sur le tiers environ des champs,
En outins qu'on voit s'entremettre
A distance d'un triple mètre,
Une oulière isolant leurs rangs.

Chaque pays pour la culture
A ses modes déterminés;
Avec eux sans faire rupture
Délaisse les us surannés;
Mes avis n'ont trait qu'à la zone
Du Var et des Bouches-du-Rhône,
Séparant Marseille et Toulon;
C'est à Saint-Cyr que sont nos vignes;
Le canton s'étend jusqu'à Signes,
Depuis le rivage d'Alon.

LA TERRE VÉGÉTALE

En notre terroir si fertile,
Effondre à trois ou quatre pans,
Pour que ton travail reste utile
N'y procède qu'avec grand sens ;
De tout ton champ que la nature,
Les qualités, la climature,
Soient comprises dans tes devis ;
Que ses formes, son fond, sa pente,
Les points vers lesquels il présente,
Soient précomptés en tes avis.

Défonce tout sous sol d'argile,
Son imperméabilité
S'opposerait au cours mobile
D'une humide fluidité ;
Mélange les couches de terre ;
S'il le faut, dans leur sein enserre
Canaux, amendements, engrais;
Et sous la couche végétale,
Etablis au moins part égale
D'un terrain perméable et frais.

Silicate aqueux d'alumine,
Bruni par l'oxyde de fer,
L'argile, en pâte s'agglutine,
Pompant l'humidité de l'air ;
Par le gel elle se délite,
En miettes même elle s'effrite,
La chaleur en retrait la fend ;
Sa terre forte, froide et lisse,
S'oppose à ce qu'en elle glisse,
L'eau qui sur sa zone s'étend.

Les fortes couches de ses glaises
Se dessèchent en se gerçant,
On rend leurs masses moins obèses
Par la chaux qui, les amorçant,
Les transforme bien mieux friables,
Plus solubles, plus perméables ;
Un écobuage bien fait,
Les labours profonds, les drainages,
Et des engrais les avantages
Y réussissent à souhait.

Divisé par l'écobuage
Le sol argileux se dissout ;
Il s'ameublit par le chaulage ;
En poudre encor il se résout,
Soit par l'acide carbonique,
Soit par un engrais organique ;
L'oxygène, l'humidité,
Les changements d'air réagissent
Sur ses mottes, qui s'amollissent
Et parfont leur fertilité.

Lors, l'argile est plus accessible
Aux effluves des corps voisins,
Elle devient plus réductible
Dans ses atômes intestins.
Si ses couches imperméables
Par les eaux sont infranchissables
A travers ses bancs condensés,
L'argile meuble s'en éponge :
Hors de tout courant d'air prolonge
Ces contacts les mieux déplissés.

La silice de l'alumine
Reçoit son onctuosité ;
Un alcali les élimine
Ou s'y joint en connexité ;
Le plus souvent, c'est la potasse,
Et l'ammoniaque s'enchasse,
En un accord si persistant,
Par son engrais, dans cette terre,
Qu'elle semblerait réfractaire
A ce gaz en elle latent.

Le terrain léger doit au sable
L'absence de cohésion ;
Son grain dur, insoluble, instable,
N'agit que par division ;
En lui la silice domine ;
L'air, la chaleur, l'eau, la racine
Le traversent sans l'altérer ;
Assez facile est sa culture,
Il ne retient pas la fumure
Et tarde à s'améliorer.

S'il reste blanc, l'ardeur solaire,
Fréquemment, ne l'échauffe pas ;
Des eaux le parcours trop célère
Dans les sables filtre trop bas ;
Trop mobiles, par les gelées,
Les racines sont descellées,
En ces terrains dont les labours,
Faits en couche bien moins profonde,
Retiendront leur vertu féconde,
Si l'argile y joint son concours.

Parfois fixant en leur substance
L'intensité de la chaleur,
En eux celle-ci se condense
Au point d'altérer leur valeur ;
Ils rendent l'argile poudreuse,
Ils font toute terre sableuse,
Plus ou moins gros s'offre leur grain,
Et leur texture arénacée,
Rarement, se perd effacée
Dans la trame de tout levain.

Alors qu'aux terres argileuses
Se rattachent les sols schisteux,
Les légères sont siliceuses,
Leurs grains ténus ou caillouteux,
De provenance granitique,
Alluvienne ou volcanique,
De chaleur, d'air bientôt empreints,
Les rendent en produits hâtives ;
Elles ne sont froides, tardives,
Que si trop blancs restent leurs teints.

D'aspect blanc, la terre calcaire,
Au sec, s'effrite, s'ameublit;
Alcaline, froide et légère,
Vite en elle l'engrais faiblit;
Elle neutralise l'acide,
Sous son contact tout fer s'oxyde;
Hâtant la végétation,
La chaux, l'acide carbonique,
Qu'en gaz chasse le sulfurique,
La forment par attraction.

La chaux vive attaque l'argile,
L'amollit en grumeaux gluants,
Elle fixe le gaz mobile
Des acides évoluants;
Son heureux concours se prononce
Dans la tourbe et bois qu'on défonce;
Elle isole l'azote à nu,
Elle se délite en hydrate,
Et s'offre en fertile phosphate,
Pour les grains toujours bienvenu.

Le plâtre parfois la supplée
Donnant du soufre avec la chaux;
On le disperse à la volée
Il stimule les végétaux.
Rarement joint à la fumure,
Le calcaire, en telle mixture,
Peut consumer les jeunes plants,
Ou déplacer l'ammoniaque,
Qui, dans l'engrais, trouve un cloaque
Retenant ses jets trop coulants.

La potasse deliquescente
Abonde dans le végétal ;
La soude plus efflorescente
S'y trouve en nombre moins égal ;
Mais parfois son hydrochlorate,
Se transformant en carbonate,
Fait un appoint dans le terrain ;
Son effet en sol sec, calcaire,
Se montre surtout salutaire,
Si sans excès est son entrain.

Cent parts d'une terre argileuse
Absorbent soixante et dix d'eau,
Dont cinquante, dans la crayeuse,
Peuvent pénétrer le réseau,
Qui, s'encroûtant à la surface
Qu'en poussière le vent déplace,
Fond par la pluie et le dégel ;
Rendant l'argile plus friable,
Sa chaux fait adhérer le sable,
Sans l'unir en mortier réel.

Les terres chaudes sont légères,
Ont sables ou chaux en excès.
Leur silice entame les verres
Et l'eau sur elle est sans accès ;
En gaz acide carbonique,
Leur calcaire par l'acétique,
Bouillonne tout effervescent.
A la langue hâpe l'argile
Dont la pâte, par l'eau ductile,
Offre une odeur que tout flair sent.

La terre forte, humide et brune
Garde plus longtemps la chaleur,
Et dans les plaines opportune,
La légère, a bonne valeur ;
Elle y rend mieux la vie active,
L'eau s'en dégage fugitive,
Ne stagne pas sur son bas-fond ;
Au couchant, par sa persistance
Le soleil, le soir, influence
Ce sol qu'il maintient plus fécond.

Redoute du Nord la froidure ;
Au Sud, le soleil corrosif ;
A l'Est, du matin la gelure ;
Du Nord-Ouest le vent si vif.
Sur les coteaux retiens l'argile,
Pare à sa perte trop facile,
En creusant plus profondément ;
Sur leur front sud, l'ardeur plénière
De la chaleur, de la lumière,
Fait végéter activement.

Les argiles, sables, calcaires
Sont les débris désagrégés
Des rochers les plus réfractaires,
Dans leur état endommagés
Par la chaleur, l'eau, les acides,
Par les gaz naissants, fort avides
D'incessantes combinaisons,
Par les matières organiques
Dont les puissances dynamiques
Fécondent tant de liaisons.

Les sols d'une ancienne origine
Sur silicates sont fondés ;
On y trouve soude, alumine,
Manganèse et fer oxydés,
Potasse, parfois magnésie,
Qui, sous carbonate, est saisie
De cinq parts d'eau par riche augment,
Et qui, dans la roche nouvelle,
Au calcaire qui s'y décèle,
Se réunit si fréquemment.

Le sol alors dolomitique
Fixe l'eau dans son canevas ;
Avec l'acide silicique
La magnésie est en micas ;
Unie au fer, en serpentine,
Elle se montre verte et fine ;
Comme plusieurs métaux susdits,
Elle se combine aux sulfates,
Apparaît en hydrochlorates,
Par l'effet d'incessants conflits.

Le fer peroxydé délaisse
De l'oxygène le trop plein ;
Son oxydation s'abaisse ;
De sa réduction l'entrain,
Par le détritus organique,
Produit l'acide carbonique ;
Puis il s'oxyde de nouveau ;
Lorsque les acides l'atteignent,
Ses atomes, en sels, s'empreignent,
Des plants pénétrant le réseau.

Le suroxyde manganique
Concourt à la tonicité ;
D'oxygène base magique,
Il accroît la fécondité ;
Par sa forte teinte noirâtre,
D'une chaleur opiniâtre
Avec fixité s'imprégnant,
Sa quantité bien que réduite,
Du fer parfait la réussite,
A ce minéral s'adjoignant.

Maintiens ton sol bien accessible
A l'ensemble des éléments ;
Fais qu'aucun d'eux ne soit nuisible
Par excès ou par détriments,
Que l'eau, la chaleur, l'engrais même
Ne dépassent le terme extrême
De leurs réciproques rapports ;
De chaque influence propice
Utilise tout le service,
En temps voulu pour ses apports.

Préfère la terre complète,
Où par leurs mélanges unis,
Chacun des éléments s'apprête
En des accords bien définis ;
Ton sol sera franc et fertile,
Quand à quarante et huit d'argile,
Trente en sable, sept en humus,
Seront joints quinze de calcaire,
Et, pour appoint d'eau nécessaire,
Ajoute encor vingt parts en sus.

Des champs la couche cultivable
Atteint jusqu'à trois demi-pans ;
Elle forme la couche arable ;
Un sol végétal, sous ses plans,
Joint un sous-sol dont la structure,
Peut différer, même en nature,
De celui travaillé dessus ;
Lors, leurs qualités s'influencent,
Leurs défauts se contrebalancent
Et le terrain vaut même plus.

Grâce à la bonté de la terre,
L'amendement, en nos pays,
N'est que rarement nécessaire,
Tant nos sols se montrent exquis ;
Unis, à l'argile stérile,
Une chaux qui la rend ductile,
Soit une marne ou du gravier ;
Les argiles et le calcaire
Font que le sable mieux adhère ;
Evite de trop les lier.

Projette dans la terre blanche,
Argiles, sables bruns, engrais ;
Rends-la dans ses rapports plus franche,
Brunis son teint, mais qu'il soit frais ;
La suie avec l'éteinte braise,
Le fer rouillé, le manganèse,
Le jus d'un fumier consommé,
En basaneront la surface
Jusqu'à ce que le blanc s'efface,
Et que le fond soit transformé.

C'est par mixture aérienne,
Etat naissant, porosité,
Par lumière, chaleur moyenne,
Par eaux, gaz, électricité,
Que le sol végétal s'affine
Dans sa contexture intestine,
En fécondant tout son levain
Par les combinaisons chimiques,
Par les mélanges organiques,
Qui s'interposent dans son sein.

La terre vit et s'électrise,
Elle prend part au froid, au chaud,
Se dissout, se volatilise,
Et se déplace en bas, en haut;
Elle s'alourdit ou s'allège;
Par l'eau, par l'air se désagrége,
Elle tend ses puissants ressorts,
S'alcalise ou s'acidifie,
Se neutralise ou s'édifie,
Selon l'élan de ses essors.

La couche, dite végétale,
Est un immense réservoir
De fertilité sans égale,
Epanchant son plein déversoir
D'attractions et d'harmonies,
D'affinités indéfinies,
Où les agents les plus actifs,
Tacitement, de la nature
Tressent la brillante parure,
Sous des échanges affectifs.

La terre ainsi toujours mobile,
En son instante activité,
Intervient sans cesse ductile
Par son expansibilité;
Humus, elle se fertilise,
Puis dans les plants elle intronise
La vie en son essor normal;
Dont les grâces, les sympathies,
Sont avec bonheur ressenties
Par tout le monde végétal.

Elle développe les germes
Des éléments des corps vivants;
Sous des apparences inermes,
Tous ses efforts sont connivents
Pour organiser des atomes
Les attractions autonomes
Vers l'auguste vitalité,
Dont la terre apprête et façonne
Des génèses qu'en elle ordonne
Son incessante affinité.

L'EAU VÉGÉTALE

Prends, comme moyenne annuelle,
En chaleur quatorze degrés,
Et pour l'eau qui du ciel ruiselle
Cinquante-un centimètres près ;
Mais ajoute à cette mesure
Un appoint, en agriculture,
Offrant une grande valeur :
Un demi-mètre de rosée,
Plus, d'eau de mer interposée
Deux forts centimètres d'ampleur.

Le sol, en eau qui s'évapore,
Donne en centimètres, cent-six ;
Si le vif soleil la dévore,
En humide, il n'est pas sans prix ;
La pluie, en averse fréquente,
Cinquante-neuf jours se présente ;
Se perdant parfois aisément,
Elle fuit sur la terre sèche,
Qui, si le labour la tient fraîche,
Entrave un tel écoulement.

La pluie, arrivant en septembre,
Le mois suivant, augmente encor;
Puis, jusque vers la fin décembre
Reparaît souvent son essor;
En février, l'excès d'humide
Pour la santé s'offre perfide ;
Mars donne vingt-six jours de vent.
D'avril bienfaisante est la pluie;
Si trop vite elle se ressuie,
Crains du sec l'effet énervant.

Parfois, en été, des bruines
Soulèvent un fougueux mistral,
Ou des éclairs, sur nos collines,
S'argentent en brillant signal
D'orages, dont les eaux fuyantes
Sur le sol jaillissent saillantes
Sans en alimenter le sein,
Et, par leurs courses vagabondes,
Emportent les terres fécondes
Dans le lit d'un torrent voisin.

Arrête par de forts barrages
Tous ces cours d'eau si véhéments ;
Par des ados mis en bornages
Entrave ces jaillissements ;
Des eaux errantes fais réserve,
En de larges fossés conserve
Ce liquide si précieux
Pour le colmatage des terres,
Pour des arrosages prospères
En revenus prodigieux.

De la vapeur qui se tient close
Dans l'air plus ou moins attiédi,
La rosée, en eau, se dépose,
Au contact d'un corps refroidi ;
Vers le milieu de la journée,
En gaz, l'eau s'élève internée
Au sein de l'espace ambiant ;
La nuit, de l'air la froide couche
Tombe, et, sur le sol qu'elle touche,
Laisse l'eau se liquéfiant.

Lors, la plante de ce liquide
S'abreuve avec avidité,
L'appoint d'une fraîcheur humide
Entretient sa validité.
S'ouvrant chaque pore ou stomate,
L'eau détrempe et même dilate
Les parenchymes, les vaisseaux ;
Toute nuit d'été renouvelle
Cet arrosage qui ruisselle
Sur les plants et dans leurs réseaux.

Montant ou descendant sans cesse
Vers les points les moins imbibés,
Par suite de leur sécheresse,
Les sucs aqueux sont absorbés ;
L'excès même de calorique
Est détruit par l'effet magique
De la vapeur causant le froid ;
Plus chaude, quand elle est profonde,
Cette eau, de tout gel à la ronde,
Tempère l'inclément surcroît.

L'eau complaît surtout à la sève
Dont elle assure l'entretien ,
Le bon état , le cours sans trève ,
De ses éléments le maintien ;
Elle fait prospérer la feuille ;
Le ligneux par elle recueille
Le carbone qu'elle dissout ,
Il est vrai , sous l'état acide ;
Mais la plante en est fort avide ,
Sans retard elle le résout.

L'eau s'imprègne de sel calcaire ,
De produits ammoniacaux ,
Et , quand un acide l'obère ,
Elle érode les minéraux ;
Son afflux donne du branchage ,
A la tige plus d'étalage ;
Par son excès le plant jaunît ;
Le fruit perd sa saveur exquise ,
Si d'un sol sableux l'entremise
Tout ce dommage n'assainit.

Cet excédant nuit à la plante ,
Surtout dans un sol argileux ,
Où la racine est pourrissante
Sous l'engorgement vasculeux ;
Par des fossés , par des drainages ,
On dessèche ces marécages
Aux végétaux toujours suspects ;
Des canaux , disposés sous terre ,
Ouvrent aux eaux un cours célère ,
En maintenant les fonds plus secs.

Délaisse, pour ton arrosage,
L'eau dont le goût est astringent,
Celle crue ou sans aérage,
Où le savon est surnageant ;
Tempère-la par du calcaire,
Par un alcali tutélaire
Ou par de fertiles engrais ;
Des eaux stagnantes pare aux vices,
N'irrigue qu'aux moments propices,
Des mécomptes préviens les frais.

Les fonds par les eaux limoneuses
Sont engraissés ou colmatés,
Mais de concrétions sableuses
Les pieds des plants sont incrustés.
Des sols entraînant tout principe,
Chaque affluent d'eau participe
Des qualités de ces terrains.
Alcalise l'eau trop acide
Par la chaux dont elle est avide,
Fais cet apprêt en des bassins.

Évite que, dans la journée,
Par la chaleur s'évaporant,
L'eau de l'arrosage entraînée
Ne se perde en l'air s'ingérant.
Si des nuits la longue froidure
Compromet des plants la texture,
Abstiens-toi d'arroser le soir.
De l'eau l'effet si salutaire,
Au végétal surtout prospère,
A ses fins si l'on sait pourvoir.

Ne fais qu'un usage bien rare
Des eaux où sont mousses, carex ;
Préfère à l'eau de telle mare,
Celle présentant quelque index
De scirpe et patience amère,
De ciguë ou de salicaire,
De menthe humide, de roseaux ;
Choisis celle où sont véronique,
Cresson, renoncule aquatique,
Potamots qu'on nomme épis d'eaux.

D'une eau faiblement alcaline
Fais choix pour les arrosements.
L'eau de source, souvent saline,
Des sols retient les rudiments.
Celle de la pluie ordinaire
Recèle toute la poussière
Des débris fluctuants dans l'air ;
Les nitrites ou les nitrates,
S'y joignent aux hydrochlorates
Exhalés du front de la mer.

Dans telles eaux météoriques
Parfois sont maints corps volatils,
Des microzoaires magiques,
Des germes, des ferments subtils,
D'imperceptibles myriades
D'infusoires, de tardigrades,
De rotifères, de pollens,
De milioles, de fécules
Et de bien d'autres particules
Dont l'air cèle des spécimens.

Que l'eau potable soit limpide,
Agréable, fraîche en été ;
Que l'air, le carbonique acide,
Assurent sa légèreté ;
Qu'en matière fixe, un millième
Soit au moins sa limite extrême ;
Prends-la sans sulfate de chaux,
Qui la rend dure; lourde, douce,
Que pour la cuisson l'on repousse,
Qui tient le savon en grumeaux.

L'eau s'offre comme véhicule
Des sels et des sucs nutritifs,
'Elle accède en chaque globule,
Parfait les éléments actifs
De la texture végétale
Que, dans sa trame, elle régale,
Qu'elle pénètre et rafraîchit ;
Elle abat le chaud, la poussière,
Ameublit et dissout la terre,
La désaltère, l'enrichit.

Engrais minéral, organique,
L'eau s'utilise à toute fin.
Comme corps neutre il est unique,
Il devient acide, alcalin ;
Selon l'état de son mélange,
Sa nature de suite change ;
Propre à toute réaction,
Ce dissolvant, par excellence,
Détruit rarement la substance
Apte à la végétation.

L'HUMUS

Dans les sols, du ligneux le reste
Pourrit, met son charbon à nu,
Dont l'utile concours atteste
La valeur de ce contenu ;
L'humus agglutine la terre,
Dans ses mailles il pompe, enserre
Les gaz par sa porosité ;
Et dans son sein, toujours active,
L'affinité, qui se ravive,
Des plants fait la fertilité.

Le sol, les débris organiques
Se mélangent en des terreaux
Dont les facultés énergiques,
Qu'attisent les sels minéraux,
Sont, par l'oxygène et l'humide,
Convertis en humus avide
D'eau, d'air, de gaz et de chaleur ;
D'un brun noir, poreux, perméable,
Il garantit au sol arable,
L'absorption dans son ampleur,

De l'humus les teintes brunâtres,
L'odeur fade ou de bois pourri,
La légèreté, les emplâtres
En taches de fumier pétri,
Montrent la féconde richesse
Dont l'azote, dans sa largesse,
Fait offre à la vitalité
Qu'incitent le gaz oxigène,
Le carbonique, l'hydrogène,
La chaleur et l'humidité.

L'altération graduelle
De ce carbure végétal,
Offre, en affinité nouvelle,
A l'appât de l'essor vital,
La substance ammoniacale
Et la matière minérale :
Phosphate, ou fer, potasse et chaux,
Cédant de basiques oxydes
A tous les humiques acides
Prenant naissance en ces réseaux.

L'humus, magasin de carbone,
En tient plus de moitié pour cent ;
En gaz carbonique il foisonne,
L'oxygène à lui s'unissant ;
Il cèle deux pour cent d'azote,
Souvent s'enrichit cette cote ;
Il divise le sol compact ;
Reliant la terre légère,
Il y fixe l'eau trop célère,
Formant pâte sous le contact.

Quoi qu'en retrait ses molécules
Au soleil ne fendillent pas,
Et disjointes ses particules
Ne se collent point en amas ;
Au gaz, à l'eau, son alliage
Ouvre un alternatif passage,
Qu'ils viennent du sol ou de l'air ;
Il met en rapport la racine
Avec des sucs dont l'origine
Monte des fonds qu'atteint le fer.

L'humus ou terreau perméable
Aux gaz, à l'eau comme aux engrais,
En chaque élément, fort instable,
Des sucs nutritifs fait les frais ;
Par ses détritus génériques,
Propice aux effets génésiques,
D'une riche vitalité,
Il se transforme dans la plante,
La développe, la sustente,
S'il est bien franc d'acidité.

En richesse l'humus valide
Fait prospérer les végétaux ;
S'il n'a pas de principe acide,
S'il abonde en sucs animaux,
Sous le nom de doux on le classe ;
Lors il n'offre guère de trace
Des corps en lui décomposés ;
Mais s'il retient une acescence,
Du tannin prouvant l'influence,
Préviens ses effets déguisés.

Dans cet engrais, par une base,
Sature l'acide adhérent ;
Que de sa nature la crâse
Ait un alcali pour garant.
La chaux souvent s'offre propice,
Lorsque le sol, sans maléfice,
Accède à ce puissant secours ;
Egoutte, laboure, écobue
La terre d'un humus imbue
Dont tu crains l'acide concours.

Lorsque le terreau prend naissance,
Il tient, enlacés dans son sein,
Des éléments dont l'influence
Fait végéter avec entrain ;
Sa masse, absorbant l'oxygène,
D'acidité se met en veine,
Dont l'appoint, à l'état naissant,
Des oxydes, sels métalliques,
Echange les rapports statiques,
En formant un suc nourrissant.

Ainsi, dès qu'il se décompose,
Le bois apparaît en humus ;
Au sein des alcalis s'appose
Son plus mobile détritus,
Sous forme d'acides humique,
Ulmique, géique, crénique,
En corps solubles et salins ;
D'ammonium le carbonate,
Tant expansif, cède, à la hâte,
Carbone, azote aux plants voisins.

Privés d'azote, ces acides
Sont presqu'insolubles dans l'eau ;
De chaux, d'ammoniaque avides,
Ils parfont ainsi le terreau.
Que les alcalis y dominent,
Qu'à tout acide ils s'y combinent,
En rapports même indéfinis.
Analyse avec soin la terre,
Si tu veux la rendre prospère
En produits amplement fournis.

Formé d'éléments organiques
Ou de leurs dérivations,
L'humus, en ses signes typiques,
N'est pas sans variations ;
Quand du tannin il n'offre piste,
Sous un état neutre il existe ;
On le dit tourbe sous les eaux ;
Par oxydation latente
S'il pourrit, sa force s'évente,
Perd ses lots ammoniacaux.

Evite qu'il s'acidifie,
Qu'il soit par l'eau trop humecté,
En excès qu'il se tuméfie ;
Par sécheresse contracté,
Ses divers degrés de mouillure
Faisant varier sa texture,
De sa masse le changement
Concourt à déchausser la plante.
Avec surcroît, s'il la sustente,
L'humus cause son versement.

Ne crains pas qu'un ferment putride
Sur ton sol germe en son couvain,
Sans cesse entrave de l'acide
La présence sur ce terrain.
De tout élément d'acescence
Préviens la perfide accointance,
Arrête son expansion.
Mieux encor que la positive,
L'électricité négative
Soutient la végétation.

L'abord de l'air moins accessible
Dans les profondeurs du terreau,
Mitige l'effet combustible
De l'oxygène en tel réseau.
Aux composés humique, ulmique,
Succèdent ceux d'ordre crénique,
D'une plus forte acidité ;
L'acide carbonique, ensuite,
Complète et comble la limite
De ce mode d'affinité.

Par oxydation constante
L'acide carbonique naît ;
A travers le sol il s'évente,
Et le végétal s'en repaît ;
Dans l'humus son riche quantième
Atteint le rapport d'un dixième ;
Affluant à profusion,
L'eau l'insinue en la racine,
Dans les plants il se dissémine,
Hâtant la végétation.

Fixé par l'alcali caustique,
Mais se portant vers d'autres corps,
Le gaz acide carbonique
De l'humus s'épand au dehors ;
Du plant il fait la nourriture,
Il accroît la température,
Met en jeu l'électricité,
De son carbone il s'élimine,
Il hâte l'osmose intestine,
De la sève l'agilité.

L'eau s'en charge en égal volume,
Et quatre dix-millièmes l'air
Dans sa vaste masse en assume ;
Jadis il s'y trouvait moins clair ;
Condensé dans tout le calcaire,
Il s'exhale pur de la terre,
Il est fourni par les engrais ;
Surtout actif, dès sa naissance,
Son effet, avec persistance,
Est pour la plante plein d'attraits.

Il détruit la rude structure
Des terrains les plus indurés,
Il s'infiltre en toute fissure
Sous des afflux exagérés ;
Par suite d'une action lente
Et de sa mise à nu croissante,
Des roches il use les flancs ;
S'unissant aux bases qu'il quitte,
Sur tous points il dissout, délite,
Puis, se condense dans les plants.

L'ammoniaque et cet acide
Avec l'eau forment les produits
De l'humus, alors qu'il s'oxyde
Jusqu'en ses ultimes réduits.
Du charbon parfois la texture
Dans la terre se maintient pure,
Si l'eau ne peut y prendre accès ;
Si l'hydrogène s'y dépiste,
Un carbure huileux coexiste,
Et la houille se montre après.

La terre, alors, reste stérile
Sous ces blocs minéralisés ;
Le goudron phénique annihile
La vie en sols fertilisés ;
L'ammoniaque de l'usine,
En sa fécondité décline
Avec la houille ou ses débris ;
Si de leur empreinte on l'épure,
Elle recouvre sa nervure
Pour conforter plants et semis.

Toute végétation cesse
Quand l'hydrocarbure couvant,
Ne brûle plus sous la finesse
Qui complaît tant au corps vivant ;
Le charbon se minéralise,
Et pour d'autres feux il s'attise,
Qui, transformés en mouvements,
Comme phares, moteurs du monde,
Dotent la terre, l'air et l'onde
De leurs féeriques rendements.

L'ENGRAIS

L'engrais alimente la plante,
Il lui donne force et produit,
Il rend sa trame succulente
Et la fertilité le suit;
De la vie ayant provenance,
Il renouvelle l'existence
Des débris qui l'ont engendré;
D'organisations éteintes
Il maintient les vives empreintes,
Sous un état régénéré.

Le végétal par lui s'engraisse,
Se réchauffe et se ramollit;
Par lui la stérilité cesse
Dans le terrain qui s'ameublit;
Sans son concours le sol aride,
Dans son rapport, laisse un grand vide,
Il reste infécond, amaigri;
Par lui, fraîche, luxuriante,
La végétation brillante
Épanche un appoint bien nourri.

Des fumures, par analyse,
Détermine bien la valeur :
A cent degrés leur part soumise,
Perd son eau sous cette chaleur ;
Au feu la matière organique
S'évapore, en gaz élastique,
D'une capsule en fort métal ;
De la seule cendre soluble
L'eau bouillante, en entier, s'affuble.
Pèse ces parts, fais leur total.

La plante trouve sa pâture
Dans les débris des végétaux ;
Sa trame est en hydro-carbure,
L'azote est pour les animaux ;
Mais, par sa puissante accointance,
Ce gaz déverse l'abondance,
Fécondant les fleurs et les fruits ;
De tels éléments le mélange,
En rapports assortis, s'échange
Sous de luxuriants produits.

Dans terre compacte ou légère,
En sols chauds, secs, bien défrichés,
Les plants nourris par l'atmosphère,
En verdure bien panachés,
Sont, sur place, dans l'entaillure,
Verts, florissants, mis en fumure,
Dès que s'ouvrent leurs œilletons ;
Enfouis les légumineuses,
Vesces, pois, fèves plantureuses,
De leurs sucs ces sols sont gloutons.

Les végétaux de nos collines
Si riches de vie et d'éclat,
Ont en leurs trames intestines
Un engrais ferme et délicat;
Tels sont les myrtes, les bruyères,
Les lentisques, cytises, lierres,
Les térébinthes, les plantains,
Les fougères, cystes, bugranes,
Les ajoncs, les valérianes,
Les oxycèdres et fusains.

Te seront tout autant propices
Les aspics, buis, genévriers,
Les bétoines, menthes, mélisses,
Les genêts et les églantiers,
Les sarriettes, centaurées,
Les scabieuses, germandrées,
Les lavandes, les romarins,
Les daphnés, bugles, marjolaines,
Les garrigues de petits chênes,
Les sauges, serpolets et thyms.

La suavité de ces plantes,
Leurs parenchymes attendris,
Leurs liqueurs odoriférantes,
Leurs bouquets aux sommets fleuris,
T'enrichiront d'une litière
Qui, par sa fraîcheur printannière,
Te dotera de sucs féconds;
De ses arômes le prélude
Garantira la plénitude
De la fumure sur tes fonds.

A ces plants associe encore :
La paille aux fragments tubuleux,
Dans le sein desquels s'incorpore
La pâte d'un engrais moelleux ;
Les tourteaux réduits par mouture
Et par préalable mouillure ;
Les zostères des bords de mer,
Aux feuilles longues, rubanées,
De sel marin assaissonnées,
Attirant la vapeur de l'air.

Tout animal faisant pâture
D'insectes, de foin sec, de grain,
Donne une plus vive fumure
Par sa chaleur, par son entrain ;
Si la nourriture est aqueuse,
Molle, relâchante, herbageuse,
L'engrais qu'elle forme est plus froid ;
Celui prenant son origine
Dans la fiente et dans l'urine,
Par ce fait en vigueur s'accroît.

Le résidu de l'herbivore
En azote est bien moins fourni,
Et dans sa trame s'incorpore
Un hâchis fibreux, mal uni ;
De litière, la bouse aqueuse
Se charge en bonne pourvoyeuse,
Fermentant moins que le crottin
Des chevaux, des bêtes à laine,
Dont l'action est si certaine
Qu'elle répond à toute fin,

C'est surtout pour les sols d'argile,
Détrempés, humides, profonds,
Que cette fumure fertile
Garantit des apports féconds.
En terrain sec, sableux, calcaire,
La bouse intervient salutaire ;
Et du porc le fumier bénin
Pour toute terre est convenable,
Sauf son odeur désagréable
Et son trop corrosif purin.

Celui que le lapin façonne, .
Bien plus puissant, vite fléchit;
Mais celui que la vache donne,
Est lourd, compacte ; il rafraîchit
La terre chaude, la légère,
La siliceuse ; il les macère,
Les lie en amas adhérent,
Lors, plus réfractaire à l'offense
D'une chaleur qui l'influence
Par son effet évaporant.

Le résidu qu'on élimine
Des volières, est fort actif;
Et le fumier de colombine
Entre tous s'offre le plus vif ;
Son action très-énergique
Reste vingt fois plus prolifique
Qu'un fumier de ferme normal ;
Celui provenant de volaille,
Dont plus fraîche est la victuaille,
Offre un engrais chaud et loyal.

Le guano, si riche en urates,
En produits ammoniacaux,
En sels alcalins, en phosphates,
Aux océaniques oiseaux
Redevable de sa mixture,
Recèle une ardente fumure
Dont on redoute la chaleur,
Que par des composts l'on tempère,
Avec plâtre, charbon ou terre,
Pour mieux répartir sa valeur.

De ces fumiers que, par mélange
Aux terrains toujours assorti,
Chaque efficacité s'échange
En un rapport bien réparti ;
Réserve pour la terre aride
Le fumier gras, en sucs turgide,
Et préfère, pour un sol froid,
Celui d'oiseaux ou d'écuries,
De garennes, de bergeries,
De chaleur offrant un surcroît.

Celui sous le moindre volume
Recélant le plus franc couvain,
Qui mieux que tous les autres fume,
Provient de l'excrément humain ;
En lui, bien des sucs organiques
Condensent leurs vertus magiques ;
Ses effets sont luxuriants ;
Et des reins le produit liquide,
Par son azote si valide,
Abonde en sucs vivifiants.

Soit que, sous forme de poudrette,
Revêtant un aspect terreux,
Par un tel apprêt il rejette
Ses nombreux sucs si vaporeux ;
Soit que, mis en pâte ou gadoue,
Il offre une fertile boue,
Toujours actif est cet engrais.
Par sulfates ou par litière
Désinfecte cette matière,
Mais ne la rejette jamais.

Répands le phosphate calcique
Des os dégraissés et broyés ;
Utilise le plus modique
De tous les débris balayés,
Des sabots, onglons, chevelures,
Ecailles, cuirs, vieilles chaussures,
Laines, résidus animaux,
Des déchets que les boucheries,
Du noir que les raffineries
Laissent se perdre en leurs préaux.

Mets à profit le sang, le sucre,
Que cèle ce noir animal,
Qui te réserve un fort beau lucre,
Avant que surgisse un signal
De son ferment alcoolique,
Suivi des lactique, acétique,
Défavorables à tout plant ;
On conjure leurs maléfices
Par des amendements propices,
Rendant cet engrais excellent.

Coerce l'essence expansive
Des engrais souvent volatils,
Fixe toujours leur force vive
Dans ses ingrédients virils ;
Unis aux sucs frais ou mollasses
Les sels excitants et vivaces ;
Mêle les fumiers chauds et froids ;
Que la litière, en permanence,
Se pénètre de la substance
De tous ceux dont tu la pourvois.

En l'enlevant de l'écurie,
On la répand en paillassons
Sur le plan d'une porcherie,
Pour parfaire ses liaisons ;
Dans la suie, en tas aplatie,
En deux mois elle est convertie
En amas homogène, noir,
Qu'on enfouit avec prestesse,
Avant que son ferment ne laisse
S'exhaler son meilleur avoir.

Evite tout excès extrême
Qu'encourt l'apprêt de ton engrais ;
Soit que, par ferment mis en crême,
Sa valeur subisse un rabais ;
Soit que sa substance ligneuse
Adhère à la pâte boueuse
D'un fumier sans corps, appauvri ;
Fais que, trop sec ou trop humide,
Son concours ne reste perfide
Ou dans sa valeur amoindri.

Le fumier qu'en suie on entasse,
Est noir, chaud, humide, onctueux,
De sa substance molle et grasse,
Transude un purin fructueux.
S'il est frais, en lui persévère
Du ligneux la fibre grossière,
Utile aux sols argileux, forts;
S'il est fait, plus vite il s'effleure,
Mais sa pâte forme un vrai beurre
Pour sols légers, secs, sans ressorts.

Selon les fonds et les cultures,
Sache donc varier le choix
Des éléments de tes fumures
Et de leurs différents alois;
En terrains argileux, humides,
Que les litières moins putrides
Offrent un engrais gras et lent;
En terre de grès ou de schiste,
Où l'élément chaud préexiste,
Ce même engrais est excellent.

Le jus de fumier fait s'encroûte
En laque, au contact des métaux,
Qui n'est que lentement dissoute
Si ce jus sort de vieux gluaux.
Le suc de fumure non faite
Ne s'unit qu'en laque incomplète
Dont les eaux hâtent le départ,
D'où résulte la valeur moindre
D'un tel engrais qu'on ne peut oindre
D'un jus noirâtre, en bonne part.

Les laques, en terre argileuse,
Ont bien plus de stabilité,
Si la base est alumineuse,
Si le fer s'y tient empâté.
Mais en sol sableux ou calcaire,
Qui forme la terre légère,
Cette stabilité s'enfuit,
La fumure est renouvellée
Aussitôt qu'elle est annulée,
Si l'on veut grossir le produit.

Le fumier fait est court, sans graines;
Il en retient plus s'il est frais,
Dont pour l'argile les aubaines
Recèlent de meilleurs attraits;
Il en divise la substance,
Il en brise la consistance,
Il la disjoint dans tous les sens;
L'engrais dans ce sol se consume
Si lentement qu'on ne le fume
Qu'une fois tous les deux, trois ans.

En terre calcaire ou sableuse,
On met l'engrais plus consommé,
En couche bien moins copieuse,
En ses éléments mieux formé;
Parfois, en simple couverture,
On l'éparpille avec mesure,
En réitérant ses emplois
Pour que son effet persévère,
Que son résultat ne s'altère
Dans ces sols trop chauds ou trop froids.

Dès octobre, par temps de pluie,
Que tes aides sur les coteaux,
Sitôt que l'averse est enfuie,
Coupent les frais, tendres rameaux,
Devant servir à tes litières
Que tu maintiens toujours premières
Pour subvenir à tes guérêts;
Et, vers la fin d'hiver, active
Un facturage qui ravive
De tels amas tous les apprêts.

Sous hangars, on pose en remise
Ces rameaux par tas successifs,
Puis en courts fragments on divise
Leurs feuillages si productifs;
Tous les trois jours, de l'écurie
Fais lever la fane qu'on trie;
La sale est mise au cochonnier;
Là, cette fumure un peu vive
Subit la fonte corruptive
Qui la transforme en gras fumier.

Que dans le bas-fond de la loge,
La litière détrempe bien;
Sur un massif hausse ton auge
Pour que le porc, en son maintien,
Y trouve un refuge propice
Contre l'excès d'eau qui s'immisce
A l'âcreté de son purin;
De ses vivres secs l'abondance
Combat la froideur, l'indolence,
Dont son fumier retient un brin.

Fais extraire, chaque quinzaine,
Ou dès qu'il paraît assorti,
Ce fumier dont l'odeur malsaine
Disparaît quand il est blotti ;
Qu'on l'entasse, dans une enceinte
Cimentée, hors de toute atteinte
De l'eau du ciel ou du soleil ;
Qu'on détrempe, parfois, sa masse
Avec son purin efficace
Pour attiser son prompt réveil.

Évite bien qu'il se dessèche,
Qu'il soit imbibé par les eaux,
Qu'un parasite ne l'ébrèche,
Qu'il ne se résolve en gluaux ;
Qu'un feutre ou filament blanchâtre,
De son azote ne le châtre,
S'étalant en mycélium ;
Qu'il ne soit surchargé de graine
Dont la fiente est souvent pleine,
Lui servant de palladium.

Préviens toutes effervescences
Dans la masse de ton fumier,
Ainsi que les efflorescences
Pointillant en un blanc poussier ;
Les alcalis, en carbonate,
Ou l'ammoniaque, en nitrate,
Y montrent qu'un actif ferment
Provoque du gaz sulfhydrique
Et de l'azote prolifique
Le trop rapide épuisement.

Sous pierres plates, qu'on isole
Le fumier ; il en coule un jus,
Par la pente d'une rigole,
Dans un bassin faisant afflux.
Que la fumure reste fraîche
Afin que son levain s'allèche,
Franc de décomposition ;
Une trop grande sécheresse
Amène bientôt sa faiblesse
Hâtant sa fermentation.

D'une fumure trop humide
Le surcroît d'eau nuit au ferment,
Il en abat l'effet rapide,
Il affaiblit son rendement.
Evite une active flagrance
Qui du fumier chasse l'essence,
Surtout quand on l'entr'ouvre à l'air ;
Car les principes organiques,
Volatils, en gaz élastiques
Se dissipent comme l'éther.

Qu'on recueille l'eau qui transude
De ces fumiers toujours tassés,
Qu'on coerce en leur plénitude
Les gaz en ces tas condensés ;
Modère la puissance vive
De cette eau forte et corrosive
Par celle d'un égoût voisin,
Ou par des marnes, cendres, terres,
Récurages, vases, poussières,
Mitige le brûlant purin.

Longuement, dans la porcherie,
Tu peux maintenir ton fumier,
En évitant qu'il s'avarie
Par excès d'eau sur le radier;
De celle-ci qu'un orifice
Prévienne tout le maléfice,
En facilitant son rejet;
Par des litières virtuelles,
Par apports de terres nouvelles,
Retiens le purin sans déchet.

Là, chaque jour plus divisées,
Hors du cours d'air et du soleil,
Les matières décomposées
Par facturage sans pareil,
Sous les pieds des porcs se mélangent,
Par fouillis des boutoirs échangent
Leurs sucs, en d'intimes rapports,
Bien mieux, que dans toutes usines,
Unis aux fèces, aux urines,
Pour surexciter leurs conforts.

La litière au fumier de ferme
Assure un bon excipient,
Et dans sa texture elle enferme
Le suc nutritif ambiant;
Fixant l'urine, la fiente,
Qu'elle assemble en pâte liante;
L'activité de son ferment
Isole volatil, soluble,
L'azote, dont elle s'affuble,
Plus actif par ce changement.

Les sels alcalins s'y disposent
Riches, stimulants, nutritifs ;
Et les fumiers ainsi se dosent
Des appoints les plus productifs ;
Le bon engrais rend à la terre
Tout ce que la récolte enserre
Non fourni par l'air, par les eaux
Qui font deux tiers de sa substance,
Son mètre cube à la balance
Pesant moins de huit cents kilos.

Mis en terre avant qu'il fermente,
Le fumier bien plus corpulent,
Sustente longuément la plante
Son effet se produit plus lent ;
Il ameublit tout fonds d'argile,
Le rendant ainsi mieux fertile,
Il y concentre la chaleur,
Il fait germer, beaucoup plus vite,
Toute la graine parasite
En plants que détruit le sarcleur.

Promptement hâte l'épandage
Des fumerons sur tout leur cours,
Si trop long est leur étalage,
Leurs sucs versent aux alentours ;
En terre à petite culture,
Rends biennale la fumure,
Et d'engrais de ferme normaux,
Par an, sur une seule hectare,
Pour taux d'une moyenne tare,
Projette dix mille kilos.

Que par épandage uniforme
Tout le fumier soit réparti ;
Fais que par son amas énorme,
Nul plant ne verse ou soit rôti ;
Si tu veux son effet rapide,
Ou chasser son eau, son acide,
Qu'il reste quelques jours épars ;
En s'aérant à la surface,
En terre il est bien moins tenace,
Mais crains de ses sucs les départs.

Utilise de l'atmosphère
L'engrais bénin, si naturel ;
Par déchaumage, par jachère,
Absorbe un air substantiel ;
Son eau, la lumière, l'azote,
Le carbone, tout ce qui flotte
En son inépuisable sein,
Chaque gaz qui s'y réfugie,
De l'oxygène l'énergie,
Dotent le sol de leur entrain.

Dans l'air, si propice aux cultures,
Sont des corps ammoniacaux,
Quelques minéraux, des chlorures,
Des rudiments de soude ou chaux ;
On y rencontre des sulfates,
Des organites, des nitrates,
Dont se chargent les eaux du ciel,
Et tout ce qui, sous forme agile,
S'élève en poussière subtile,
Convoitant l'immatériel.

Compense par d'heureux échanges
Les qualités de tes engrais ;
Par de confortables mélanges
Brasse des composts secs ou frais ;
Par sable, chaux, argile, amende
La terre dont le dividende
N'indemnise pas tes débours ;
Par nitre, phosphate calcique
Et carbonate potassique,
Aux sols maigres porte secours.

Epure par écobuage,
Un terrain humide, argileux ;
Qu'un parasitique entourage
Infecte de sucs frauduleux ;
Détruis ainsi larves, racine ;
Condense, dès leur origine,
Dans le charbon des sols braisés,
Les gaz, par combustions lentes,
Dégagés des débris des plantes
Et des corps animalisés.

Ne brûle pas l'argile sèche
Qui se durcirait en malons,
Abstiens-toi d'allumer la mêche
En sols amaigris et sablons ;
La combustion pulvérise
La terre qui se fertilise
Par des changements intestins ;
L'incinération utile
Met un terme à l'état stérile
Par l'appoint des sels alcalins.

Dans champs de blé, dans olivette,
De la fiente des troupeaux,
Fais valoir l'action complète,
En y parquant ces animaux ;
Par un labour préliminaire
Rends leur engrais plus tutélaire,
Empresse-toi de l'enfouir ;
Sur sol boueux, par temps humide,
Ce parcage est parfois perfide,
Conduis-le bien pour en jouir.

Réserve pour les céréales
Les engrais d'azote nantis,
Par des affinités normales
Au gluten étant assortis :
Les pailles, la chaux, la potasse,
Les féces qu'en ville on amasse,
Les tourteaux, en poudre épandus,
La silice, les azotates,
Les fumiers mixtes, les phosphates,
Des animaux les résidus.

Pour les oliviers et les vignes
Épuisant bien moins le terrain,
Leurs produits donnant peu de signes
De tout protéique levain,
Tu peux apprêter la fumure
D'après l'organique texture
Des végétaux formant tes plants ;
Mais n'en repousse pas l'azote,
Qui, d'un excédant vital, dote
Ses apports toujours opulents.

A la vigne donne ses cendres,
Ses marcs, ses feuilles, ses sarments,
Qui sont enfouis toujours tendres,
Divisés en menus fragments;
Fournis des laines et cornailles,
Onglons, sabots, débris d'écailles,
Potasse, engrais lents, peu hâtifs,
Ceux provenant des bergeries,
Apprêtés dans les écuries;
Maintiens-les purs, mais incisifs.

Aux oliviers pour nourriture
Porte des moulins les tourteaux,
Utilise, pour leur pâture,
Des ressences les sales eaux,
Les graines oléagineuses,
Fumier normal, terres vaseuses,
Amendements et gras déchets;
Donne à tes moutons pour fourrage
De ces arbres le vert feuillage;
Rends-leur du bétail les rejets.

LA VÉGÉTATION

Riche d'une initiative
Qui sur tous points s'épanouit,
La végétation active
Par ses produits nous éblouit;
Elle s'immerge en l'atmosphère,
Aspire l'air et la lumière,
S'épand par caloricité;
En des échanges dynamiques,
S'attisent les charmes magiques
De sa fraîche vitalité.

Par son impulsion natale,
Se succèdent tous les progrès
D'une croissance végétale,
Etalant ses brillants attraits,
Sous des rapports dont l'harmonie
Décèle la force infinie
D'un principe générateur,
Dont la procréante puissance
S'empreint, en tout, de l'ordonnance
Qu'impose son suprême auteur.

Toute plante cèle un mystère
D'existence et d'activités,
Que la vitalité confère,
Pleine de prodigalités.
Dans des cellules frémissantes
En des génèses incessantes,
Aux sympathiques mouvements,
La lumière, l'air chaud, l'humide,
Dont chaque germe est tant avide,
En avivent tous ses ferments.

Du nœud vital sort la plumule
Que nourrit le cotylédon ;
Au-dessous naît la radicule
S'allaitant du même amidon ;
Décorant la tendre tigelle,
De frais bourgeons, sous sa tutelle,
Portent au jour les fleurs et fruits ;
La tige se diversifie,
Et son ensemble s'édifie
En rapport avec ses produits.

Là, le bourgeon forme une feuille,
Non loin, il apprête une fleur
Dont un réceptacle recueille
Les organes dans leur ampleur ;
Le calice vert, la corolle,
Brillante en sa fraîche auréole,
Portent étamines, pistils
Dont le sein en graines abonde
Pour que, de la plante féconde,
Les germes survivent virils.

Dans cette afférence s'opère
De la floraison tout l'élan,
Qui, par son entrain, régénère
L'espèce sur son premier plan.
Vers son extérieur s'agite
La gemmation qui suscite
Un étalage bourgeonnant,
Qui, par un élégant feuillage,
Sur un harmonieux branchage,
Complète son port rayonnant.

Par l'acte seul de sa présence
L'embryon cause cet entrain,
Et sous sa magique influence
Se développe ce levain
Où principes gazeux, fluides,
De conjonctions sont avides
Pour susciter, en leur essor,
Des combinaisons amovibles,
De permutables équilibres,
Sous le plus attrayant décor.

C'est la vie, en sa forme infime,
Préludant aux premiers essais
D'un magique élan qui s'exprime,
En la plante, si vif, si frais;
Par affinité tutélaire,
Tendant à féconder la terre,
En resplendissant apparat,
Dont la magnifique opulence
Démontre, de la Providence,
La haute puissance et l'éclat.

Depuis son col jusqu'aux ramilles
La racine vit dans le sol ;
De ses spongioles, fibrilles,
Se reproduit le tissu mol.
Les racines sont pivotantes,
Ou sous terre rampent traçantes,
N'aspirant l'air presque jamais ;
Et leur trame vésiculeuse
Absorbé et verse en la fibreuse,
L'eau, les sels, les sucs de l'engrais.

A l'inverse de la racine,
Des feuilles et fruits vrai support,
La tige prend son origine
Sur le nœud vital ; elle en sort,
En divers sens elle façonne
Ses jets nombreux sur sa colonne,
En stipe, chaume, souche, tronc ;
Parfois en hampe elle s'efface,
La plante acaule n'en a trace,
Le bulbe l'offre en plateau rond.

L'épiderme en est la vêture,
La couche herbacée en amas,
Au dessous tresse une doublure
Apprêtant, en son canevas,
Sous la lumière, le carbone,
Qui, dans le plant, se fusionne,
L'oxygène étant mis à nu ;
Et du liber la feuille fine
Par le cambium s'agglutine
A l'aubier, bois nouveau-venu.

Au centre est la moëlle légère
Dont les interstices nombreux,
Au fluide qui les aère,
Ouvrent leurs réservoirs poreux.
A nœuds espacés, fistuleuse,
Dans le chaume, la tige est creuse,
L'air l'emplit, la sèche plus tard ;
La souche incline vers la terre ;
Un bouquet terminal enserre
Le haut du stipe en son écart.

D'yeux nombreux la tige foisonne,
Sitôt qu'apparaît le printemps ;
Vers le solstice, elle boutonne
En tendres bourgeons affluents,
Pour les feuilles : pointus, coniques ;
Pour les fruits : gonflés, ronds, sphériques ;
Et l'an, d'après, en leurs réseaux,
Le végétal se renouvelle,
La naissante tige se scelle
Aux flancs, aux sommets des rameaux.

Sous des squames dures ou molles
Les bourgeons, trouvant un abri,
Donnent de vertes folioles,
Dont le parenchyme attendri
Est une texture herbacée
Par des nervures enlacée,
Qui ne sont que vaisseaux fibreux,
Dont le double courant assure
En tous les sens, dans son allure,
Le libre cours des sucs séreux.

Les feuilles donnent le frais, l'ombre,
Abritant les fleurs et les fruits,
Elles grandissent par leur nombre
Les végétaux en leurs circuits ;
Elles absorbent la lumière,
L'air, les gaz, la vapeur légère,
En s'inclinant même en leurs sens;
En elles, la sève s'avive,
La transpiration s'active,
Elles sont l'ornement des plants.

Elles décorent les bocages,
Elles en parent les massifs;
Les vents, en leur papillotage,
Murmurent des sons expressifs ;
Sous leur teint, l'horizon verdoie,
Et la fraîcheur répand la joie
Dans l'âme, le cœur et l'esprit;
A leur aspect, irrésistibles,
Les pensers surgissent paisibles,
.L'imagination sourit.

Bien plus resplendissants s'étalent
Ces reflets si majestueux,
Quand en leurs touffes s'intercalent
Des pédoncules luxueux,
Soutenant, en leurs afférences,
De superbes inflorescences
En corymbes, grappes, chatons,
Ombelles, cônes, panicules,
Spadices, épis, capitules
Ou tyrses aux si riches tons.

Piquant le doigt qui les explore
Par des aiguillons durs ou fins,
Les plantes nous offrent encore
Des stipules, suçoirs et mains ;
Parfois d'un duvet la souplesse
Les enlace sous sa mollesse,
Qu'adoucissent des miels naissants,
Que des glandules miliaires
Ou des amas nectarifères
Versent près des jets florissants.

La plante à l'air prend l'oxygène,
Le carbone, en elle isolé.
Elle puise en l'eau l'hydrogène ;
L'azote, en ses tissus celé,
Lui vient surtout par la racine,
Qui, dans le plant, emmagasine
Tous les éléments minéraux,
Dont la contingence amendante
Et l'influence stimulante,
De l'engrais, accroissent le taux.

L'air fournit aussi de l'azote
Attiré par les sels dissous
Dans le végétal qui se dote
De ce gaz fécond entre tous ;
Sous son impulsion secrète,
Un levain élabore, apprête
D'actives transformations ;
En leur intimité s'opère
Un échange qui régénère,
Sans fin, les végétations.

L'azote est en ammoniaque,
Sous faible étreinte, cohobé;
Parfois en nitrate il se traque,
Par les alcalis absorbé.
La chaux, la soude, la potasse,
La magnésie, en eau rapace,
Dans le sol s'offrent combinés
En silicates, en phosphates,
En sulfates, en carbonates,
Aux teints par le fer basanés.

De ces éléments si cupide,
La plante, sous forme d'engrais,
Prend leur nourriture solide;
Son port, raffermi, plein d'attraits,
Avec éclat, vigueur, largesse,
Étale, en profuse richesse,
Sa puissante fertilité;
Les sucs que cet engrais importe,
La maintiennent vivace, forte
Et prodigue en fécondité.

L'alumine, le manganèse,
Les chlore et soufre en rudiments,
Font leur apport à la synthèse,
Qui rassemble les éléments
Du végétal, dont la texture
D'un organique hydro-carbure,
De minéraux interposés,
S'imprègne d'albuminoïdes,
Aux sucs nutritifs et valides,
Par l'azote animalisés.

Les quatre gaz organogènes,
'A leurs affinités cédant,
Sous de variés phénomènes
Montrent leur essor fécondant;
L'oxygène sans cesse attise
Le feu de sa vive entremise,
En brûlant dans le sein des corps;
L'hydrogène à cette alliance
Prend part, avec surabondance,
En créant l'eau par ses accords.

Dans le foyer de leur brûlure
L'eau naît par attrayant conflit;
Tant merveilleuse est la nature,
Dont la puissance s'accomplit
Sous l'omnipotence immanente
De la divinité présente
En tous les temps, en tous les lieux;
Et dont l'ample munificence
Etale sa luxuriance,
Sans fin, sur terre et dans les cieux.

L'oxygène avec le carbone
Cause les effets comburants,
Avec l'eau celui-ci nous donne
Tous les produits édulcorants:
L'amidon et la cellulose,
Les dextrine, gomme, glucose,
Non acides, non alcalins,
Et dont la teneur en corps neutre,
Comme l'eau fait qu'elle se feutre
Dans tous les corps, à plusieurs fins.

Le carbone existe en la terre,
Soit pur, soit encore oxydé,
Joint à des métaux qu'il pondère
En sels auxquels il est soudé ;
Il est dans l'air ; il fait la base
Du ligneux des plants dont la crase
Lui doit son support résistant ;
Acide, il rend l'eau pétillante ;
Jadis, en masse exubérante,
Il était, dans l'air, persistant.

L'azote, au sein de l'atmosphère,
Par l'humus et l'eau mis en train,
Avec l'hydrogène s'ingère
En ammoniaque, soudain ;
De l'oxygène autant avide,
Il forme le nitrique acide,
Se combinant aux alcalis,
En sels doubles que les nitrates,
Unis ou non à des humates,
Offrent en rapports accomplis.

Par l'azote avec l'hydrogène
L'ammonium est engendré.
Par l'azote avec l'oxygène
L'acide nitrique est titré.
Sous cette double contingence,
L'azote fait son affluence
Dans le sol, près du végétal,
Qui l'absorbe dans sa texture,
Quand ce gaz s'offre, en sa parure,
Carbonate ammoniacal.

Sans retard l'acide nitrique
Saisit la potasse et la chaux.
Mais de l'acide la statique,
Par l'hydrogène, perd son taux.
Ce gaz exhalant sa substance
Des engrais, en libre partance,
L'acide nitrique est réduit.
·L'hydrogène lui prend l'azote
Dont avidement il se dote,
Et l'ammonium est produit.

A nu l'acide carbonique,
Chassé des basiques métaux,
Sur l'ammoniaque s'applique,
En l'enlaçant dans ses réseaux.
Le sel neutre envahit la maille
De la plante qui s'avitaille
En principe ammoniacal,
Et de l'acide le carbone
En cellulose cordonne
Le corps ligneux du végétal.

Des graines l'albuminoïde
Fait naître le protoplasma,
Qui, de lumière fort cupide,
S'étale en vert panorama,
A chlorophille florissante,
Par réduction incessante,
Fixant le carbone en son sein;
D'où surgit un hydro-carbure,
A l'amidon offrant pâture,
Aux sucres, graisses, leur butin.

14

L'oxygène ainsi se combine
A la globuline du sang,
Par son appoint l'hématosine
Rivant cet appel net et franc;
De même, agit la chlorophylle
Dont le fer, l'azote fertile,
Enlacent leur essor subtil;
L'un produisant le bleu, le jaune;
L'autre, par sa splendide aumône,
Engendrant un ferment viril.

Tout comme chaque corps céleste
En orbe enceint ses éléments,
Ainsi le protoplasme atteste
Sa forme en ses divers segments;
Se polarisant en globule,
Dont la figure se module
D'après ses fins et ses milieux;
En rond, d'abord, il se façonne,
En d'autres teneurs il s'ordonne,
Toujours s'apprêtant pour le mieux.

Il s'abrite d'une membrane
Ou reste libre et découvert,
Et dans son centre même émane,
Par un prolifique concert,
Un nucleus dont la tendance,
Empreinte de la ressemblance
De son foyer générateur,
En reproduit l'ensemble et mode,
Dans les fonds desquels s'inféode
Tout symbole de leur auteur.

Molle, fluide ou consistante,
Du globule la densité
Se montre sans cesse afférente
A son officialité ;
Fréquemment, sa masse centrale
En nombreux globulins s'étale,
Se divise en fragments égaux ;
Souvent, bourgeonne sa surface,
En rayons, tubes qu'elle enlace
Selon ses attributs nouveaux.

C'est surtout sous forme endogène
Que le nucleus naît, s'accroît ;
S'il se fond en masse homogène,
En globulins on le revoit ;
Parfois, le protoplasme agile,
En légers mouvements oscille
Dans les algues, les champignons ;
Dont on aperçoit des sporules,
S'agitant comme les cellules
D'un sarcode ou de ses moignons.

Des algues, même, on voit la spore
Sur de menus fils se mouvoir ;
Le protoplasme s'incorpore
L'acte vital en plein pouvoir.
Tandis que l'animal régente
A part, sous forme concordante,
Le jeu de chaque fonction,
Dans la texture végétale,
En appareil distinct s'installe,
Seule, la fécondation.

Là, pas de cellule motrice
Ni celle d'un tissu nerveux,
Végéter est le seul office
Auquel se prête un sang séveux.
En son organisme unitaire,
La cellule, élément primaire
Des plastiques vitalités,
Naît, s'accroît, extrait, assimile,
Se transforme et s'offre ductile
Pour toutes solidarités.

De la plante elle fait la trame,
Elle en apprête les tissus;
Sous le plus magique amalgame,
Ses appoints sont toujours perçus;
Dans la glande et dans l'épiderme,
Sans cesse, on retrouve son germe;
Les cellules, dans les vaisseaux,
Se soudent, fondent, disparaissent,
Quand dans leur sein et pourtour naissent,
Par leurs flux, des apports nouveaux.

La cellulose s'y condense
En un ligneux fort résistant,
Sur ce support la plante élance
Un jet sans cesse végétant.
Ronde dans sa texture intime,
La cellule du pleurenchyme,
En fibre longue fait appoint;
D'abord, en maille utriculaire,
Puis, en un tube vasculaire,
Aux liquides elle s'adjoint.

S'insinuant, par endosmose,
Dans les oscules radicaux,
La sève bienfaisante arrose
Du parenchyme les réseaux ;
Au suc intérieur plus dense,
L'eau, se mêlant en abondance,
Importe, dans le végétal,
Les sels, l'azote dynamique
Que donne à l'engrais organique,
Le nitrate ammoniacal.

Dans le plant la sève ascendante
Par seule capillarité,
Redouble sa marche montante,
Avec rapide agilité,
Pour combler le vide qu'avive
L'évaporation active,
Par les stomates émergeant.
En vapeur s'enfuit cette sève,
Dont souvent l'atmosphère enlève
Jusqu'aux deux tiers du contingent.

La sève part de la racine,
Suit le ligneux et ses vaisseaux,
Dans les feuilles par l'air s'affine,
Et se parfait en leurs réseaux ;
Lors, les sucs denses s'élaborent,
Leurs molécules se colorent
Nourrissant les bourgeons, les fruits ;
A travers l'écorce turgide,
Puis, revenant au sol humide,
Elle y prend de nouveaux produits.

Par les rayons de la lumière
Le végétal, mis en essor,
Sous une chaleur tutélaire
Aspire son riche trésor
De vapeur d'eau, d'air, de carbone
Qui, dans tous ses tissus, s'ordonne.
Pour en corroborer le sein ;
Il forme ainsi ses parenchymes
De pâtures fraîches, opimes,
Et de leur fécondant levain.

La texture de la membrane,
La dissolution du sel,
La vapeur qui du plant émane
Et dont le vide cause appel,
Font que variable est l'osmose,
Dont l'entrain soutenu s'impose
Par l'effet des attractions,
Régentant les courants mobiles,
Que la chaleur rend plus faciles,
En attisant leurs mixtions.

Des oscules de la racine,
Les sels dissous, faisant afflux,
Pénètrent la masse intestine
Du ligneux que parcourt le jus
De la sève, leur véhicule,
Qui, selon divers sens, circule
Entre chaque zone du bois ;
Les sucs jusqu'aux bourgeons arrivent,
Où l'air et la lumière avivent
Tous leurs éléments à la fois,

Les cellules articulées
Se résolvent en des canaux,
Ayant des parois assemblées
En de variables vaisseaux,
Dont les cribles en rond, en spire,
Permettent que par eux transpire
Un suc dense, albumineux, gras ;
Par un rayonnement transverse,
Le fluide, en cours, se déverse
Dans tous les tissus, sans amas.

Sur les entre-nœuds de la tige
S'intercalent tous les bourgeons,
Jamais la racine n'érige
De tels jets, même des surgeons.
Le bourgeon est comme une graine
Se découvrant, verte et sereine,
Au jour, à la chaleur, à l'air,
En recevant pour nourriture,
Oxygène, azote, carbure,
Eaux, vibrations de l'éther.

L'oxygène, sous la lumière,
Se dégage pendant le jour ;
Et sort des plants, la nuit entière,
Le gaz carbonique à son tour.
Le tissu cellulaire jaune,
Avec le noir bleu du carbone,
S'étale en un coloris vert ;
Lorsque la lumière est absente,
La plante est faible ou turgescente,
Et sa vive teinte se perd.

Le gaz acide carbonique,
Sous le fluide lumineux,
Aux feuilles vertes sympathique,
Plonge en leur tissu membraneux ;
A l'air il rend son oxygène ;
Son carbone, en masse homogène,
Dans la trame s'insinuant,
A l'hydrogène se combine ;
Ce gaz par l'eau, par la racine,
Dans le végétal affluant.

L'assimilation constante
De l'hydrogène, ainsi réduit,
Au parenchyme de la plante
Fournit, en précieux produit :
Le ligneux et la cellulose,
Les sucs gommeux et la glucose,
Des sucres les divers appâts,
Des fécules les affluences,
Les huiles douces, les essences,
Les résines et les corps gras.

La fixité, toujours instable,
De ces éléments végétaux,
S'offre sans cesse variable
Selon des changements nouveaux.
L'eau qui n'altère la substance
De la fibrine molle et dense,
Gonfle l'amidon abreuvé,
Dissout la gomme, l'albumine,
Les sucres, glucoses, dextrine
Et tout produit d'eux dérivé.

En elle sont demi-solubles
Les mucus, pectine, adragants,
Les caséines résolubles
En congénères suffragants.
Des plants s'exhalent, virtuelles,
Nombre d'huiles essentielles,
Dont le gaz s'épand volatil ;
Et dans eux, par métempsycose,
La trame se métamorphose
Par échange occulte et subtil.

Carbone, oxygène, hydrogène,
Dans le sucre, en totale part,
Ont d'atomes une douzaine,
Mais, ceux de l'eau, mis à l'écart,
Font que l'hydrate de carbone,
En perdant cette eau, se charbonne
Et s'abaisse, de plus en plus,
Dans cette série organique
De l'hydro-carbure typique,
Dont le dernier terme est l'humus.

Dérivant de cellule close,
Dans le protoplasme couvé,
L'ovule du plant se compose
D'un tel élément avivé
Par un noyau, donnant naissance
Au nucléole, en affluence;
Rénovant sa trame sans fin.
Par fissures, gemmes, globules,
Apparaissant, ces utricules
Sont de la vie un clavecin.

Sous sa membrane protectrice
L'amande cèle l'embryon,
A radicule en fine esquisse,
A tigelle en émersion.
Dans son sein, l'albumen confine
D'amidon la fine farine
Et la fibrine du gluten.
Cette réserve se cantonne
Dans la feuille cotylédone,
Quand fait absence l'albumen.

C'est en cette masse turgide
Que, dans de propices milieux,
L'embryon, de croissance avide,
Aspire un suc délicieux ;
Le germe croît, en ses cellules
Paraissent des nucléolules,
Dont l'active validité
Maintient la force, dans la plante,
En une tension constante
De puissante vitalité.

Les plants grandissent, leurs fluides
Y circulent sous divers sens,
En s'épanchant dans tous les vides
Que l'air ne comble dans leurs flancs ;
Le suc en bourgeons s'organise,
Vers tous les points où polarise
Sa sympathique attraction,
Et dans le liber, sous l'écorce,
Le cambium durci renforce
Du ligneux la dimension.

Dans l'axe et le sein du feuillage
Toujours la cellule intervient,
Et son symétrique ajustage
Sous toute forme se maintient;
La cellulose la condense,
De ses fibres la consistance
En longs vaisseaux se réunit,
Dont la tresse ramifiée,
En sa maille si déliée,
De chlorophylle se garnit.

L'air, au sein de la feuille verte,
Par les stomates pénétrant,
Du carbone y subit la perte,
L'oxygène se séparant.
Le tronc monocotylédone
Confond, dans la même colonne,
Ses cellules et ses vaisseaux;
Sur les dycotilés s'isolent
Les deux trames qui s'interpolent
Par zones, en forme d'anneaux.

La moëlle se façonne, au centre,
Et le ligneux la circonscrit;
Naissant par couche, il se concentre
En cercles que chaque an inscrit;
Autour, l'épiderme et l'écorce
A l'air présentent leur amorce,
Et, dans des vaisseaux sous-jacents,
La latex coule vers la terre,
Où la sève se régénère
Par l'engrais des sols nourrissants.

S'élevant dans les interstices
Des filaments du corps ligneux,
Elle recèle les prémices
Des bourgeons dans son suc saigneux;
Ceux-ci, par leur exubérance,
Sur tous les points, en abondance,
Poussent des jets luxuriants,
Féconds en rameaux, en feuillage;
De leur sein la fleur se dégage,
Sous ses atours tant attrayants.

Lors, dans cette métamorphose
Régulière est l'affinité,
Et les tissus, par leur osmose
Et par leur capillarité,
Se détrempent dans les fluides
Qui, contre eux, circulent avides,
En un cours toujours affluant
Vers le liquide le plus dense,
Qui fait appel, en permanence,
A tout suc moins que lui gluant.

LA VIGNE

Caractères Botaniques.

Tout être , sous un port modeste ,
Ne détournant pas le regard ,
Souvent par sa valeur atteste
Mériter un bien autre égard :
Ainsi se présente la vigne,
Sans apparat du moindre signe
De luxueuse floraison ;
Sans un fastueux étalage,
Quêtant appui pour son branchage ,
Son jus est sans comparaison.

Arbuste, en grandeur variable
Dont la souche porte sarments,
A jet long, noueux et pliable
En variés enlacements ;
Ses feuilles larges, planes, vertes,
En cinq échancrures ouvertes,
S'opposent aux vrilles , au fruit
Sur panicule multiflore
Pendant en grappe, où s'élabore
De nos vins le riche produit.

La fleur verdâtre, fort petite,
En grapillons presse ses tas,
Bientôt sa corolle la quitte,
Comme un bonnet qu'elle met bas
Pour étaler cinq étamines
Dont l'anthère, aux couleurs citrines,
Surmonte un bien grêle filet ;
L'ovaire libre, en un stygmate
Presque sessile, à tête plate,
Elève en pointe son sommet.

Sous lui s'offre un disque annulaire,
A son contour se complétant
Par un appareil glandulaire
Sur un calice persistant ;
La baie, à deux loges, avorte
En une seule qui ne porte
Qu'une ou deux graines en son sein,
Dont la pulpe, si savoureuse,
Donne une boisson sirupeuse
Que le ferment transforme en vin.

Plantation.

Pouvant choisir, plante tes vignes
Sur un coteau bien abrité,
De l'Est à l'Ouest mets leurs lignes,
Donne leur air, chaleur, clarté ;
Si ton sol, schisteux ou calcaire,
Présente une terre légère,
Ton vin sera plus incisif ;
Mais en plaine humide, argileuse,
Sa récolte tardive, aqueuse,
Donne un rapport mieux productif.

Conviennent à cette culture
Les sous-sols calcaires, sableux,
Le schiste en long qui se fissure,
Les grès fragmentés, graveleux;
Souvent avide, la racine
En épais chevelu butine
Entre les fentes du rocher;
Le fer de l'argile ocracée
Fait du vin une panacée
Qu'on ne saurait trop rechercher.

Evite de céder aux leurres
D'un travail long, insidieux,
Dont les charges ultérieures
Coûtent des échecs sérieux;
Ne défriche pas dans les roches
Où le sol, repoussant les pioches,
Doit autrement être exploité;
La portée en serait chétive,
La dégradation hâtive,
Mieux vaut achat d'un fonds planté.

Mais dans un sol profond, en pente,
Quoique pierreux, construis des murs,
Gradins, terrasse, avec entente,
Et soutènements forts et sûrs.
Fais que tes joints de pierres sèches,
Francs de parasites et brêches,
N'abritent ni bêtes, ni grains;
Et souvent, avec avantages,
Par rives cerne tes étages,
Par talus soutiens leurs terrains.

N'effondre pas, durant l'automne,
Un terrain humide, argileux ;
Toute pression le tamponne
En tas adhérents, durs, calleux ;
Sous le béchard , peu maniable,
Boueux, pesant, mal séparable,
Il s'effrite incomplétement,
Et du chevelu des racines,
Dès leur naissance faibles, fines,
N'y perce point le filament.

Si la terre est maigre, épuisée,
Réclame d'elle d'autres fruits ;
Tiens-là quelque temps reposée
Par apports nuls ou bien réduits.
Par les brûlis, l'écobuage,
Complète l'entier élagage
D'œufs et germes insidieux ;
Chasse de ton terreau l'acide,
Combats par drains l'excès d'humide,
Purge ton sol on ne peut mieux.

Après études préalables,
Combine les tails avec art,
Sur nouveaux rangs trace les tables,
D'un sol plus haut préviens l'écart ;
Que la terre meuble, poreuse,
Soit peu déclive, non pierreuse,
Bien aplanie en tous ses fronts ;
Et de ton chantier aratoire,
Prémunis le laboratoire,
Contre des méfaits sur ses fonds.

En récavant mêle la terre,
Mets la vierge où sèche dessus,
En n'étalant pas, sur cette aire,
Du sous-sol des excès trop crus ;
Si non, que de promptes fumures,
Abondantes et sans mesures,
Avivent sa fécondité ;
Leurs ferments dans l'eau s'insinuent
Et, sur tous les points, ils affluent,
Aux appels de l'affinité.

En carré, quinconce ou série,
Basse, sur échalas, treillis,
La culture, en vignes, varie
Selon les milieux, les pays.
En présence d'un sûr indice
D'un rendement riche ou propice,
Maintiens les basses, sur un rang ;
Tu peux, sur un sol ordinaire,
Aux désirs d'un fermier complaire ;
Doublant la file en chaque banc.

Un autre mode de culture
Ressort de chaque alignement ;
Deux genres aussi d'entaillure
Assurent le défoncement :
L'un avec coutrier, fouilleuse,
Sous la traction vigoureuse
De plusieurs robustes chevaux,
Attaquant la terre avec force,
En traverse, ameublit l'écorce,
Dans plus de deux pans verticaux.

15

Plus souvent, dans notre contrée,
A la houe on fait ce travail,
La terre haute est effondrée,
Le fond étalé sur le tail,
Les béchards entament les brêches,
Le bas est uni par les bêches
Et soulevé par ces lichets;
Fais qu'avec soin on en retire
Toute racine pouvant nuire,
Et que les terrains soient bien nets.

Sur un rang alignant tes vignes,
N'attends pas d'autre rendement,
Mets deux mètres entre leurs lignes,
Trois pans entre chaque sarment;
Le labour à la vigneronne,
Qui, sans beaucoup d'effort, sillonne
Ton champ tous les trois ans fumé,
Réduit tes travaux, ta dépense,
Te garantit mieux l'abondance
Qu'un sol en même temps semé.

Cette vigne, plus vigoureuse,
Absorbant bien l'air, la chaleur,
En terre humide, plantureuse,
Resplendit en sa fraîche ampleur;
Son grain croît, mûrit assez vite;
Plus franche de tout parasite,
Son sarclage est facilité;
Et, des fruits égalant la masse,
L'engrais, pour le plant efficace,
En produit la longévité.

Si tu tiens, en mixte culture,
La vigne forte sur un rang,
Au soleil, à l'air, sa parure
Etalant en plein tout son flanc,
Chaque an, l'engrais par la racine,
Pompé sur l'oulière voisine,
Donne en excès feuilles et bois;
Crains cette croissance extensive;
Des vents la fureur agressive,
Des ceps, renverse les pavois.

Des hautains borne la puissance,
La sève escalade leurs jets,
Des plants grossiers l'arborescence
Ne se prête à de longs effets.
Aqueux, peu sucrés, même acides,
Leurs grains, sur des grappes turgides,
Restent soustraits à la chaleur,
Qui du sol dans le jour s'élève;
Arque ces jets pour que la sève,
Plus bas, déverse sa valeur.

Sur deux rangs tu peux, encor, mettre
Tes plants, espacés avec art,
Dont les neuf dixièmes d'un mètre
En tous les sens, fixent l'écart.
De douze pans, alors l'oulière,
A la récolte routinière
Permet de prendre son essor,
Les provins sont rendus faciles,
Et les fonds se montrent fertiles
En paille, grains, mais moins en or.

S'entrelaçant par leurs branchages,
Ces plants en mutuels abris,
Bravent mieux les vents, les orages;
Du soleil les feux amoindris;
Sous leurs tonnelles, la rosée,
Par les chaleurs subtilisée,
Condense ses dons précieux;
Des nuits sereines la froidure
Et leur pneumatique gelure
Ont moins d'effets insidieux.

A ces plants profitent encore
L'engrais, les guérêts ou labours,
Assemblés pour mieux faire éclore
Plusieurs produits par leur concours;
Du béchard la façon bénigne
Protége beaucoup plus la vigne
Que le parcours du coutrier;
D'une récolte double ou triple
Le dédommagement multiple
Complaît surtout à l'ouvrier.

Dans une terre forte ou franche,
Plante le cep morvèdre en plein,
Tardivement sa grappe épanche
Sa fleur précoce en fruit bien sain;
D'avril éludant les gelées,
Du pollen les pertes coulées,
Ses grains serrés, fermes et noirs,
Versent un moût au glucomètre,
Dont douze degrés font promettre
Le meilleur jus sous les pressoirs.

Sur coteau, sur terre légère,
Le brun-fourca, le bouteillan,
Le pécou-touar centenaire,
L'uni-noir qu'abat l'ouragan,
Peuvent étaler leurs panaches,
Mêlés ou non à des grenaches,
Dont les jets rustiques, hâtifs,
Si productifs dans leur jeunesse,
Dépérissent avec vitesse
En ceps et grapillons chétifs.

Ne réunis pas des cépages
Vendangeables en divers temps ;
Le long des murs, sur deux jambages,
Evite les alignements ;
Place-les, en travers des pentes,
Opposant digue aux eaux courantes ;
Rapproche-les sur les coteaux
D'un fond meuble t'offrant l'indice ;
Etale-les en sens propice ;
Crains les plants hâtifs sur sols chauds.

Mis sur un rang, pour chaque hectare,
Pare six mille six cents plants.
Près de leur sixième sépare,
Posant leurs files sur deux rangs.
Au grain d'où sort la vigne vierge
Dont le fruit lentement émerge,
Reste âpre, acide, mûrit mal,
Préfère la vive bouture,
Bonifiée en sa culture
Par la vigueur du sol natal.

Avant des raisins la cueillette,
De ces boutures fais les parts ;
Dans les outins rends-toi, furette,
Marque avec des anses d'espars,
Les ceps aux grappes copieuses,
Des vignes les plus précieuses
Dont l'âge remonte à dix ans ;
Choisis-les d'épaisseur moyenne,
Et tels qu'en leurs plants se maintienne
La vigueur dans tous ses élans.

Tu peux, avant leur mise en terre,
Après choix, couper tes mayeux ;
Dans des fossés, tiens-les en serre,
Recouverts jusqu'à leurs milieux ;
Puis en un bain d'une eau bourbeuse,
Qui ne soit pas trop froidureuse,
Plonge leurs pieds pendant deux jours ;
Sous l'œil du bas, lors moins rigide,
Taille chicots, vieux bois perfide,
Pouvant nuire à ses alentours.

Retiens le bas de ces boutures,
Laisse leur même le cabot,
Pour prévenir leurs pourritures
Dans un sol où l'eau ferait flot ;
Des yeux la multiple affluence
Sur les ceps, pris à leur naissance,
Ouvre aux racines plus d'afflux ;
Et sur tous ces mayeux applique
La taille faite en sens oblique,
A l'œil opposant son talus.

Sur cordeaux et jalons cheville
Tes mayeux avec pal ferré ;
Et sous la fourchette rhabille
Tout cep au fond mal assuré ;
Si le liber, par cette atteinte
Faisant sur l'épiderme empreinte,
En est sur un point dégarni,
Souvent cette faible éraillure
Donne jour, par son ouverture,
Au chevelu le mieux fourni.

Dès que les feuilles sont tombées,
Que les cépages soient plantés,
A moins qu'en terres imbibées,
Ils soient par les eaux molestés.
En profondeur, tu peux les mettre
Jusqu'aux deux cinquièmes d'un mètre,
En sol partout bien ameubli ;
D'un tiers change cette mesure,
En plus, en moins, selon l'allure
De ton sol sec ou ramolli.

Tes ceps placés, tranche leurs têtes,
Ne leur laisse qu'un ou deux yeux ;
Boutures franches ou crossettes,
Toutes croîtront on ne peut mieux ;
De celles-ci les radicelles
Pareront de riches ombelles
Les pieds noueux des rejetons ;
Par plants barbus, mis en réserve,
De vide, l'an suivant, préserve
Tout point offrant des avortons,

Veille à ce qu'on ne les transplante
Qu'en ménageant leur chevelu ;
Autour d'eux, en terre excellente,
Déverse même un superflu.
Si ta pièce n'est pas fumée,
Que par un guérêt entamée
Sur près d'un demi-mètre en plein,
Le deuxième an, dans elle engage
Un fumier sec, nommé ferrage,
Dont le rapport sera certain.

Taille.

Taille, dès la première année,
Sur un seul œil tous tes mayeux ;
Mais si ta souche vient mal née,
Si ton sol est insidieux,
Conduis sur deux yeux cette taille ;
Les autres ans, sous la cisaille,
Selon la vigueur du courson,
Laisse un, deux, trois bras dont la tige,
Au-dessus de son pied n'érige
Que deux bourres et l'écusson.

On peut tailler dès fin novembre,
Commençant par les outins vieux ;
Mais quand il gèle à pierre fendre,
La vigne en bois résiste mieux ;
Rends, si l'ouvrage t'est facile,
Cette taille surtout agile
Après les frimats de janvier ;
Que ce travail, alors, bien ferme
Atteigne sûrement son terme
Avant le vingt-cinq février.

Dès mars, activement la sève
De son cours prend le mouvement ;
Ses gouttes ruisselant, sans trève,
De chaque plaie en bâillement.
Toute taille, en sève coulante,
Epuise grandement la plante ;
Ses sucs gelés sur les bourgeons,
En altèrent la résistance,
En dénaturent la substance,
Et nuisent à leurs floraisons.

Si trop tôt la vigne est taillée,
Ses sarments seront vigoureux ;
Si plus tard elle est dépouillée,
Ses raisins seront plus nombreux.
Obtiens que la nouvelle branche
Dans un sens propice se penche
Pour protéger, mûrir son fruit.
Evite que l'on taille encore,
Quand les bourgeons viennent d'éclore ;
Mais tout plant omis se détruit.

Pour que la sève ne s'écoule,
Taille toujours sur cep bien mûr ;
Ce jus dont le bourgeon se soûle,
N'est retenu que par bois dur.
Aux tiges fais la part égale.
Pour que leur ensemble s'étale.
En un symétrique rapport.
Sur son pied abaisse ta vigne,
Vingt-cinq centimètres assigne.
A la hauteur de son support,

Tranche sur cep bas, plein, robuste ;
Evite que ton sécateur
Pare un jet que le sol incruste
De quelque élément corrupteur.
N'exclus l'une et l'autre pratique
De taille en rond, soit de l'oblique
En pente au bourgeon s'opposant,
Garant sa base plus solide
Des contacts de la sève humide,
Mais à plus grand flux exposant.

Ras, à deux centimètres coupe
Les ceps sur le second des yeux ;
Sur deux, trois bras, range leur groupe
Selon leur vigueur, leurs milieux.
Retranche onglets, chicots, sagates,
Bois altérés ou disparates,
Mais sur ton œil laisse le bec,
Simple fragment d'un mérithalle,
Dont la flétrissure totale
Donne un crochet tout à fait sec.

Relève la tige trop basse
Dans les fonds humides ou froids ;
Pour qu'en eux le fruit ne s'enchasse,
Gelant, pourrissant à la fois ;
Sur les hauteurs, souvent frappées
Par les trop vives équipées
Des raffales d'un vent affreux,
Baisse les ceps, de leur faiblesse
Protége la délicatesse
Par des échalas vigoureux.

Recouvre une trop large plaie
D'un enduit argileux, gluant ;
La carie aisément se fraie
Un cours dans le bois nu, fluant.
Du sécateur la fine lame
Aisément sur le cep entame,
Mais la serpe parfois vaut mieux ;
Sa coupe est nette, non contuse,
Et quand la taille s'offre abstruse,
Son secours est bien précieux.

Les ceps coupés font du fourrage,
Pour la vigne ils servent d'engrais ;
Après quelques jours d'aérage,
Ils sont assemblés, encor frais,
En sarments, dont le bois flexible
Offre un utile combustible
Pour rendre tout foyer flambant ;
L'hectare en donne au moins deux mille ;
Plus de cinq cents la femme agile
En fait, par jour, en les gerbant.

Labours à la Bêche.

Sitôt leurs tailles terminées,
Donne aux vignes un bon labour,
Jusqu'au vingt mars que tes journées
Soient à cette œuvre sans détour.
Laboure à vingt-cinq centimètres,
Que des souches les périmètres
S'évasent comme un entonnoir,
Dont la gorge, en avril, béante
Recueille et tienne l'eau stagnante,
Sous des *chevalets* en bossoir.

Sur chaque pied de vigne, rase
Tout parasite éventuel ;
Détruis avec soin, sur sa base,
De mal un indice réel.
Brûle au loin des chiendents le germe,
Que ce travail soit mis à terme,
Avant que des bourgeons saillants
Ne se ressentent des empreintes,
Que font trop souvent les atteintes
Des chocs, serpes et fers taillants.

Le six mai, rechausse ta souche,
Surtout après un léger grain ;
Qu'à demi-pan, du sol la couche
Soit bien façonnée en l'outin.
Sans la tasser, que ce binage,
Comportant aussi le sarclage,
Nivelle le sol sur ses plans ;
Réserve, soit pour des fumures,
Ou mieux encor pour des pâtures,
Les jets extraits ainsi des champs.

Labours à l'Araire.

Quand sur un seul rang sont les vignes,
Fais leur labour vers fin d'hiver ;
Qu'on sillonne en leurs interlignes,
Sans les heurter avec le fer ;
Houe à cheval ou vigneronne
Fort bien, en ce sens fonctionne.
Un seul homme, le lendemain,
Déchausse et pare, en droite file,
De ces arbustes, plus de mille,
Faisant ce travail à la main.

En mai, sois plus prudent encore
Pour le binage de ces plants,
Efforce-toi de les réclore
Par ados pressés sur leurs flancs ;
Dans les couloirs que la bineuse,
Là, librement aventureuse,
Ouvre un sillon large et central ;
Clos la filagne par piochage,
Puis des feux du jour qu'un hersage
Evite aux racines tout mal.

Souvent, au moyen d'un araire
Que l'on apprête à cette fin,
On peut quatre labours parfaire,
Dans l'année, avec cet engin ;
Lors, dès février, l'on entr'ouvre,
Le sol qu'un aide mieux découvre,
Près des plants, avec un sarcloir ;
La charrue, en avril, redresse
Contre eux la terre avec adresse ,
Agissant comme un repoussoir.

Activement on renouvelle,
Avant, après la vigne en fleur,
En mai, juin, cette œuvre qui scelle
Le travail par plus de valeur,
Si, par suite d'une courbure
Ou d'une alternante acérure,
L'araire, dans son avant-corps,
Des ceps ménage les feuillages,
Pare les fruits de ses outrages,
En s'éloignant de leurs abords.

Toujours des tiges latérales
Evite bien les alentours ;
Durant les ardeurs estivales,
Renonce à de nouveaux labours.
N'ébourgeonne que les sagates,
Les branches stériles, ingrates,
Les ceps déviés, anomaux ;
Dès fin mai, pourvois à cette œuvre,
Mais n'en charge pas un manœuvre,
Pouvant abîmer tes rameaux.

Pinçage, Epamprage.

De même il en est du pinçage
Pour renforcer tes ceps, tes fruits ;
En d'autres climats cet usage
Peut assurer de beaux produits ;
Si son entente n'est pas juste,
Chez nous, elle épuise l'arbuste,
Ne l'oppose qu'aux seuls excès
D'une sève luxuriante,
Vers les sommités ascendante,
Pour y refouler ses accès.

Toutefois, arrête la sève
Dans les jets gourmands, vigoureux ;
Leur élan, soutenu sans trève,
Au produit serait désastreux ;
Le long du vieux bois ébourgeonne
Un rejeton qui le rançonne,
Sans jamais en fruit s'étaler,
A moins que par un cot d'attente,
Sur cette tige persistante,
Tu veuilles un cep ravaler.

Ne découvre par l'épamprage
Tes raisins que tardivement ;
De la vigne l'épais feuillage
Maintient, en son agencement,
L'accès à la rosée, à l'ombre,
S'oppose au gel de nuit non sombre,
Il coordonne, en sens divers,
L'afflux de la sève courante,
L'échange des gaz dans la plante,
Et de ses actes les concerts.

Avec discernement, prudence,
Epampre les raisins tardifs,
S'ils sont masqués par l'affluence
De feuillages souffrants, massifs.
Si les grappes sont languissantes,
Si les feuilles sont jaunissantes,
Si le sol reste humide et froid,
Lors, épamprant, les sucs s'activent,
L'eau, la chaleur, le jour avivent
Le grain qui s'affine et s'accroît.

Dégarnis d'un nombreux branchage
Le plant sous son port affaissé ;
De tout nuisible remplissage
Que le cep soit débarrassé.
Découvre à l'air, à la lumière,
Leur affluence tout entière,
Assurant la maturité ;
Mais préviens aussi la souffrance
D'un coup de soleil trop intense,
Sur un raisin non abrité.

Que chaque impression propice
Soit garantie à ton produit ;
Préserve-le du maléfice
De tout préjudice fortuit ;
Au sud, évite les brûlures ;
Au nord, redoute les gerçures
Ainsi que l'ombre et ses débords ;
Provoque, éloigne une influence,
Selon des plants la convenance
Et la teneur de leurs ressorts.

La vigne abondamment rapporte
Quand, en ses plants bien espacés,
Elle s'offre avenante, accorte,
Aux flots d'air en eux condensés ;
Lorsque du vent et de la grêle,
D'autre atteinte qui s'entremêle,
Son port se trouve garanti,
Quand l'eau n'altère sa racine,
Quand de fumure non mesquine
Son pied est maintenu nanti.

Provignage.

De tes outins, comble le vide
Par des ceps laissés pour provins ;
Devançant tout flux du liquide,
Dès mars, fléchis ces jets voisins,
Privés de hautes radicelles,
En des fosses bien parallèles
Au talon du plan déchaussé,
Dont tu préviendras l'éraillure,
En le courbant sur la fumure,
Sous un sol frais et non tassé.

De ce tronc qu'émergent deux tiges ;
L'une, au point du cépage absent ;
L'autre offrant les réels vestiges
Du pied, commun aboutissant.
Sur deux yeux, ensuite on les taille ;
Si l'on craint que l'œuvre ne faille,
On met le cep au fond du plan,
Par simple marcotte sous terre ;
S'il épuise, ainsi, son tronc mère,
On les sépare, après un an.

Greffe.

Pour renouveler un cépage,
Greffe en mars, dès la sève en cours,
Sur un pan déchausse un jambage,
Coupe ras, polis les contours,
Ouvre alors en long cette souche ;
Qu'en sa fente un scion s'embouche,
Un liber à l'autre adhérant ;
Mets lien d'espar, étoupe, argile,
Chausse cet ensemble fragile,
Laisse un œil, dehors, apparent.

Greffe surtout par temps humide,
Brumeux, couvert, non pluvieux,
Alors que le bourgeon turgide
Est naissant, en suc copieux ;
Prise au bas de ta tige, l'ente
Sous meilleure chance s'implante ;
Fais en sorte que son entrain,
Du pied mère par couverture,
N'étale que tard sa parure,
Sur un tronc choisi toujours sain.

On peut, en greffant par approche,
Souder deux ceps par leur contact,
Implanter une simple broche
Par son emboîtement exact.
Tout bec taillé d'un mérithalle,
Que, comme un clou, l'on intercalle
Dans le vide d'un trou foré
Sur un cep, à la moëlle atteinte
Contre un des points de son enceinte,
Peut rendre un plant régénéré.

Echalas.

Prémunis contre sa fracture,
Tout jet fragile, dès avril ;
Soit greffe, provins ou bouture,
Double-le d'un tuteur viril ;
Prolonge les liens du cépage
Selon le sens de son feuillage,
Sur l'échalas bien arrêté ;
Mais si tu crains qu'il ne culbute,
Désunis-les, de suite ampute
Tout surplus d'un cep trop venté.

Insectes.

Entr'autres animaux nuisibles,
Les coléoptères sont craints,
Leurs atteintes étant possibles
Sur les cépages les plus sains.
L'un *eumolpe*, écrivain, lisette,
Dit encor bromius, furette,
Sous ses élytres rouge-brun,
Des feuilles, ceps, le parenchyme,
Qu'en fentes étroites il lime,
S'il ne redoute un importun.

Sous le moindre choc, il s'enroule,
Se repliant subitement,
Se laissant choir comme une boule,
Il fait le mort sous le sarment ;
Il simule un vrai grain de terre ;
Sache cette ruse de guerre ;
Si tu le délaisses, l'ingrat,
Du jet escaladant la fronde,
Lentement reprend, à la ronde,
Le cours de son vorace appât.

Après ses ébats d'hyménée,
Vers les derniers jours du printemps,
La femelle pelotonnée
Cache ses ovules latents
Sous les tiges, les feuilles basses,
Où, par vers blancs éclos sur places,
Ces larves dirigent leurs traits
Jusqu'aux pieds des plants, dont l'atteinte
Se décèle par une empreinte,
Accusant de rudes méfaits.

Chasse sans trêve cet insecte ;
Sur le cep par un coup soudain,
Provoque la chûte directe
De l'*eumolpe* tombant, en grain,
Sur une toile, une serviette,
Dans un entonnoir, une assiette
Aux bords englués d'un corps gras ;
Combats ses larves par binages,
Par combustions, par soufrages,
Par tourteaux de navets, colzas.

Il est encor une lisette,
Attelabier et charençon,
De la sève avide et gourmette,
Qui suce et coupe sans façon ;
En mai, scindant les pétioles,
Elle ronge les folioles,
En les attaquant par dessus ;
Dans leur réseau, qui se dessèche
Et se tord en sens de sa brèche,
Des œufs par elle sont inclus.

Le feuillage, en menu cigare,
Oscille le long des rameaux ;
L'insecte, *rhynchite* ou becmare,
Aime sa ponte en ces berceaux ;
Offrant la grosseur d'une mouche,
En trompe s'allonge sa bouche ;
Au corps lisse, d'un vert brillant,
Parfois gris d'acier ou rougeâtre,
Il roule la feuille brunâtre,
En rond se recroquevillant.

Bientôt, de ces rouleaux la chûte,
Par des larves, couvre le sol ;
Leur dent meurtière charcute
Les racines près de leur col.
Souvent, à ces tristes ravages
Se joignent aussi les outrages
D'un phytophage vif, sauteur,
Tiquet, puce de terre, *altyse*,
Dont la larve rougit, épuise
Le pampre, son lit protecteur.

De couleur d'or, une phaléne,
Volant vers la lampe le soir,
Au printemps rampe dans la plaine,
Verte chenille, à fort suçoir ;
Elle vit sur les jeunes grappes,
De bourgeons faisant ses agapes,
Tordant le feuillage en rouleau ;
En juin, s'offrant en chrysalide ;
En juillet, paraissant splendide,
Sous un décor frais et nouveau.

C'est le papillon dit *pyrale*,
Dont les œufs éclosent en août ;
Dès septembre, à nous il s'étale
En chenille qu'avec dégoût,
On voit, en hiver, engourdie,
Puis, dans le printemps, enhardie,
Sur seize pattes cheminant.
Préviens ses dégâts regrettables,
Echaude ses œufs impalpables,
Sur les ceps, par l'eau bouillonnant.

Dévastatrice philoxère,
La science indique, sous ces noms,
Un bien redoutable hémiptère
Qui s'introduit en nos cantons ;
On le classe entre les familles
Des pucerons, des cochenilles,
A l'une, à l'autre s'unissant ;
Mais, par son type spécifique,
Il définit un groupe unique,
Sous deux états nous tracassant.

Aptère, il vit sur la racine
Dont il pompe et suce le jus,
Dans ses fissures il butine
Quand le froid ne l'engourdit plus ;
Il y provoque des enflures,
Ramollissements, pourritures ;
Sans cesse, vers des points plus hauts,
Porte le cours de ses attaques,
Se décelant par larges plaques,
Qui grandissent sous ces assauts.

Souffrante, jaune, sèche, étique,
La vigne avant deux ans périt ;
Par une toute autre tactique
L'homoptère, encor, la meurtrit ;
En nymphe d'abord il s'apprête,
Puis, en insecte ailé, furette,
Au loin, les feuilles par dessus ;
Il loge, en des galles noueuses,
Sous le pampre s'offrant rugueuses,
Ses œufs en de tels nids inclus.

Sitôt écloses des ovules,
Les larves, en venant au jour,
Désertent vite leurs cellules,
Ravageant, à leur alentour,
Les pieds des plants ; ceux-ci jaunissent,
Sont maladifs et dépérissent,
Tous leurs jets sont étiolés,
Et leurs radicelles pourries,
Sous les doigts, s'affaissent pétries,
Suintant des flux bien maculés.

La vigne reçoit des blessures
D'autres insectes, des *procris*,
Pemphages, cochilis, lipures,
Du *mysius cynoïdis*.
Par le plâtre, par des soufrages,
Par déchaussement, élagages,
Par voltiges de passereaux,
Pare aux méfaits de ces insectes ;
Autour de flammes non suspectes,
Le soir, prends-les dans des gluaux.

Projette encor, dans le feuillage,
Des sulfures, de l'eau de mer,
L'acide phénique en lavage,
Chaux, suie et sulfate de fer ;
Brûle les feuilles, les racines,
Les ceps tarés, terres voisines ;
Complète ces agressions
Par engrais riches en phosphates,
En potasse, azote ou nitrates,
Par labours, par submersions.

Maladies, Epiphyties.

De même que les autres plantes,
La vigne souffre de leurs maux ;
Trop souvent ses fleurs sont coulantes,
Infécondes en leurs berceaux ;
Leur pollen s'épand infertile,
L'ovule dépérit stérile,
Leur verte fraîcheur se flétrit ;
Leurs débris, tombés avant terme,
Montrent qu'atteinte dans son germe,
Toute floraison dépérit.

Les grains frappés de brouissure,
Restent menus et sans mûrir ;
Avant le temps, par goupissure
On voit les vignes s'appauvrir ;
La carniure les obère,
Elles craignent encor l'ictère,
L'apoplectiforme rougeot,
L'anasarque ou mollesse aqueuse,
La chlorose si langoureuse,
Le coup de soleil ou brûlot.

Les brouillards, grêles, froids, gelées.
Les chancres, les *philleriums*,
Aux tâches blanc-roux étalées,
Sous la feuille, en *eryncums*,
Tous ces dommages sporadiques
Seront sans suites trop critiques,
Si les travaux sont bien conduits ;
Mais, d'un mucedo parasite,
Chasse tout indice au plus vite,
Il ruinerait tes produits.

C'est l'*oïdium* de la vigne,
Duvet blanc, plus tard jaune-brun,
Dont les tiges, en droite ligne,
Emergeant d'un réseau commun,
Se prolongent en utricules,
Que remplissent de fins granules
Sans cesse actifs, en mouvement,
Et dont la chûte si facile
Sur leur mycelium fertile,
En ravive encor le ferment,

Les grains, en croissant, se flétrissent ;
Plus gros, le duvet les durcit ;
Leurs parenchymes s'amoindrissent,
Leur derme se fend, s'étrécit ;
Le pépin parfois se détache ;
Sous l'efflorescence se cache
Un fruit tout difforme, entr'ouvert ;
La baie entière se crevasse,
Trop souvent détruite sur place,
Ou du suc le bouquet se perd.

Détruis cette mucédinée,
Epiphytique champignon,
Dès que sa trace est soupçonnée ;
Pour la voir recours au lorgnon.
Du soufre en fleur l'effet magique
Intervient, comme spécifique,
Pour enrayer un tel abord.
Si tu le crains, soufre la tige,
Sitôt que son bourgeon s'érige
Et sitôt que la grappe sort.

Le jet moins long d'un décimètre,
Sur son pourtour, sera soufré ;
Lorsque le fruit tend à s'émettre,
Il sera de même poudré ;
De toute grappe, à peine née,
La verdure sera cernée
Par le puissant préservatif ;
Puis, on atteint chaque interstice,
Où de l'*oïdium* l'indice
Dévoile un état maladif.

Le raisin sera plus vivace
En soufrant encore vers mi-juin ;
Pour un effet plus efficace,
Choisis le calme du matin
D'un jour bien chaud et sans orage ;
Fais que le vent, de cet ouvrage,
N'annihile le résultat.
En juin, unissant soufre et plâtre,
Mieux adhérera leur emplâtre,
Moins onéreux sera l'achat.

Saupoudre toute place verte
Où se cramponne le duvet,
Avec la houppe à boîte ouverte,
Le sablier ou le soufflet ;
Recours à de légers brossages,
A des jets actifs d'arrosages
De sulfhydrates alcalins ;
Sèche, aère, insole les vignes
Pour mettre un terme aux moindres signes,
D'*érysiphés* aussi malins.

Vendanges.

Si, nonobstant tes soins et peines,
Les plants sont encore altérés,
Rends tes vendanges plus prochaines
Sur les fonds par ce mal tarés ;
Si non, attends que, toutes mûres,
Les grappes fondent leurs mixtures,
En s'affinant à l'unisson ;
Fais que ta cuve, en la journée,
Reçoive sa pleine vinée
Et soit mise sous paillasson.

Mûre à point, la grappe est pendante,
Son teint noir est bien défini,
Du fruit, à peau plus transparente,
Tout goût âpre, acide est banni ;
Sa liqueur est douce, onctueuse,
La trame des pépins ligneuse,
Le moût atteint douze degrés ;
Des grains, la chûte est plus facile,
Le parenchyme est mieux ductile
Et les pinceaux sont colorés,

Le vignoble, par sa ramure,
Ses jets élancés et ses fruits,
S'étale en sa fraîche parure,
Riche surtout par ses produits ;
Des ceps les verdoyantes nappes,
Des raisins les pesantes grappes
Projetant leur teint d'un bleu noir,
Des brins, les vrilles enlacées
Et les masses foliacées,
Sont toujours plus belles à voir.

Rehaussé sur la vigne vieille,
Contre un pied rugueux s'élevant,
Le fruit y pend comme en la treille,
De soleil et d'air s'abreuvant ;
Le grain de la vigne nouvelle
Dessus le terrain s'ammoncèle,
Trop souvent sali par le sol ;
Et celui de la vigne adulte
Cèle son abondance occulte
Sous son feuillage en parasol.

Quand la somme de la glucose,
De l'arome les éléments,
Ont atteint leur plus grande dose,
La vendange est sans détriments.
Dans une éprouvette il faut mettre,
Au sein du moût, un glucomètre,
Qui, par degré de densité,
Dans le jus, pour un hectolitre,
Signale du sucre le titre
A trois demi-kilos porté.

Du sucre, la glucométrie
Ne mesure l'exact rapport,
Dont la résultante varie
Selon le moût et son ressort ;
De la glucose l'amalgame,
Souvent par double kilogramme,
Rend presque un litre d'alcool.
Un degré sur douze on prélève
Pour la densité qui relève
D'autres principes sans glucol.

Apprête cabas et cornues,
Bêtes de somme, tombereaux ;
Fais que tes cuves bien tenues,
Que ton cellier, que les tonneaux,
Appropriés par leur lavage
Et par un adroit arrimage,
Secondent, en tout, ton dessein;
Convoque de tes gens la troupe
Pour qu'en un ou deux jours, la coupe
Puisse mettre une cuve à plein,

La millerole, en la contrée,
Comprend septante litres vin ;
Un seul pied de vigne procrée
Un kilogramme de raisin.
Mais souvent, de moitié réduite,
Même dans un fertile gîte,
Par blés, arbres mêlés aux plants,
La récolte est assez propice,
Quand elle offre pour bénéfice,
Par hectare, vingt hectos francs.

Compte, sur quatre parts de grappe,
Une de raffle et trois de moût ;
Pour que le cuvage n'échappe,
Fais que l'enceinte, où le jus bout,
Soit de dimension moyenne ;
Evite de la combler pleine,
Et choisis des fûts assez gros.
Tenant cinquante milleroles
De nos mesures agricoles,
Ce qui vaut trente-cinq hectos.

Quand, par valeur estimative,
Des termes semblent résolus,
De pareille approximative
Exclus les sens trop absolus.
Dans les faits du monde organique,
Prime l'essence énigmatique
Du libre arbitre en chaque moi ;
Dans l'être que la vie anime,
La liberté toujours s'exprime
En rapport avec son aloi.

Qu'une douce température
Reste uniforme en ton cellier,
De la chaleur, de la froidure,
Combats l'excès irrégulier ;
Que ce local sec, non aride,
Peu profond, sans germe perfide,
Ait sa prise d'air vers le Nord ;
Du vent, de secousses actives,
Du soleil, de ses offensives,
Avec soin préviens-y l'abord.

Dévance le jour des vendanges
Pour mettre tes fûts en état ;
Sur leurs fonds, fais nettes vidanges,
Etanche-les en vrai calfat ;
Rends leurs douves nettes et franches
Avec balais, racloirs ou manches,
Avec l'eau simple ou l'eau de mer ;
Fais extraire un tartre altérable,
Chasse tout élément instable,
Corrompu, vieux, impur, amer.

Que les fûts nets, jointés, solides,
Soient en complète intégrité ;
Que ni trop secs, ni trop humides,
Ils soient bien francs d'impureté.
Combats par l'eau chaude, salée,
A du moût fermenté mêlée,
L'amertume d'un fût nouveau ;
Oppose à l'aigre l'eau calcaire,
L'insufflage, et tâche d'extraire
Tout air suspect, de ton tonneau.

Cale fixément chaque tonne,
Sur banquettes fais la porter ;
Laisse un vide pour qu'en personne
Tu puisses autour inspecter ;
Soufre avec mèche, alcoolise
Les fûts, avant que n'y soit mise
La nouvelle récolte en vin ;
Et si leur trop réelle atteinte
Te suggère la moindre crainte,
Fais remonter ces fûts en plein.

La fermentation facile
Dans les grands vaisseaux mieux mûrit,
Son cours s'y montre plus agile,
De vin, le bois moins se nourrit.
La perte s'y trouve réduite,
Et du liquide la conduite
N'y comporte pas tant de soins.
Dans petits fûts, en gastronome,
Mets ton vin au suave arome,
Son fin bouquet s'y perd bien moins.

Brosse, lave ou mouille tes cuves,
Leurs planches, fonds, supports, parois ;
Taris toute fuite d'effluves,
Que par seul soupçon tu perçois.
Fais qu'aucun amas d'immondices
N'infecte de ses préjudices
Leur bassin, dont le soupirail
Présente au Nord son embrasure,
Pour qu'en la cuve presque obscure,
Des vins s'opère le travail.

Vers le cinq septembre, vendange,
En plusieurs temps ou d'un seul trait,
Selon que des fruits le mélange
Doit être exclus ou te complaît ;
Trop verts, leurs jus réduit t'expose
A moins d'arome et de glucose ;
Acerbes, crains leur âpreté ;
Plus mûrs, leur ferment mieux ductile
Donne un vin à saveur subtile,
Par les gourmets bien accepté.

Ne diffère pas trop les coupes
De grains mal mûrs dans les bas-fonds,
N'espère plus tard, de leurs groupes,
Des rendements bien plus féconds ;
La grappe, au moins d'octobre, aqueuse,
Rarement devient plus vineuse,
Sur son plant elle se pourrit ;
Elle s'altère maculée,
S'il survient la moindre gelée ;
Et la récolte dépérit.

Vendange dès la matinée,
Dès que le soleil luit en plein,
Surtout si belle est la journée ;
Le temps, sec, chaud ; le ciel, serein.
Evite le brouillard, la pluie,
Fais que soit la rosée enfuie
Du raisin, lors, plus précieux ;
Sache que, pour limite extrême,
De l'eau du ciel plus d'un trentième
Rend le cuvage insidieux.

Contre la vigne, sans secousse,
Avec sécateur ou ciseaux,
Fais couper en taille fort douce,
Les pédoncules, mais non hauts,
Lever grains secs, masses flétries,
Toutes accointances pourries ;
Laisse les verdillons tardifs ;
Et que, sans tassement, la grappe
Ne perde son jus qui s'échappe
Des cabas par flux fugitifs.

Que soit bien la cornue étanche,
Qu'on recouvre le tombereau,
Que, de son arrière la planche,
Du treuil atteignant le niveau,
Permette, par simple bascule,
Que le fruit tombant s'accumule
En cuve, sur ses madriers ;
Où, par piétinement, un homme
Des grains foule, écrase la somme
Pour qu'il n'en reste point d'entiers.

Le Moût.

Le moût filtre par les fissures
Qu'offrent les madriers entre eux ;
A travers quelques embrasures,
Le marc est lancé dans le creux
De la cuve, qui, sitôt pleine,
Est close pendant la huitaine,
Hors d'atteinte d'un air trop frais,
Dont l'accès vif ou trop rapide
Entraverait, dans le liquide,
Du ferment les meilleurs progrès.

17

De cette cuve cimentée
Que le réservoir collecteur
N'ait pas trois mètres de portée ;
On l'emplira dans sa hauteur ;
Laissant le vide d'un cinquième,
Pour qu'atteignant le point suprême,
Le chapeau ne verse au dehors.
Que, sous des madriers mobiles,
Du marc les mouvements faciles
Restent libres dans leurs ressorts.

Des grains foulés, jetés en cuves,
Après huit heures, au plus tard,
S'exhalent déjà des effluves
Du ferment décelant la part ;
Le jus s'échauffant, s'en élèvent
Des bulles qui grossissent, crèvent,
Leur cours devient tumultueux ;
La raffle, par dessus, s'amasse
En chapeau, dans lequel s'entasse
Le marc, en jus peu fructueux.

De rafles, pépins, pellicules,
Le marc offre les résidus ;
Ceux-ci sont surtout acidules,
Si, d'un air vif non défendus,
Ils ont subi l'occulte atteinte,
Dans leur chapeau faisant empreinte
Sur un décimètre de fond ;
Mais si d'un air stagnant, humide,
Le marc ressent l'effet perfide,
On le voit moisi sur son front.

Sans obstruer l'air, la lumière,
Que leur accès soit bien réduit,
Des madriers que la barrière
N'entrave pas le gaz qui fuit,
Formé d'acide carbonique,
Dont pèse la masse élastique
Sur la rafle qui, surnageant,
Quand se dédouble la glucose,
Aux pertes d'alcool s'oppose,
En flux volatil émergeant.

Dans la cuve en maçonnerie,
Moins vite que dans celle en bois,
Du moût a lieu l'affinerie,
Il est plus accessible aux froids ;
Le long des murs prenant la fuite,
La chaleur dehors est conduite ;
Du ferment s'étreint le ressort ;
Le jus a moins d'effervescence,
Il cède aisément à l'offense
De l'acide au facile abord.

Garde-toi d'entrer dans la cuve,
Et n'observe pas, de trop près,
Les incidents dans cette étuve,
Ou du ferment tous les progrès ;
L'air lourd dans les bronches s'entasse,
Les obstruant, le sang y passe
Noir, veineux, non oxygéné,
Et d'une asphyxie alarmante
La scène grave et désolante
Couve un danger instantané.

Le moût, en liaison aqueuse,
Contient du sucre. de raisin,
D'où provient sa force vineuse ;
Au sel commun, ferment, tannin,
S'y joignent l'acide pectique,
Le sulfurique et le tartrique
A la potasse ou chaux unis,
Un corps bleu que rougit l'acide ;
Les pépins d'un corps gras, limpide,
Et de tannin sont bien fournis.

Les corps azotés y varient,
Septante et huit portions d'eaux
A vingt parts de sucre marient,
Trois demi-parts sels végétaux ;
Il y a silice, alumine ;
Le pressurage en élimine
La cellulose en grand écart ;
L'amidon, l'oxyde ferrique
Avec le phosphate calcique,
Dans le moût, prennent aussi part.

En lui, le tannin précipite
Le tartre et même le ferment ;
Du grain la teinte est éconduite
S'il est cuvé sans tégument.
Dans cette même pellicule
Un riche tannin s'accumule,
Il abonde autour du pépin.
Lorsqu'en cuve le marc échange
De ses éléments le mélange,
Bien plus résistant est le vin.

Quand le sucre s'alcoolise,
Des hydro-carbures huileux
Dont l'essence se subtilise,
Du vin rendent le goût moëlleux,
Que parfont l'éther œnanthique,
Les gomme, acide succinique,
Phosphate, pectate de chaux,
Plus, des matières colorantes,
A teintes rouges, jaunissantes,
Et du moût tous les radicaux.

Condense un moût clair, par sa cuite;
De glucose fais-y l'apport,
Avec soin dans la cuve évite :
Tout artificiel confort,
Un excès de température,
Une insuffisante clôture,
Un courant électrique ou d'air,
Le mouvement moléculaire
Au sein de la masse vinaire,
Les miasmes, le jour trop clair.

Jamais, en ajoutant de sucre,
Ne produis plus d'un tiers d'esprit,
De ce trop d'alcool le lucre
Met tout bouquet en discrédit ;
Pour le vin de liqueur prépare
Un moût plus dense, dont la tare
S'abaisse jusqu'à vingt degrés,
Dont le jus séché sur la vigne,
Sous température bénigne,
Vaut mieux que ceux au feu titrés.

L'appoint d'eau rend le moût fluide,
Activant ainsi le ferment,
Le mouvement est plus rapide,
Mais le vin, dépourvu d'augment,
Perd sa force, sa résistance,
N'offre que faible contenance
Pour se maintenir en état :
Un moût chauffé, soit bonne dose
D'alcool, de sucre ou glucose,
Peuvent parer au résultat.

Le ferment à l'état d'usure,
Par les alcalis obéré,
Influencé par la souillure
Ou tout autrement altéré,
Suscite des fontes visqueuses,
Soit mannitiques, soit glaireuses,
Et de successifs changements,
Dont les productions lactiques
Et les processus butyriques
Marquent les appauvrissements.

La mâturité consommée,
Lentement, sur pied s'opérant,
Donne une grappe parfumée,
Au jus le plus édulcorant;
Son vin dont exquise est l'essence,
Doux, moëlleux, suave, est plus dense;
Mais le commerce, dans nos crus,
Recherche un vin vert, âpre, austère,
Fort, corsé, chaud, noir, qui pondère
Les vins légers ou peu courus.

Sois sobre d'un pareil breuvage,
Par l'apprêt seul dénaturé ;
Adjoins-y pour ton propre usage,
Un suc autrement apuré :
Sans grappe, pépin, pellicule,
En cuve de bois manipule
Un vin franc d'excès colorant,
De corps azoté, d'albumine,
De tannin, d'amer, de résine,
De tout principe l'altérant.

Ce vin est plus fort, moins instable,
S'il a cuvé dans son marc noir ;
Et ce jus est plus délectable
S'il sort d'un plant prêt à décheoir.
C'est que la vigne ayant de l'âge,
En bouquet, esprit, affinage,
Produit un vin délicieux,
Quand la trop grossière fumure
Ne le souille de flétrissure,
En le rendant plus copieux.

Si tu recherches la finesse,
La transparence, la chaleur,
De ton vin la délicatesse,
Du bouquet le parfum meilleur,
Extrais les grappes acidules,
Mais retiens les pépins, capsules,
Car c'est surtout en ces derniers,
Que les éléments butyriques,
Corps colorants et glycériques
Se fixent, mais non tout entiers.

Abstiens-toi de tout égrappage
De vins teinturiers ou communs,
Trop aqueux ou, sans grand dommage,
Pour brûler jugés opportuns.
La rafle pare à leur faiblesse,
Donne au ferment plus de prestesse,
Au vin plus de garde et de corps ;
Elle le relève et colore,
Le complète, l'améliore,
Activant du moût les ressorts.

Le moût dépouillé de sa grappe,
Donne un vin blanc, restant rosé,
Quand le corps colorant s'échappe
D'un raisin noir, trop écrasé ;
Le jus cuvé sans grume et graine,
De quelque raisin qu'il provienne,
Rend un vin léger, incisif,
Moins riche en matière extractive,
En tannin ; l'alcool l'active ;
Il vaut mieux franc, fin, sec et vif.

Si les grains muscats, sur la plante,
Se sont séchés modérément ;
Si, par insolation lente,
De sucre ils ont reçu l'augment ;
Leur vin doux, parfumé, suave,
Est en bouteilles, mis en cave,
Quand son ferment est épuisé ;
Si non, il se ravive encore,
Le verre cède, se perfore,
Le jus se perd extravasé.

Fixé dans la peau de la baie,
Dans la tunique des pépins,
Le tannin puissamment étaie
Le ferment du suc des raisins ;
La grappe intervient énergique
Pour assurer l'effet chimique
De la vinification,
Et quand, dans le moût on rassemble
Des raisins le complet ensemble,
Le vin croît en complexion.

Sa richesse est alors parfaite,
Souvent on le dit rouge et franc,
Même quand en cuve on l'apprête
Avec le raisin jaune ou blanc ;
De tannin, d'extractif le double
S'appose dans ce vin plus trouble,
Mais aux ressorts bien établis ;
Et dont la matière azotée,
Par les marcs beaucoup mieux dotée,
Donne des vins plus accomplis.

Leur effet nutritif, tonique,
Leur permanente fixité,
Leur excellence œnologique
Attestent leur priorité.
Parfois leur vigueur s'atténue,
Quand dans la cuve on diminue
Des rafles la mise en excès ;
Le moût alors se décolore,
Plus fixément il s'élabore
En vin paillet d'un grand succès.

Après deux ou trois ans de garde,
Ce vin sera délicieux,
Franc de goût, sans saveur bâtarde,
En vieillissant plus précieux,
Parfumé, chaud, brillant, lucide,
Ferme, généreux et valide,
D'un ton grenat, rubis ou clair;
Sa teinte parfois reste sombre,
Quand des grains les peaux, en grand nombre,
Ont longtemps cuvé sur leur chair.

Le vin, par un trop long cuvage,
Plus coloré, plus astringent,
En lui plus d'alcool dégage,
Et le produit est moins changeant;
Du moût l'excès glucométrique,
S'accentuant plus énergique,
Comporte souvent ce retard,
Propice à tout vin ordinaire
Ou duquel on ne veut qu'extraire
De l'alcool tout le départ.

Pour apprêter un vin d'élite,
Tâche de décuver plus tôt,
Avec attention évite
De le soutirer encor chaud,
En l'exposant à l'influence
D'un air qui, par sa convergence,
Peut enrayer l'apurement
Et provoquer l'état acide
Dans ce jus qu'on maintient limpide,
Pur de tout marc ou sédiment.

De bleu la nuance s'échange
Par l'acide qui la rougit,
Et dans le vin vieux, sans mélange,
Le ton jaune paille surgit;
Le verjus, plus clair, s'incorpore
Un rose frais qui le décore,
De l'aigre compensant le dol;
Et quand la glucose domine,
Du bleu la teinte est purpurine,
Se dissolvant dans l'alcool.

La vinification pose
L'eau, la chaleur et le ferment,
L'accès de l'air et la glucose,
En réciproque enlacement.
Que de l'alcool un cinquième,
Dans le moût, soit le terme extrême;
En plus, le ferment se détruit.
Deux parts de celui-ci suffisent,
Quand cent de sucre réalisent
En alcool quarante et huit.

Dix parts d'alcool en moyenne,
(Nos vins souvent en ont bien plus,)
Exigent que le moût contienne
Vingt-une de sucre en son jus.
Vingt-cinq degrés thermométriques
Suffisent aux effets magiques
Du ferment pour s'irradier;
Le moût recouvert, l'affluence
D'un courant d'air peut faire offense
Et le tout s'acidifier.

Par surcroît de température,
L'alcool est évaporé ;
Par électricité, froidure,
Le ferment se trouve altéré ;
Son excès et le calorique
Peuvent rendre trop énergique
L'ensemble des réactions ;
Et de l'alcool l'aldéhyde
Avec rapidité s'oxyde
Par acétiques mixtions.

Sitôt que le moût de l'air libre
A ressenti le vif effet,
Le sucre y perd son équilibre,
Se dédoublant, il se démet,
En élément alcoolique,
En gaz acide carbonique,
Le jus se trouble et la chaleur
A plus de vingt degrés s'élève,
A la surface le gaz crève,
Le vin façonnant sa valeur.

Selon l'essor de la levure,
Fréquemment dès le premier jour,
Du ferment la vivante allure
Gonfle le moût en son pourtour ;
D'un mycoderme les cellules
Prolifèrent des séminules,
Qui, par des groupes ascendants,
Agitent, soulèvent la masse ;
Puis, par bris de chaque liasse,
Ces corps flottent indépendants.

La fermentation rapide
Se soutient, plusieurs jours, en train,
Et le mycoderme au liquide,
Hors de l'air, fournit le levain ;
Le fluide crépite et gronde,
L'acide carbonique abonde,
L'alcool est constitué ;
En disparaissant, la glucose
En ces deux corps se décompose,
Le moût en vin est transmué.

Il s'y joint de la glycérine,
Quelques corps gras en rudiment,
Que l'oxydation affine
En succinique supplément ;
Le gaz acide carbonique
Couvre de sa lourde tunique
La rafle, en chapeau surnageant ;
Et du myco-dermo-phytaire,
Finit l'existence éphémère ;
Le marc s'excave en s'immergeant.

Le bouillonnement s'atténue
Soulevé le chapeau descend,
La vive chaleur diminue,
L'acte du ferment se suspend ;
La liqueur cesse d'être dense,
Elle offre du vin la flagrance,
Le ton vermeil et diapré ;
Sa couleur est plus apparente,
Sa saveur, presqu'un peu piquante,
Ne retient plus de goût sucré,

Le Vin.

Le vin est fait, lève la bonde,
De la cuve le jus jaillit,
Rutilante sa veine gronde,
Le cultivateur tressaillit ;
La joie exalte sa famille,
En gais ébats elle pétille ;
C'est le prix des labeurs de l'an ;
Du vigneron la conscience,
Vers Dieu, de sa reconnaissance,
Epand, joyeuse, son élan.

A lui, la première bouteille,
Prémices de son vin nouveau ;
Puis de cette liqueur vermeille,
Vite affluant dans le cuveau,
Tout autour s'emplissent des verres
Pour fêter les ébats sincères
Des manouvriers, des assistants,
Quand toujours le méger tressaille,
Au son d'un jet qui ravitaille
La pitance de ses enfants.

Préfère un broc au jeu de pompe
En entonnant ce nouveau vin,
Pour que l'air frais ne le corrompe
Dans son orgasme clandestin ;
D'une cuve plus élevée
Bien mieux vaudrait son arrivée
Dans les fûts avec un manchon ;
Si non, transvase avec prestesse,
Ne perds le jus par maladresse ;
Laisse la bonde sans bouchon.

Couvre-la d'une simple brique,
D'une fiole à col renversé,
D'un bondon, qu'on nomme hydraulique,
Au centre d'un conduit percé,
Sur lequel repose une sphère
Dont le gaz carbonique opère
Le facile soulèvement,
Quand il sort à travers le vide
D'un à deux pouces au fluide,
Laissés par son bouillonnement.

Du marc rejette tout l'acide,
Et sur ton pressoir, avec art,
Mets le reste, en cône solide,
Prévenant de son tas l'écart
Par une sangle résistante,
Sous la puissance comprimante
De forts écrous, dont un levier
Augmente encore l'énergie
Qu'offre des vis la stratégie,
Surtout quand leurs pas sont d'acier.

Promptement dans la cuve entasse
Le marc retiré du pressoir,
Évite l'air à sa surface
Et comble d'eau le réservoir;
La liqueur fermente en piquette
Dont la saveur est aigrelette,
Dont le teint est bien coloré;
Cet économique breuvage,
Durant plusieurs mois, en ménage,
Par les mégers est savouré.

Le vin en fût fermente encore
Durant vingt à soixante jours ;
Il bout, écume, s'élabore,
Puis des bulles moindre est le cours.
Le gaz acide carbonique,
Plus lourd que l'air, tombe et s'applique
Sur le jus par lui recouvert;
En mousse trouble se dégagent
Des impuretés qui surnagent,
Et qu'à son profit, le vin perd.

Tant que le sucre prédomine,
Par son trouble tumultueux
La fermentation affine
Le vin, restant spiritueux.
Quand la glucose fait absence,
L'oxygène, par acescence,
Hâtivement perdrait le vin ;
Entrave cette phase ultime,
Que ta vigilance réprime
Les vices d'une telle fin.

Vingt jours après son décuvage,
Le vin cesse de bouillonner,
Alors plus fixement engage
La bonde qu'il faut bien cerner ;
De la lie un ferment valide,
Et l'accès d'air comblant le vide
Du jus pompé par le tonneau,
Font que l'excès de la glucose
Promptement se métamorphose,
Formant de l'alcool nouveau.

Sitôt de Saint-Martin la fête,
Clos les fûts hermétiquement;
Avec toile et bon liége apprête
Le bouchon, couvert de ciment.
Lors, du vin la masse intestine
Subit l'épreuve clandestine
D'un affinage délicat,
Sur les fonds déposant sa lie;
Contre les douves se rallie,
En cristaux, le tartre grenat.

Préviens tout vide dans la tonne
Par des ouillages rapprochés,
Et tout acide que façonne
L'air, dans les tonneaux mal bouchés;
Que par ustion, insufflage,
Le gaz sulfureux te dégage
De tout ferment insidieux;
Mais, mis en excès, ce gaz blesse
La couleur, la délicatesse
D'un vin qu'il rend moins précieux.

Par de réitérés ouillages
Le méger pare au déficit,
Comblant les vides par coulages
Et ceux dont les fûts font profit;
Tiens vin de presse, en dame-jeanne,
Par dépôt rendu diaphane,
Pour ce but, dans ton magasin.
Les pertes, jusqu'aux cinq centièmes,
Portent leurs limites extrêmes,
De l'entonnage jusqu'en juin.

18

Lorsque l'effervescence baisse,
Le vin s'épure et s'éclaircit,
La lie entière qui s'affaisse,
Au fond du tonneau s'épaissit.
Avant que fin d'hiver n'expire,
Toujours avec grand soin soutire
Ton vin dans un autre tonneau ;
Où, privé de suspect mélange,
Purgé de souillure ou de fange,
Chaque jour, il devient plus beau.

A cette fin, sers-toi de manches,
De syphons dûment installés,
De brocs obturés par des anches,
Par des robinets bien scellés ;
Prends tout vase dont l'ouverture
Ne puisse, par son embouchure,
Offrir départ à l'alcool,
La subtilité vaporeuse
De sa force spiritueuse,
Par sa perte cause un vrai dol.

Tous les six mois, sépare encore
Le vin de ses récents dépôts,
De la sorte il s'améliore ;
Évite l'air et les ressauts
Par un transvasement habile,
Prévenant la perte facile
De volatils dégagements ;
Par des visites vérifie,
Par des collages clarifie
De ce jus les bouillonnements.

Maintiens les fûts sans moindre vide
Et sans fissure dans leurs joints,
Si non l'air accède rapide,
A l'encontre de tous tes soins ;
Quelques-uns, pour leur entonnage,
Ne pratiquent le soutirage
Qu'avec une pompe, un embut
Qu'une manche de cuir prolonge
Pour que, dans le vin, elle plonge
En atteignant le fond du fût.

Ainsi faisant, tu peux exclure
Un corps suspect, taré, malsain,
Les mousses blanches, la pelure,
Qui vont effleurer sur le vin ;
Leurs jets déversent par la bonde,
Sous l'afflux de la nouvelle onde
Accédant au fond du tonneau ;
Et par un modéré chauffage,
D'une longue garde au breuvage
On peut encor mettre le sceau.

D'un vin qui serait trop instable
Préviens le trouble inopiné,
En laissant l'excès rejettable
Fluer en son cours spontané ;
Dès que le liquide tranquille
Se présente calme, docile,
Mute, puis ouille, bouche en plein ;
Evite avec soin son coulage ;
Pare son emmagasinage
Contre tout méfait ou larcin.

Que ton active surveillance
Soit incessante en ton cellier,
Que ta sagace prévoyance
S'applique à tout rectifier;
Durant le froid, le vin s'épure,
Mais la chaleur le dénature,
L'afflux de l'air le fait aigrir;
Préviens son trouble, trop facile,
Par le gaz sulfureux, par l'huile
Si propice pour le couvrir.

Lorsque tu mets les fûts en perce,
Dans leur fond laisse permanent,
Le jus, qui seul ne se déverse,
Sous le trou de l'usset, stagnant;
En la lie épaisse il s'ingère;
En un acide tutélaire,
S'évaporant dans les vaisseaux,
Il en maintient le bois humide,
Il prévient leur état aride,
Comblant des pores les réseaux.

L'oxygène de l'air s'échange
Pour façonner l'humidité;
L'odeur piquante du mélange
Eloigne sa putridité;
Dans cette atmosphère nouvelle,
La lie, en plein, reste rebelle
A sa décomposition;
Tartre, extractif en bonne dose,
Corps colorant et cellulose,
Sont en cette solution.

Le vin n'est pas un corps chimique,
En éléments bien réunis,
Pouvant par un chiffre typique
Etre nettement définis ;
C'est un organique breuvage,
Au mystérieux affinage,
Qu'un mycodermique ferment
Imprègne d'une riche essence,
Pour que sa subtile influence
Lègue son vital élément.

Du sucre l'alcool s'engendre
Pendant la fermentation,
Le moût ne peut guère en épandre
Tant gluante est sa mixtion ;
Son ébullition persiste,
Sans que se décèle sa piste,
Dans les flacons ou les tonneaux ;
Où le jus à peine murmure,
En élaguant, de sa levure,
L'amas par successifs dépôts.

Parfois les bouteilles éclatent,
Surtout si l'air ou la chaleur
De cette effervescence hâtent
L'essor dans toute son ampleur ;
Mais plus souvent, sous forme occulte,
Le bouillonnement, sans tumulte,
Furtif, dans les fûts s'établit ;
Le principe azoté s'oxyde,
Il s'agglomère en glaire humide,
La vinosité s'accomplit,

Les vins sont chauds, alcooliques,
Forts, substantiels, tempérés,
Secs, capiteux, aromatiques,
Acidules, doux ou sucrés,
Riches, superfins, ordinaires,
Toniques, astringents, austères,
Légers, consistants, vigoureux,
Pétillants ou pleins de finesse,
De parfums, de délicatesse,
Suaves, coulants, généreux.

Faible, plat, dur, désagréable,
Retenant le goût de son fût,
Apre, vert, pâteux, non potable,
Tel vin sera mis au rebut ;
Délaissé quand il est trop fade,
Jeune, aqueux, altéré, malade,
Acide, épais, trouble, éventé,
Le bon vin est une ambroisie
Dont l'incessante génésie
Fait la supériorité.

Il vit, s'élabore sans cesse,
Changeant sa robe et son éclat,
Et, dans sa virile vieillesse,
Riche d'ampleur est son état ;
On l'aime franc de goût, limpide,
Fin, soyeux, délicat, valide,
Gris-paillet ou couleur rubis,
Flattant, sitôt qu'on le débouche,
L'odorat, la vue et la bouche,
A l'égal d'un nectar exquis.

Dans le vin mixte, est définie,
En rapport le mieux concordant,
De ses éléments l'harmonie,
En un ensemble affriendant ;
D'alcool ayant deux vingtièmes
Et d'eau quatre-vingt-huit centièmes,
Il reçoit l'onctuosité
De son œnanthine élastique,
Tandis que l'éther œnantique
De son bouquet fait la bonté.

Ses éléments sont : cellulose,
Acide pectique, tannin,
Silice et chlore en faible dose,
Albuminoïde levain,
Huiles essentielle et grasse,
Fer et corps colorant en masse,
Sels de potasse, soude, chaux,
Pectates, sulfates, phosphates ;
L'alumine est dans les tartrates
Déposant contre les vaisseaux.

Le vin dit moëlleux, s'interpose
Entre le sec, le liquoreux ;
Et la saveur du sol impose
A la sève un cachet terreux.
Dans la marne ferrugineuse,
Bien souvent, la liqueur vineuse
D'un goût pierre à fusil s'empreint ;
Le vin de récolte non mûre,
Reste acerbe, de saveur sure,
Et son prix n'à qu'un cours restreint.

Par le collage ou le coupage
Tempère de ton vin l'amer ;
S'il est gras, après soutirage,
Le tannin le rendra plus clair.
Aigre, mets-le sur fraîche lie,
Par vapeur de soufre pallie
Ce goût qu'émousse un vin corsé.
Fouette avec de l'huile d'olive
De ton vin moisi l'offensive ;
Joins l'alcool au vin passé.

La valeur du vin se constate
Par l'œil, l'odorat et le goût.
L'alcool, lui-même, frelate
Ce jus que, seul, parfait son moût.
Délicat, il est clair, limpide,
Son arôme est fin et valide
Avec dix à vingt parts d'esprit,
Dont l'excédant mis en amorce
Dans le vin, par delà sa force,
Le frappe d'un vrai discrédit.

Selon les travaux, les cépages,
L'exposition, le terrain,
Le temps propice ou ses outrages,
Diffère le jus du raisin.
Le mourvèdre a la couleur forte,
L'austérité qu'en lui colporte
Du tannin le riche surcroît ;
Vieillissant, son vin s'élabore,
Avec l'âge il s'améliore,
Et toujours meilleur on le boit.

Plus fin, mais de moindre durée,
Le vin de grenache, en couleur,
A la nuance orange, ambrée,
Mais il perd vite sa valeur.
Du brun-fourca crains la mollesse,
Dans le bouteillan, la faiblesse ;
Du pécou-touar, le ferment ;
Le tiboulen noir, violâtre,
En pétillement est folâtre ;
L'aramon s'altère aisément.

La terre franche, froide, humide,
Forte, compacte, donne un vin
D'une qualité moins sapide ;
La sablonneuse le rend fin ;
Délicat dans la caillouteuse,
Sa saveur est plus généreuse
Dans le grés et le talc brisés ;
Sa valeur s'offre spécifique,
Selon que d'un sol volcanique
Les détritus sont composés.

Lorsque le vin chauffe la bouche,
On constate qu'il a du corps ;
Quand rien en lui ne paraît louche,
Qu'il est complet sous tous rapports,
Son fin bouquet, sa couleur nette
Assurent sa valeur parfaite,
On le reconnaît excellent ;
Le vin dit fait est bon à boire ;
Sans esprit, sans couleur notoire,
Le vin faible est peu régalant.

Outre le vin livré, d'usage,
Pour l'alcool comme grossier,
Utilisé pour le coupage
Ou vendu comme teinturier,
Pour toi, réserve un vin d'élite,
Un autre doux, par simple cuite,
Un blanc et sec, du raisiné ;
Mets-les à part dans une cave,
Fraîche, propre, libre d'entrave,
A sol uni, bien bétonné.

Tiens-y planches à trous, banquettes,
Pompes, fûts, cercles, hérissons,
Brocs, entonnoirs, jauges, topettes,
Clefs à vis, baguettes, bouchons.
Quant au marc, c'est un combustible ;
Il sert d'engrais, de comestible
Pour volaille, autres animaux,
Que son esprit parfois agite,
Quand, pris frais, à dose illicite,
Il surexcite leurs cerveaux.

Le marc récent est exploitable
Pour l'alcool, le vert de gris.
Les raisins frais, secs, pour la table
Sont recherchés en tous pays.
Du marc, encor, l'effet magique,
En bains, est calmant ou tonique ;
Et précieux sont les pépins,
Fournissant une huile limpide
Dont l'éclairage franc, lucide,
Lègue un nouveau prix aux raisins.

LE BLÉ

Caractères Botaniques.

Du blé, le chaume a près d'un mètre,
Il est rond, articulé, creux,
On voit le pétiole émettre
Sa gaîne en un rouleau fibreux ;
En long ruban, la feuille ondule,
S'infléchissant sur sa ligule ;
La tige a l'épi terminal,
Offrant une axe, à dents alternes,
Portant des épillets externes,
Alignés en rang transversal.

Sur deux valves la lépicène
Renferme trois ou quatre fleurs,
Ayant deux glumes en carène,
Le tout aux jaunâtres couleurs ;
L'une contre l'axe ajustée,
L'autre quelquefois aristée,
Ces glumes enserrent le grain ;
Sur sa base sont deux squammules ;
Le gynécée, en deux plumules,
A l'androcée offre son sein,

Celui-ci sur triple étamine
A le port le plus gracieux,
L'anthère bifide s'incline
Sous un pollen bien copieux.
Le caryopse oblong, jaunâtre,
Sur les valves un peu folâtre,
Dans l'épeautre est fixe, adhérent.
Le grain est sillonné, rigide ;
Son embryon est discoïde,
Son endosperme exubérant.

Ensemencé le grain prospère,
D'abord nourri par l'amidon,
Sous un albumen tutélaire ;
On n'y voit qu'un cotylédon.
Du collet sort une gemmule
Que sustente une radicule
Se ramifiant sur les bords,
Et cette pousse latérale
Fait que, plus tard, la plante talle,
En chaume sur plusieurs supports.

Dans le grain l'épaisse capsule
A tendance à se dépécer
En une double pellicule
Dont l'externe est à délaisser ;
La sous-jacente plus propice,
D'un ferment présente l'indice,
Dans le germe mieux prononcé,
Sous une teinte un peu grisâtre,
Tranchant sur l'amidon blanchâtre,
Dans le parenchyme entassé.

Variétés.

Ne cultive que les plus belles
Des variétés du froment,
Ton choix peut entre les touzelles
Se satisfaire largement ;
La blanche, à si fine substance,
Et de la rousse l'abondance
Te donneront de fort beaux gains ;
Si tu crains le vent, les saisettes,
Les divers blés munis d'arêtes,
Prospéreront sur tes terrains.

Si les semis longent la vigne,
Redoute alors les blés barbus,
De leur cohorte peu bénigne
Eloigne bien loin les tribus ;
Leurs produits sont souvent propices,
Mais, d'un vignoble, leurs sévices
Amoindrissent tous les conforts.
Selon les sols et leur culture,
Les blés dur, rouge, avec usure
Garantiront de bons apports.

Le blé dur veut la terre forte ;
Le tendre aime les sols légers,
En paille bien moins il rapporte,
Mais, de son grain, les boulangers
Estiment la belle farine,
Qui, plus que toute autre, est surfine,
Beaucoup moins surchargée en son ;
Trop souvent, en lui, de l'azote,
S'abaisse grandement la cote
Dont variable est l'unisson.

Le dur en contient près du double,
Plus riche en sels, corps gras, gluten,
En transparence il est moins trouble,
Plus pesant est son spécimen,
Sa cassure, moins blanche, est ferme,
Peu de son s'appose en son derme,
Net, corné, sous les doigts glissant ;
Et ce grain, moins hygrométrique,
Ferme, compact, non élastique,
Plus que le tendre est nourrissant.

Du Grain.

Le poids moyen de l'hectolitre
S'élève à quatre-vingt kilos ;
Souvent il n'atteint pas ce titre,
Surtout quand le blé devient gros
Par une vapeur condensée,
En son parenchyme entassée,
Ou que le volume du grain,
Par les écarts de son enflure,
Donne bien plus à la mesure
Que ne le comporte son plein.

Que ton blé fauve ou blanc jaunâtre,
Soit lisse, sonore, compact ;
Rejette celui brun-roussâtre,
Prémunis ton grain du contact
D'éléments altérés, putrides,
D'occultes larves trop avides ;
Maintiens-le sans échauffement,
Franc d'autres graines ou de pailles,
Pur, sec, plein et que dans ses mailles,
Ne glisse le moindre ferment.

Labours à la bêche, pour Vignes et Blés.

Sitôt la vigne déchaussée,
Vers le vingt mars, fais tes guérets,
Si cette œuvre n'est commencée
Pour seconder d'autres projets ;
Au béchard plus dispendieuse,
La façon est plus précieuse
Et son succès mieux accompli ;
Activement poursuis l'ouvrage
Pour qu'en fin juin, ce labourage
Soit sur les champs bien établi.

Entre les moissons et vendanges,
Tu peux le compléter encor ;
Et, si de tes terres les fanges
Permettent ce nouvel essor,
Achève-le même en octobre,
Mais tâche de te móntrer sobre
De tels guérets trop en retard,
Car une fumure directe
Pour les blés est parfois suspecte,
De leur verse amenant l'écart.

Durant le printemps, à la vigne
Les labours profitent le mieux ;
Des blés la succion maligne
N'épuisant que tard leurs milieux.
En été, la terre est plus sèche,
Moins aisément elle s'ébrèche,
Les mottes ouvrent au soleil
De la vigne la radicule,
Dont le fruit dépérit et brûle,
Sous l'ardeur d'un grief pareil,

D'après l'usuelle facture,
Les guérets sont souvent réglés
Afin d'assurer la culture
Des oliviers, vignes et blés ;
Leur profondeur est nécessaire
Pour que ne s'élèvent sur terre
Des racines les brins ténus,
Qui, d'une chaleur trop intense
Ressentant la brûlante offense,
Seraient fanés ou mal venus.

Du fumier qu'en ferme on amasse,
Fais mettre environ trois kilos,
Par mètre carré de surface,
Après deux, trois ans de repos ;
Que sa couche soit régulière,
Bien espacée en ton oulière ;
Veille à ce que les fumerons,
Trop longtemps apprêtés d'avance,
A l'air ne perdent la substance
De leurs sucs, par exhalaisons.

Le labour, du sol qu'il divise,
Rend les fonds friables et mous ;
Il l'ameublit, le fertilise,
Le tournant sens dessus dessous ;
Il détruit tout plant parasite,
Il apure en entier le site,
Elaguant cailloux, bois suspect ;
De la couche arable, absorbante,
A l'air, à l'eau bien mieux béante,
Il assure l'effet direct.

Du cours d'une osmose intestine
Il protége l'activité,
Portant l'engrais à la racine,
Il en maintient l'humidité ;
En avril, des plantes véreuses
Sarclant les pousses ruineuses,
Il garantit les grands bienfaits
Que le ciel et la terre apposent
Pour que tous les germes éclosent
En essor d'unissons parfaits.

Après une légère pluie,
En été, hâte tes labours
Avant que la fraîcheur enfuie
Ne te prive de son concours ;
Ne crains pas, dans la terre forte,
Qui plus abondamment rapporte,
De multiplier ces efforts ;
Son insuffisante culture,
En la rendant compacte et dure,
En amoindrirait les ressorts.

Ménage la terre légère,
Que son sein, trop souvent à nu,
Ne se dessèche et ne s'altère
Sous un soleil trop continu.
Après récolte de légumes,
Détruis toutes tiges posthumes,
Par l'arrachage et par le soc ;
Si non, des plantes illicites
Epuiseront bientôt ces gîtes,
A leur engrais faisant estoc.

Ne mets point par de grandes mottes
Des vignes la racine à l'air,
De ses jets déliés les flottes
S'endommageraient dans leur chair.
Que ces épais quartiers de terre
Bien étalés à l'atmosphère,
D'eau, d'air, de chaleur pénétrés,
Façonnent une couche arable,
En ses combinaisons bien stable,
En éléments mieux digérés.

Si l'adhérence de leur mailles
Se prête à de massifs retraits,
Ou si d'étranges victuailles
Souillent le sein de tes guérets,
Recours à leur écobuage,
Mais, sans excès, à cet usage
Ne cède que fort prudemment,
Pour qu'une flamme trop avide,
En ton terreau ne fasse un vide,
Qui se remplit bien lentement.

Quand l'engrais dans le tail s'étale,
Son suc transude en tous les sens,
Du blé la part n'est pas égale,
La vigne vit à ses dépens;
Par cette culture profonde,
Elle élude l'atteinte immonde
Des larves détruisant ses piés,
Et dont la course aventurière
Est circonscrite par l'oulière,
Dont les massifs sont nettoyés.

A l'écart des vignes voisines,
Bêche jusqu'à cinq quarts de pan,
En creusant jusqu'à leurs racines ;
Evite d'atteindre leur plan ;
Si d'un fermier la négligence
A toléré l'exubérance
Du chevelu sur tels niveaux ;
Dès la fin d'hiver, qu'on le rase ;
Taillant les ceps plus sur leur base,
Fumant mieux, obvie à ces maux.

Des racines, si les gros membres
Se rehaussent trop vers le sol ;
Sur leur souplesse tu les cambres
Dans des creux, sans le moindre dol.
De nos étés la sécheresse
Veut qu'en fumant avec adresse
Ces racines profondément,
On les abrite de l'injure
Que causerait à leur texture
De la terre l'échauffement.

En sols meubles, riches, humides,
Tu peux inversement agir,
Par labours légers et rapides
Laissant les racines surgir ;
Vers l'air s'étalent leurs oscules,
Du chevelu les radicules
S'abreuvent de chaleur, d'engrais.
Qu'alors la culture exclusive
A la vigne se circonscrive,
Ses dons combleront tous souhaits.

Sa végétation brillante
Aura son élan radieux ;
Sa richesse resplendissante
S'ornera de fruits copieux ;
Laisse porter tous les branchages
Dont les luxueux étalages
Assortis avec chaque plant,
Par des récoltes si propices,
Redoubleront leurs bénéfices
Sous les flots des raisins coulant.

Mais, par ses apports épuisée,
Vite la vigne dépérit ;
Et prématurément usée
Sur sa souche elle se flétrit ;
Par entraînement productive
Aux dépens de sa force vive,
Son cours avant terme prend fin.
On n'adopte cette culture
Que dans les crus où sa facture
Garantit un surcroît de gain.

Ainsi par absolu systèmè,
Ne dirige point tes travaux ;
Exclus toute pratique extrême
Affranchis-toi des us banaux ;
Selon les plants, terrains et sites,
Les milieux et les réussites,
Détermine bien tes projets ;
Mais de séduisantes tendances
Evite, en toutes occurrences,
Le mirage aux suspects reflets.

Avant les gelures premières,
Sème lentilles, pois, oignons,
Fèves, vesces, gesses grossières ;
Dès mars, plante fayols noirs, blonds,
Pommes de terre, choux, pois-chiches,
Afin d'utiliser tes friches ;
Lors sois plus large en tes engrais ;
Quand tu n'enfouis pas tes fanes
Et qu'autrement tu les condamnes,
Des tourteaux accepte les frais.

Les blés, en culture alternante,
Succèdent aux légumes verts
Dont le sol ameubli présente
Des étalages bien divers.
Au fumier la graine accouplée
Donne une herbe bientôt sarclée ;
Le champ redevient pur et net ;
Et sa puissance productive
Pour le blé seul restant active
Son apport à moins de déchet.

On apprête par un binage
Ce sol précédemment fumé ;
Des tourteaux on fait l'épaudage
Sur ce terrain bientôt semé.
Tout blé, qui suit une jachère,
Sur un sol façonné prospère,
Après labour garni d'engrais.
On enfouit l'herbe sur place,
Mais quand sa racine est vivace,
On porte au loin tous ses déblais.

Labours à l'Araire.

Après le guéret à la bêche,
De l'araire arrive le tour,
Son soc ne découvre la brêche
Qu'à moitié du premier labour ;
Si tu penses que plus profondes,
Les sections soient mieux fécondes,
Prends la charrue avec versoir,
Ou le coutrier qui pénètre
En terre, à plus d'un demi-mètre,
Quand dix chevaux le font mouvoir.

Mais ce n'est qu'en grande culture
Que les labours sont ainsi faits,
Dans nos champs une autre facture
Doit mieux complaire à nos souhaits ;
Pour des rayures continues,
Ou des croisures soutenues,
L'araire souvent suffira ;
Sur les sols pierreux, curvilignes,
Ou le long de tous fronts de vignes,
Fort bien, il te secondera.

Dans la culture à la grande œuvre,
Sillonne, en février, tes guérets ;
Avec un coutrier manœuvre,
En avril, sur les terrains frais ;
Qu'en miettes il les dilacère ;
Que son action salutaire
Soit reprise avant la moisson ;
Puis un cours d'araire, en septembre,
Apprête ton sol qu'en novembre
On sème, on herse à l'unisson.

Semailles.

Sur le sol, en culture mixte,
Après la pluie à Saint-Michel,
Des mottes détruis toute piste ;
Sur ce plan superficiel
Répands ton grain, le dix octobre,
En le lançant maintiens-toi sobre,
Si tu n'as recours au semoir ;
Mis à l'araire en longues haies,
A la houe, en transverses raies,
Ton semis a meilleur valoir.

Selon la qualité des terres,
Les lieux, leur exposition,
De la semence tu pondères
L'exacte répartition ;
En moyenne, adopte la tare
De seize litres par décare
Du terrain que tu veux semer ;
Mais de moitié ce lot varie,
En moins pour la terre maigrie,
En plus dans sols faisant germer.

Semant dru, les plans sont débiles,
Plus verdoyant est leur tapis ;
Mais leurs pousses sont moins viriles,
Leurs racines, en vrais gachis,
S'entremêlent inextricables,
Leurs convoitises regrettables
Les épuisent en leur essor ;
Leurs tiges grêles, mal dressées,
Par l'eau, le vent sont renversées,
Et manquent d'air en messidor,

Si la semence reste claire,
D'abord le tapis semble nu,
Mais, en mars, sous un vert prospère
Le blé talle, étant maintenu
Par des racines divergentes,
Dont les cellules absorbantes
Pompent des sucs plus copieux ;
Haute et résistante est sa tige
Dont l'épi bien fourni s'érige,
Et ses grains sont plus précieux.

Que celui choisi pour semence
Ait moins d'un an, soit lourd, nourri,
Franc, sec, de bonne provenance,
Ferme, mûr, non endolori ;
Sitôt après le dépiquage,
Sépare-le pur d'alliage,
De parasite ou d'autre grain ;
Et quelque fois change l'espèce.
Du blé récolté dans ta pièce,
Par celui d'un autre terrain.

Ne crains pas de semer d'avance
Sur un sol prêt, bien ameubli,
Si non, la pluie en affluence
Peut lé rendre trop amolli ;
Fais que cette eau lui soit propice,
Que ton blé par elle grossisse,
Qu'il s'enracine avant le froid ;
Evite, en terre piétinée,
De trop enserrer ta grainée,
Sous un imperméable toit.

Sur versant nord, sur terre en côte,
Tu sèmeras encor plus tôt,
Et dans les bas-fonds où l'eau flotte,
Jusqu'en mars, ajourne leur lot ;
Crains, si la semence est tardive,
Des gels et dégels l'offensive
Sur un grain qui n'aurait pas pris ;
S'il ne pourrit, dans sa racine
Toute vitalité décline,
Et tes plants restent rabougris.

Sans bonne adhérence à la terre
Leurs tapis sont peu gazonnés,
La paille, alors, est grêle et claire,
Les épis s'offrent décharnés ;
Versant sous le vent ou la pluie,
La tige bien mal se ressuie,
Le grain s'altère ou se détruit ;
Semé plus tôt, en touffe il talle,
Sa germination étale
Avec riche ampleur son produit.

Si tes semis par froid intense,
Par vers, par animaux épars,
Par cas majeur ou négligence,
Sont détruits, sème encore en mars ;
Sous le froid, le grain ne craint guère ;
De la chaleur de l'atmosphère
Il brave soixante degrés ;
La neige attarde sa croissance,
Toutefois de cette souffrance
Il recouvre les rémérés.

Ensemençant à la volée,
Projette sur ton champ le grain,
Par un seul mouvement d'emblée
Lance-le bien à pleine main ;
Pour ce jet n'hésite ou ne tremble,
Harmonise tout son ensemble
Sur l'exact parcours de tes pas ;
Précédant ou suivant l'araire,
Tu peux, sur un rang linéaire,
Semer ton blé comme au compas.

En trous distants d'un décimètre,
Alignés ou non au cordeau,
A la houe aussi tu peux mettre
Deux grains sous un mince terreau.
Quand, en sillons la graine est mise,
Fais qu'elle se régularise
En semant l'un ; et l'autre, non ;
Ni trop claire, ni trop épaisse,
Que ta semence, avec justesse,
Des plants apprête un beau chaînon.

Que la terre soit effleurée
En superficiel labour,
Evite surtout qu'éventrée,
A l'air le grain n'ait aucun jour ;
A plusieurs mètres de distance,
Maintiens ton blé hors de l'offense,
Du pied des oliviers voisins ;
Qu'une bande soit interdite
A ton semis pour qu'il n'effrite
L'abord contigu des outins.

Herse le grain avec la houe,
Si tôt qu'en terre il est lancé,
En ce milieu pour qu'il s'écroue,
Ton sol doit être aussi tassé ;
Avec le revers de la bêche
En adossant la terre fraîche
Sur tout le pourtour de ce grain,
Tu prémuniras sa faiblesse
Contre tout vide ou sécheresse,
Altérant du germe l'entrain.

Tu peux parfaire cet ouvrage
Avec le prisme, le rouleau,
Avec la herse en attelage,
A l'aide d'un simple râteau ;
Pour que ton grain, de l'atmosphère,
Ressente l'effet salutaire,
Ne l'enfouis que faiblement ;
Donne à la couche qui l'abrite
Trois centimètres pour limite
Afin qu'il germe librement.

Sème à l'araire, en terre aqueuse ;
L'eau s'entasse au fond des sillons ;
Une emblavure trop pâteuse
Plus tard s'échange en durillons ;
Fais que des oisillons avides,
De ton grain sans-cesse cupides,
Ne le becquettent trop à nu ;
Et ne crains pas que le hersage
Sur le champ laisse, en étalage,
Des mottes tout débris menu.

Ces débris sont, par la gelée,
Pulvérisés pendant l'hiver ;
Mais si la terre est trop renflée,
Légère ou pénétrable à l'air,
Le sol autour du plant s'entrouvre,
Sa radicule se découvre,
Elle sèche sous le soleil ;
Par le rouleau, lors, agglutine
Au sol le grain et sa racine,
Dont l'essor sera plein d'éveil.

Germination.

Si dans un sol sec, trop compacte,
La terre comprime les jets,
Sur leur col elle se contracte
Des sucs arrêtant les trajets ;
Ouvre et déchire cette croûte,
Enserrant sous sa dense voûte
De trop nombreux grains en retard ;
N'appréhende pas que ta herse,
Brise ces plants, les bouleverse ;
Résigne-toi sur leur départ.

Avant peu la terre splendide,
En pleine germination,
Aura recouvert tout ce vide
Par sa prodigue expansion
De tiges vertes et viriles,
Qui seront encor plus fertiles,
Si du hersage le labour
A divisé le sol arable,
Quand le gel n'est plus redoutable,
Sur sol dur, sec en son pourtour,

Si la feuille sort languissante,
En sol léger, semé trop clair,
Coupe bas sa lame perçante,
Tasse au rouleau, dès fin d'hiver ;
Lors des plants la belle stature
Témoignera pour ta culture
Par son tallage gracieux ;
Contre la verse à leur feuillage,
Tu peux appliquer l'effanage,
Tel qu'il ne soit insidieux.

Avec une simple faucille
Tâche d'en atteindre le but,
Evite qu'un troupeau gaspille
Des jets qu'il vaut mieux, en rebut
Délaisser que courir la chance
D'un vrai désastre à toute outrance,
Menaçant l'ensemble des plants ;
Si non admets la gente ovine,
Avant qu'un tube se dessine
Sur des jets trop tôt succulents.

Mu par cette triple influence,
Air, calorique, humidité,
Le germe étale sa croissance,
Essor de sa vitalité ;
La chaleur est l'agent physique,
L'air fournit l'élément chimique,
L'eau les relie en dissolvant
Les sucs dégagés par la terre,
Qui, colorés par la lumière,
Font verdoyer tout jet vivant.

Dans le grain, une diastase,
Qu'émet, par ferment, le gluten,
De l'amidon fait table rase
Par un catalytique hymen,
Liquéfiant cette farine,
En isomérique dextrine,
Dont le suc fluide ou visqueux
Donne naissance à la glucose,
Qui, par cette métamorphose,
N'est autre qu'un vrai sucre aqueux.

Après peu de jours, le blé germe,
Si le gel n'y met un retard,
Ou si la terre un peu trop ferme
A ce délai ne prend sa part ;
Alors, par un léger binage,
Ameublis tes clos et dégage,
En leur essor, les tendres jets ;
Au gaz, à l'eau plus perméables,
Tes champs au blé sont agréables,
Par ce travail qui les rend nets.

Sarclage.

Dès avant mars, sarcle la terre,
Sitôt que ses fonds ressuyés
Sont tels que leur fange n'adhère
A la semelle, sous tes piés ;
N'attends pas aussi que trop sèche,
L'herbe parasite s'ébrêche
Sous la main la déracinant,
Et, dès avril, détruis encore,
Sans pitié, tout plant qui dévore
Le suc au blé seul revenant.

Atteints ces plants en leur racine,
Taille la vivace au plus bas ;
Avec ton sarcloir extermine
Tous les germes de tels amas ;
Si tes blés, avec symétrie,
S'offrent compassés en série,
L'ouvrage sera plus direct ;
Et qu'un garçon, à main légère,
Avant la moisson réitère
L'arrachage du grain suspect.

Détruis, sans différence aucune,
Les parasites secs ou frais ;
Confonds dans l'atteinte commune,
Les chiendent, roquette, panais,
Moutarde, ésule, raphanelle,
Fumeterre, glayeul, morelle,
Ornithogale, liseron,
Pieds d'alouette, renoncule,
Bugrane, chardon, campanule,
Mélilot, boursette, laitron.

Qu'encor ta razzia comprenne
La folle avoine, les bleuets,
La camomille, la molène,
Les chrysanthèmes, les millets ;
N'exempte de telle disgrâce
Aucun plant, venant hors de place,
Dont tu parerais ton jardin,
Car, toute atteinte aux convenances
Se met sous le coup des offenses
Dont elle afflige son voisin.

Maladies, Epiphyties.

L'ardeur de l'atteinte solaire
Amaigrit la paille et le grain ;
A leur ampleur elle est contraire,
Le blé mûrit sans être plein ;
Des fleurs, la pluie et la froidure
Font appréhender la coulure,
Lèsent la fécondation ;
Des coups de vent la violence
Détruisant des grains l'adhérence,
Provoque leur éviction.

Le charbon rend la tige grêle
Noircit l'ensemble des épis,
Sèche la feuille et s'entremêle
Dans la farine, à l'aspect gris ;
Inodore, non vénéneuse,
Celle-ci reste non véreuse,
Si l'on a bien lavé le blé ;
Mais moins consistante est la pâte,
Qui, cuite, offre une saveur mâte,
Quand l'*uredo* l'a maculé.

Du grain noircissant la surface,
Sous le vent parfois s'envolant,
L'*uredo carbo* se déplace,
Il a peu d'effet virulent.
Le *caries*, son congénère,
Dans la graine naît en poussière ;
D'une odeur de poisson gâté,
Il rend l'épi d'un vert bleuâtre ;
Le blé s'offre âcre, huileux, brunâtre,
Il est nuisible à la santé.

Ce champignon, en botanique,
Dit *tilletia caries*,
Détruit la texture organique
Du grain qu'il boursouffle en excès;
Des nombreux amas de ses spores
Sortent des jets fins, incolores,
Vers le bas par couple adhérant,
Dont les ramures agrandies
Portent d'humides sporidies,
Bien des fois se régénérant.

Contagieuse est la carie,
Elle peut après long sursis,
Transmettre son humeur pourrie
Si son germe n'est point occis;
Contre le charbon et contre elle,
Tu trouveras bonne tutelle
Dans le chaulage de ton blé,
Immergé dans une lessive
Qu'un dixième de chaux avive;
Puis, sèche ce grain bien criblé.

Dans l'eau, le sulfate de soude
Offre un pareil préservatif. '
Trop souvent, le charbon se soude
Au grain qui devient offensif,
S'il est conservé pour semence
Dans des sacs salis par l'offense
De débris de farine ou son.
De ton blé le soigneux triage
Et le convenable séchage
Seront garants de ta moisson.

Sur les feuilles et sur la tige,
Aux points jaunes proéminents,
L'*uredo rubigo* s'érige
En spores ronds, agglutinants ; .
C'est la rouille proprement dite,
Qui, dès le printemps, débilite
Les tiges qu'on voit se flétrir ;
Toutes les feuilles dépérissent,
Les grains sur les épis maigrissent,
Les sucs suintent sans se tarir.

La grosse rouille se prononce
Sous l'aspect d'un jaune orangé,
En long son coussinet défonce
La feuille qui l'a protégé ;
De ses spores la forme ovale
Sur fond rougeâtre la signale,
Et lorsque la couleur noircit,
La *puccinie* aux graminées,
Par lésions simultanées,
Porte atteinte et les obscurcit.

Entre l'épicarpe et l'ovule,
Parfois naît un enduit visqueux,
Où la sphacélie accumule
Sa cellule en amas muqueux ;
Envahissant le parenchyme,
Elle le détruit ou l'abîme,
A sa base un *ergot* s'accroît,
En soulevant cette matière,
Qui se dessèche toute entière
Vers le sommet qui la reçoit.

Né dans la sphacélie humide,
Germant sous un blanc tomentum,
Vrai mycélium fongoïde,
L'*ergot* est un *sclérotium* ;
Placé dans un terrain propice,
Bientôt au jour il se déplisse
En un *claviceps* dit *pourpré*,
Sur support, à tête sphérique,
Et dont la texture organique
Montre un champignon avéré.

L'ergot atteint surtout le seigle,
Sur le blé rarement il croît,
Et dans nos champs, tenus en règle,
Presque jamais on ne le voit ;
Il ne contient pas de fécule,
Il est dépourvu de sporule,
C'est un stroma compacte et dur ;
Son action fort vénéneuse,
Est aussi médicamenteuse
Par un effet rapide et sûr.

Le nombre de ces entophytes
Se dérobe parfois à nous ;
Mais de leurs méfaits illicites
On ressent plus souvent les coups,
Après les temps couverts, humides,
Sur les terres en eau turgides,
Quand les plants sont mal aérés ;
Draine ton champ, choisis ta graine,
Evite qu'elle ne s'éprenne
De contacts impurs ou tarés.

Quand du charbon tu vois l'empreinte,
Sans trêve en un champ persister,
Par d'autres plants, en cette enceinte,
Tu parviendras à l'écarter.
L'eau, le vent de telle souillure,
Affaiblissent la tâche impure.
Si la carie est en ses flancs,
Elimine un blé qui surnage ;
L'indice seul de son flottage,
Le signale vide en dedans.

Un bon chaulage de semences
Pare presque avec sûreté
A ces regrettables offenses,
Si tu crains d'en être infesté ;
Des verdet, arsenic perfides,
Renonce aux effets sûrs, rapides,
Contre la dent des animaux,
Contre les dégâts des insectes
Et tous ceux de races suspectes,
Même de reptiles, d'oiseaux.

Mets un de sulfate sodique
Sur douze parts jus de fumier,
Et, dans ce mélange énergique,
Immerge ton grain en entier ;
Puis, sur son amas dissémine
Une couche de poudre fine
De pierre de chaux, en enduit ;
Du blé, pour un seul hectolitre,
Tu peux la doser sous un titre
A deux kilogrammes réduit.

Contre les vibrion, nielle,
Du charbon, du lychnis tout dol,
Oppose aussi l'eau qui recèle
L'huile acide de vitriol,
Dont on mesure les quantièmes
Dans le rapport de deux centièmes ;
N'y maintiens le blé qu'un seul jour ;
Après égouttage, interjette
De la chaux non éteinte et nette
Parmi les grains, sur leur pourtour.

Anguillule, Insectes.

Des ravages des sauterelles
Garantis prudemment tes blés ;
Par des gares artificielles
Fais que tes champs soient isolés ;
Parfois un faible animalcule,
Un vibrion dit anguillule,
Quand l'eau fait fermenter le grain,
Y naît en fil microscopique,
Rendant le blé blanc, rachitique,
En se blotissant dans son sein.

De nombreuses tribus d'insectes
Sévissent contre les froments,
Et leurs atteintes trop directes
Causent de graves détriments.
D'un fort taupin, d'un zabre à bosse,
De vers blancs, une larve grosse
Mine et mange le pied du blé.
L'*aiguillonier* perce son chaume
Afin d'y vivre, en autonome,
Sous un épi vite ébranlé.

Une *anisoplie arvicole,*
Hanneton cuivré, bien petit,
Durant la floraison raffole,
Pour le grain frais, plein d'appétit.
La *noctuelle moisonneuse,*
En chenille, est fort dangereuse,
Pendant l'hiver et le printemps ;
Attaquant des blés la racine
Elle s'en repaît, la ruine ;
Peu de pays en sont exempts.

Les larves des *cécydomies*
Du blé rongent souvent la fleur ;
Des vers de mouches ennemies,
De ses pieds dévorent le cœur ;
Les jeunes tiges s'étiolent ;
Des *ichneuménides* immolent
Tous ces *muscides* dévorants ;
Dans tels vers, ces *hyménoptères*
Insèrent des œufs léthifères,
Avec leurs dards si térébrants.

L'alucite dite *butale,*
Œcophore au teint d'un gris clair,
Vers le bas du grain intercale
Un œuf rouge d'où sort un ver,
Qui, long d'un demi-millimètre,
Dans le périsperme pénètre
Pour tout ronger, hormis le son ;
Laissant la coque entière intacte,
En chrysalide il s'y contracte,
Sans éveiller aucun soupçon.

C'est dans les champs ou sur une aire,
Plus rarement dans un grenier,
Que, la nuit, l'insecte préfère
Etablir ainsi son vivier ;
Dès cinq semaines, la chenille,
Ayant consommé sa broutille,
Passe en chrysalide huit jours ;
Puis, sous l'attrait qui la décore,
L'*alucite*, vingt jours encore,
Voltige, en fêtant ses amours.

Dans les greniers, une *granelle*,
A chenille abîmant le blé ;
A des grains successifs s'attèle,
En forme d'étui ficelé
Par des fils soyeux qu'elle bave
Et dont l'ensemble se déprave,
S'il a tendance à fermenter ;
Grignotant sans cesse son gîte,
Cette teigne déguerpit vite,
Dès qu'un rien vient la molester.

Aimant le repos, le silence,
Au grand jour elle se soustrait,
Toute agitation l'offense,
Son clos pour elle a de l'attrait.
A peine en sort-elle la tête ;
Elle est heureuse en sa cachette ;
Mais, dès le moindre mouvement,
Elle s'émeut, elle détale ;
Le jour lui fait quitter la salle,
Où l'on pellète fréquemment.

Un tétraméré rynchophore,
La *calandre* ou le *charançon*,
Dans les greniers, dévaste encore
Les réserves de la moisson ;
Sa larve fine, molle et blanche
Avec rapacité retranche
Toute la farine du grain,
Sans que ce désastre paraisse
Et que l'enveloppe s'affaisse
Sur un vide qui paraît plein.

Après la sixième semaine,
La larve en nymphe se blottit ;
Ainsi, passant une neuvaine,
En insecte elle s'assortit ;
Sur ton noir sa teinte domine,
En trompe son bec se termine,
Son double élytre est sillonné ;
Sur lé grain il fait une entaille,
Engluant un œuf dans la maille
Que le ver rouvre, sitôt né.

Une chaude température
Offre au *charançon* de l'attrait,
Du froid il redoute l'injure,
Il ne fuit qu'à l'état parfait ;
Sous le mouvement de la pelle,
Vite du grain il se détèle,
Sans vol, marchant à petits pas ;
Par une peau de mouton fraîche,
Par du chanvre tendre, on l'allèche,
Aux siens il s'y joint en amas,

Il fuit la plante aromatique
Les camphres, goudrons et bétuns,
Il meurt sous l'effluve septique
Du chloroforme aux doux parfums.
Mets du sulfure de carbone,
En expansion dans la tonne
Où tu tiens un seul jour ton grain,
Il offre, en un demi-millième,
Le plus facile stratagème
Pour chasser des vers le couvain.

Moisson.

Malgré les atteintes fortuites
Qu'auront à surmonter les plants,
Si tes œuvres sont bien conduites,
Tes blés jauniront, opulents,
Vers le vingt juin faisant reluire
Tout ce que le sol peut produire
Pour rémunérer tes efforts,
Et de la clémence divine,
Rarement de nous s'élimine
Le bienfait, sous tous les rapports.

Dès que sèche, jaune, cassante,
La paille, de l'épi doré
Etale la tête brillante,
Que le grain, sous l'ongle acéré,
S'entrouvre par une fissure,
Et que sa pâte sans coulure,
Se pétrit molle sous le doigt,
C'est le moment le plus propice
Pour assurer le bénéfice
Et, de la moisson, le surcroît.

Trop mûr, le blé vite s'égrène,
Brûlé par le soleil ardent,
Son enveloppe est bien moins pleine,
Son gluten est moins abondant ;
Trop vert, son écorce est épaisse,
Sa farine a plus de faiblesse,
Sa pâte lourde lève mal ;
Si tu n'attends pas que complète,
Sa maturité soit parfaite,
Il fournit un plus fort total.

Lorsque la paille est jaunissante,
N'aspirant plus les sucs du sol
Par sa racine périssante
Dont chaque jour grève le dol,
La moisson, lors, prématurée
Te rend la récolte assurée
Contre une éventualité ;
Le grain donne plus de farine,
Et dans la tige prédomine
Une molle suavité.

Tiens compte de ces avantages
Qu'offre une précoce moisson,
Nonobstant d'autres témoignages
Pour en retarder la façon,
Jusqu'à ce que bien raffermie,
Jaune, glissant sous la trémie,
La graine, par sa dureté,
Se montre sèche, consistante,
A texture bien résistante,
En complète maturité,

Quant au blé choisi pour semence,
Coupe-le toujours, net, bien mûr;
Pare-le contre toute offense,
Conserve-le dans un lieu sûr.
Fais que des moissonneurs la troupe
Réponde à l'appel pour ta coupe;
D'avance, tiens en bons apprêts :
Aires, greniers, chemins, charrettes,
Faucilles, charriers et brouettes,
Bêtes de somme et leurs attraits.

Ne diffère pas ta récolte
Au jour même le plus prochain,
Si non, du temps la moindre volte
Peut faire que, le lendemain,
Le vent, la pluie en giboulée,
Ou l'abord d'une gente ailée
Dévastent ton riche produit;
Souvent d'un an le long ouvrage,
Par un accidentel outrage,
En un court moment est détruit.

Par plusieurs coupes partielles,
Attaque, s'il le faut, tes grains;
Des points mûrs taille les parcelles ;
Laisse, vers l'abord des outins,
Ces tiges plus grêles, tardives,
Sous l'ombre des ceps moins actives,
Que tu moissonneras plus tard ;
Taille à cinq pouces hors de terre ;
Si d'autres plants sont sur l'oulière,
A l'éteule fais plus de part.

Coupant, en un seul temps, le chaume
Que la main saisit alentour,
A la faucille, un agronome
Taille vingt-cinq ares par jour ;
La coupe s'accomplit plus vite,
Lorsque de cette œuvre on s'acquitte
Avec la serpe, avec la faux,
Soit avec une moissonneuse,
Qui sert aussi de botteleuse,
Par mécanisme ou par chevaux.

Mais, en la petite culture,
Ces moyens restent sans emploi,
Des vignes la proche bordure
Susciterait un désarroi ;
Ebranlant beaucoup moins la graine,
La faucille au sol ne l'entraîne,
Et disperse bien moins les blés ;
A la botteleuse approchante,
Elle offre la gerbe affluente
En jets, déjà, presque assemblés.

Vu sa valeur bien précieuse,
Le chaume est assez bas fauché,
Et l'éteule moins copieuse
Ravive moins son pied séché.
Ne regrette pas que de paille
Ton champ, par surcroît, ne s'émaille,
Elle abonde aux dépens du grain.
Si tu veux d'un chaume flexible
Avoir tout l'effet compressible,
Serre tes gerbes le matin.

L'étal des tiges en javelle
Est assez rare en nos climats.
Si, d'une pluie accidentelle,
Ton grain a subi les ébats,
Attends pour attacher les tiges
Qu'elles soient franches de vestiges
D'atteinte d'un humide mal ;
Veille à ce que, mis en moyettes,
Avec le sol par ses arêtes,
Le blé soit sans contact fatal.

Son grain, humecté par la pluie,
Germe bientôt sous ce contact ;
Ou, si vite il ne se ressuie,
Délaissant son état compact,
Il s'échauffe, il se montre terne,
De moisissures il se cerne,
Il entre en fermentation,
Son odeur fétide est puante
Sa saveur est âcre ou piquante,
Complète est sa corruption.

Sèche au plus tôt ce grain humide,
Que son battage soit hâtif,
Sans délai rends-le plus valide
Par un étuvement actif ;
Tiens les moyettes assainies
Sous les amorces réunies
D'un air pur, vif, courant et chaud ;
Et si trop sec, ce grain n'adhère,
Fais-le transporter à ton aire
Dans un charrier, sans soubresaut.

Evaluations diverses.

On moissonne en une journée
De blé cent soixante kilos ;
Par ce nombre est aussi donnée
La paille produisant ce taux
Dans la charge grains, en Provence,
Dont cent gerbes font la substance,
Et cent vingt-huit kilos le poids.
L'hectare de blé peut enclore,
En litres, cent-soixante encore,
Ensemencé tout à la fois.

Onze hectolitres, par la terre,
Sur l'hectare, sont rapportés ;
Et des blés l'hectolitre enserre,
Quand on les pèse étant blutés,
Soixante-cinq kilos farine,
En fleurs, gruaux, plus ou moins fine,
Et quinze, en même poids, de son.
Il fournit cent kilos de paille,
En kilos qu'en pains on détaille,
Quatre-vingt-quatre, après cuisson.

Non loin de nos fonds, la semence
Donne trente fois son montant ;
Cette récolte se compense
Par un engrais réconfortant.
Le froment en est tant avide
Qu'il en exige le subside
Dépassant six fois ses apports ;
Distance, alors, de la fumure,
Le semis pour que la verdure
Du grain n'absorbe les conforts.

Egrenage.

Que de ton aire le plan ferme,
Imperméable et bien tassé,
Reste réfractaire à tout germe
Du grain dans la terre chaussé ;
Fais que son solide dallage
Ou que son régulier pavage
Résiste au fer de tes chevaux,
Que librement le vent arrive
Vers sa surface peu déclive,.
Dont l'enceinte est ouverte aux eaux.

Assemble les blés sur ton aire,
En gerbiers, par vastes amas,
Sous forme ovale ou circulaire,
Des tiges retenant les tas ;
Range les épis à la base
Séparés de la terre rase,
N'y reposant que sur leurs piés ;
Qu'au dôme assemblés en gouttière,
S'opposant à la moindre aiguière,
Tes blés ne soient pas ondoyés.

Dans ces gros gerbiers s'élabore
La maturité de ton grain,
Et sa pulpe s'améliore
Par un mouvement intestin,
Dont la vitalité s'étale,
Sous la tutelle de sa balle,
Et sur l'appui de l'épillet ;
Ce grain mûr, plus sec, plus agile,
Par un départ rendu facile,
De son attache se démet.

Dans nos pays le dépiquage
Est aussi bien favorisé
Par le vent soufflant du rivage
Vers notre sol presqu'embrasé ;
Les gerbes, en rond arrangées
Et sur leurs chaumes érigées,
S'ouvrent sous le fer des chevaux ;
Des ouvriers tournent la paille
Pour qu'en débris elle s'entaille,
Quand le grain sort de ses réseaux.

De cette paille, à hauteur d'homme,
Les fourches lancent les débris,
Et tous les brins légers, en somme,
Sous le vent tombent attéris ;
Le grain, plus lourd, revient sur place ;
En un tas, son seul poids le masse ;
Puis, au crible, il est épuré ;
Cette façon, lente, douteuse,
Faite au tarare est moins coûteuse,
D'un effet prompt, mieux assuré.

Huit hectolitres, en moyenne,
Dans un seul jour sont dépiqués
Par un cheval que l'on entraîne
Au trot, en rond, sans sauts brusqués ;
Sous des cieux moins cléments, l'usage
D'un fléau sert à l'égrenage,
Qui se fait encore au rouleau ;
Dans les ténements, la machine
Pour cette œuvre toujours domine
Par son effet rapide et beau.

Conservation.

Dans les greniers, pour le ménage,
Les blés sont conservés en sac ;
En auges, on les emménage ;
Le commerce les met en vrac,
Par couches qui, d'un tiers de mètre,
Peuvent facilement permettre
Que ces blés, souvent pelletés,
Soient garés de mésaventure,
D'atteintes de toute nature,
Et soient sûrement inspectés.

On les garde encor dans des vases
En terre vernie, en métal,
Ou dans de souterraines cases
En pompant l'air de ce local ;
Que leurs parois bien cimentées
Par des regards soient complétées ;
Que leur ensemble reste clos ;
Une constante sécheresse,
Seule, maintiendra la richesse
Des blés conservés en silos.

En eux, on ne tasse que graines
Dont tous dommages sont exclus ;
Que ces fosses sèches et pleines,
Sans fuite, sans humide afflux,
Dans la roche, surtout creusées,
Ne se trouvent point exposées
Aux abords d'eau, d'un air courant,
A des atteintes destructives,
A des agressions nocives,
A tout maléfice afférant.

Mais sous un climat plus humide,
Le blé, dans l'immobilité,
Par un empâtement perfide
S'altère en son intégrité.
Dans des salles, dont l'air s'épure
Par sa basse température,
Par aérages continus,
On abrite du blé la masse,
Que souvent on retourne, ou brasse
Par des mouvements soutenus.

Les uns y posent des grillages
Sur les prises d'air et de jour ;
D'autres, au moyen d'engrenages,
Déplacent les grains tour à tour,
Par machines artificielles
Agitant des godets, des ailes,
Mus par une chaîne sans fin,
Pour parer, par cette influence,
A des atteintes dont l'offense
Cause la perte de tout grain.

Déchaumage.

Dès que la terre est moissonnée,
Sitôt que le grain est rentré,
Donne à la couche piétinée,
Encore, un labour modéré ;
Si non, sa croûte imperméable
Reste longtemps impénétrable
Aux bienfaits des vapeurs de l'air;
Quand cette couche est argileuse,
Le chaume la tient plus poreuse,
S'il est enfoui sous le fer.

Si des vignes collatérales
Garnissent des soles les flancs,
Que ces cultures estivales
N'échaudent les grains dans les bancs ;
Sans retard, détruis sur leurs gîtes,
Tous les voraces parasites
Préjudiciant au raisin,
Et du chaume qu'on élimine,
Qu'on n'arrache pas la racine,
Emportant tout l'humus voisin.

Qualités.

Les blés dont il est fait commerce,
En trois ordres sont répartis :
Sur le premier le choix s'exerce ;
Dans le second sont assortis
Les grains dont la vente est courante,
Dont la sécheresse glissante
Craque sous dent, sonne sur main ;
Puis vient tout blé léger, moins ferme,
Terne ou gris, menu, qui renferme
Un germe suspect ou malsain.

Les blanches touzelles, saisettes,
Dans nos pays ont un grand cours ;
Et, malgré du son les paillettes,
Le blé rouge a courant débours.
Des blés bigarrés les mélanges,
Au blutage, par leurs échanges,
Apportent un franc rendement.
Le blé dur, à farine rude,
A plus nutritive amplitude,
Pour trafic est prééminent.

Sa pesanteur déjà donnée,
Variable en son chiffre atteint,
En kilos, s'offre échelonnée,
Depuis septante à quatre-vingt,
Sur la somme d'un hectolitre ;
Lors, le blé, s'il est de haut titre,
Entre ces poids tient le moyen ;
Et son grain net, rempli, sonore,
Sous un éclat qui le décore,
A sa valeur dans son gluten.

Ne l'achéte pas au volume,
A sa mesure joins le poids ;
Rarement, sec, il se consume ;
Il craint peu les chaleurs, les froids.
Mais, à son eau pose un sixième,
Pour terme de limite extrême ;
N'omets pas que le blé bien sec,
Parfois, pèse un peu plus qu'humide ;
Que sa boursouflure turgide
Ne t'induise pas en échec.

S'il est dur, mitadin ou tendre,
Le blé varie en ses produits,
Sa même quantité peut rendre
Des apports plus ou moins réduits ;
Aucune règle positive
Ne saurait, sous forme exclusive,
Fixer avec rigueur ces taux ;
Des grains telle est la différence,
De leurs principes la mouvance,
Qu'un type absolu serait faux.

Le blé dur comporte un blutage,
N'enlevant qu'un vingtième en son ;
A la mouture, au tamisage,
Il perd bien moins par la façon ;
Plus que le tendre, il élabore,
En pain, près d'un vingtième encore ;
Mais l'autre, d'un moins cher achat,
Donne une plus blanche farine,
Moins granuleuse et bien mieux fine,
Façonnant un pain délicat.

Les blés gonflent par le mouillage
Qui, prolongé, les rend plus lourds ;
On les conserve en ensilage ;
On les épure dans des fours
Dont la chaude température,
Aux vers et à la moisissure
Met fin dès soixante degrés ;
Et, sitôt qu'au sein de leur masse,
Plus d'un sixième d'eau prend place,
Par le ferment ils sont tarés.

Composition chimique.

Le blé contient : sucre, dextrine,
Amidon, gluten et corps gras,
Des sels minéraux, l'albumine,
La cellulose aux apparats
De ce jaune éclatant qui dore
Un grain brillant où s'incorpore,
Sous le son, l'amas nourrissant,
Dont l'eau peut former un sixième,
Le gluten atteindre un cinquième,
L'amidon septante sur cent.

Mais ce dosage, en moins, varie
Selon les qualités des grains,
De ces quantités la série
N'est pas fixe en rapports certains.
Dans le gluten sont la fibrine,
L'albumine, la caséine,
La glutine, corps azotés.
Du blé les gommes, cellulose,
Amidon, dextrine, glucose,
Sont des carbures hydratés.

Potasse, silice, phosphates :
Dans le blé sont ces minéraux,
Joints à chlore, soufre, sulfates,
Fer, alumine, soude et chaux ;
Des corps gras, une huile odorante,
Une matière colorante
Et des indices résineux
Se portent vers le péricarpe,
Quand au dessous de l'endocarpe
Sont les corps les plus farineux.

Par un ferment alcoolique,
S'exhale, du grain imbibé,
Du gaz acide carbonique,
L'oxigène étant absorbé.
Puis, par l'effet de cet humide,
Qui, trop tôt, du gluten fait vide,
Sous le cours de nouveaux ferments,
La transformation lactique,
L'acéteuse, la butyrique,
Du blé changent les éléments.

Albuminoïdes, phosphates,
S'y trouvent en connexité,
Nos moissons resteraient ingrates
Sans cette solidarité.
Le bon ferment est près du germe ;
Sous les pellicules s'enferme
Un autre ferment plus suspect,
Qui rend la pâte plate et grise,
Et qu'à la hâte, on neutralise
Pour qu'il n'en ternisse l'aspect.

Du blé la farine pétrie
Laisse le gluten dans la main.
L'amidon à l'eau se marie,
Et par son départ du levain,
Il s'enfuit chargé d'albumine.
Le gluten retient la fibrine ;
Traité par l'alcool bouillant,
La caséine s'en dépose,
Et la glutine s'y tient close
Dans un corps gras l'y recueillant.

Mais la glutine, en prototype,
Distinctement n'existe pas,
C'est un albumineux principe
Se dissolvant dans ce corps gras.
Le gluten, sans un mode unique,
N'est qu'un assemblage organique
De corps azotés dont l'aimant
Confine à l'abord de la vie,
Et cet entrain qui les convie
Se prête à l'essor du ferment.

De chlorophylle, de carbone,
D'appoint d'eau, l'amidon formé,
En s'imbibant s'émulsionne,
En dextrine est amalgamé,
Sous l'élan de la diastase
Changeant des fécules la crâse
Par intime réaction ;
L'alcool vient de la glucose ;
La graisse, et des gaz par osmose,
Naissent en cette mixtion.

Farine.

La farine a le nom de brute,
Alors que, sortant du moulin,
Dans son ensemble se recrute
Tout ce que peut fournir le grain.
On la reconnaît blanche, entière,
Lorsque, dans toute sa poussière,
Le son ne se révèle point;
Et quand celui-ci la rend grise,
Elle devient plus ou moins bise,
Selon l'aspect d'un tel appoint.

Du blé la puissante richesse,
En éléments bien nutritifs,
Sur cent parts donne en sa largesse,
Sous l'épreuve des réactifs :
Sept dextrine, ligneux, glucose,
Quatorze d'eau, seize pour dose
De gluten, de corps azotés ;
L'amidon en atteint soixante,
Et le nombre trois représente
Des sels, corps gras les quantités.

Du blé tire la pellicule
Recouvrant du grain le dehors,
De la silice véhicule,
Avec le levain sans accords.
Le grain gonflé par le mouillage,
Puis séché sous cet entourage,
De lui se détache en retrait.
Une mouture bien légère
Chasse cette gaîne grossière,
Du son même altérant l'apprêt.

Dans l'usine, quand la mouture,
Entre meules à plus d'écart,
Par fractionnement triture
Le blé, par successif départ :
D'abord, le bluttoir élimine
La poudre folle, puis la fine,
Venant des centre et tour du grain ;
Plus tard, celle entourant le germe,
Fournit, par densité plus ferme,
Le plus beau gruau pour le pain.

La farine pure et bien blanche,
Douce, onctueuse sous le doigt,
A bonne odeur, à saveur franche,
Vaut plus, lorsque son eau décroît ;
Fermentant par chaleur humide,
Elle passe à l'état acide,
Ne donnant que pains mal levés ;
Préviens ces atteintes extrêmes,
Ne laisse d'eau que six centièmes
Aux gruaux en fûts conservés.

Ne dessèche cette farine,
Au four, que graduellement ;
Du liquide, qui la ruine,
Tu peux déterminer l'augment,
En mettant, en étuve sèche,
Un poids de farine qui pèche
Par son hygroscopique état ;
Et de la vapeur séparée,
La différence, alors, tarée,
Démontrera le résultat.

Les gruaux bis, rouges, grisâtres,
Que colore un son attenant,
Deviennent plus ou moins blanchâtres,
Si leur blutage est dominant ;
Riches par leur substance grasse,
Les sels minéraux, en leur masse,
Sont nombreux ; les corps azotés
S'y maintiennent, mais sans souplesse ;
Le gluten a plus de mollesse
Et déchoit en ses facultés.

On utilise les recoupes,
Offrant à l'eau facile afflux ;
On élimine, de leurs groupes,
L'issue ou le son superflus.
On peut, pour le pain du ménage,
Lever en son, par tamisage,
De dix jusqu'à vingt-cinq pour cent ;
Un surplus donne un pain d'élite ;
Un moindre taux bien peu profite,
Le produit est moins nourrissant.

De l'élément assimilable
Le menu son encor pourvu,
Peut fournir un pain convenable,
Quand son appoint est bien prévu.
Si le son par excès domine,
La pâte bien moins s'agglutine,
Elle ternit et lève mal,
Le pain mat, humide, s'évente ;
Des spores la troupe affluente,
De son dégât est le signal.

Entre l'épisperme et l'amande
Le blé semble offrir un ferment,
Dans une membraneuse bande
Sur l'amidon en tégument ;
En elle, est la céréaline
Dont le long contact détermine
Le départ du sucre formé ;
Puis la pâte s'acidifie
Et le gluten se liquéfie ;
Le pain plat, brun, reste abîmé.

Le blé tient, en farine blanche
Quatre-vingt-six, quatorze en son ;
Souvent le blutage en retranche
Vingt-cinq parts ; mais cette façon
Laisse encor quinze de farine
Sur tout le son qu'elle élimine,
Et qui, moulu, verse, au blutoir,
Six sur cent de farine bise
Dont précieuse est l'entremise,
Quand on sait la faire valoir.

Pétrissage.

Au levain que le ferment scelle
Ajoute avec la moitié d'eau,
D'abord la poudre la plus belle
Et ne mets tout rouge gruau,
En contact avec la présure
Qu'après l'essor de la levure.
Délayés, salés, tamisés,
Les gruaux sont sans inclémence,
La pâte reste sans offense,
S'ils sont de la sorte apposés.

De la farine rouge ou grise
Tu préviens ainsi des rejets,
Toute sa valeur s'utilise
En évitant de grands déchets.
Ne délaisse pas la puissance
De ce gruau dont la substance
Est féconde en sucs nutritifs,
Autant que la farine folle
Qu'en poudre de riz on isole
Pour des organismes chétifs.

De farine le kilogramme
Fournit treize cents grammes pain.
Un double poids d'eau s'amalgame
Dans le gluten, dans le son fin.
Mais l'amidon s'émulsione,
Dès qu'en sa poudre, on fusionne
Demi-part d'eau précisément.
La pâte humide, après sa cuite,
Au bout d'un jour s'offre réduite
D'un septième, en poids, seulement.

Six parts d'eau sur dix de farine
Conviennent pour la délayer.
Quand l'excès de gluten domine,
Le gaz ne peut se déployer,
La pâte dense se contracte,
La mie en masse est plus compacte.
Si le gluten ne suffit pas,
La fermentation s'affaisse,
La pâte, sans ressort, s'abaisse,
Le rendement reste plus bas.

Le manque d'eau dans cette pâte,
Du levain arrête l'effet.
Un surcroît d'eau la rendrait plate
Et d'un séchement incomplet.
Parfois de son trop surchargée,
Son éponge reste gorgée
D'un superflu d'humidité ;
Ce qui ne peut, dans le commerce,
Etre exploité qu'en sens inverse
D'une intègre moralité.

Par pétrissage convenable,
Le gluten s'étend en réseau,
Cernant l'amidon perméable
Qui s'hydratant, par afflux d'eau,
Donne la gommeuse dextrine ;
Bientôt, en sucre elle s'affine,
En dégageant, tout alentour,
Le gaz acide carbonique
Qui, par ses bulles, communique
A la pâte un moelleux contour.

Fais mettre en pâtons le mélange,
Laisse en eux agir le ferment.
Dès qu'est accompli cet échange,
On opère l'enfournement.
Si non, le tout passe à l'acide,
Le gluten s'affaisse fluide,
Son élasticité s'enfuit ;
Mais du four la chaleur subite
A tel état met fin bien vite,
Aussitôt que la pâte cuit.

Cuisson.

Qu'à trois cents degrés le four brûle ;
La mie est cuite à cent degrés ;
La croûte en dextrine pullule
Vers deux cents ; sous des tons vitrés,
Son enduit vient jaune, agréable,
Sec, croquant, savoureux, bien stable,
Trempe en eau chaude et même y fond.
La mie en dedans adhérente,
Molle, élastique, non collante,
A sa belle croûte répond.

Bientôt, après deux, trois quarts d'heure,
Selon le volume du pain,
Jusqu'en sa masse intérieure
La pâte est cuite ; son levain,
Dompté dans sa pleine puissance
Par la chaleur en affluence,
Appose un terme à son essor ;
Les gaz que la chaleur dilate,
Par bulles, soulèvent la pâte
Sous la croûte au brillant décor.

Panification.

La farine avec l'eau pétrie
Ne donne qu'un pain mat et lourd,
Mais, quand le levain s'y marie,
La fermentation accourt.
Des gaz s'infiltrent dans sa masse
Qu'avec l'air, par la frase, on brasse ;
Puis, dans chaque pain séparé,
Le ferment, par sa persistance,
D'un tiers augmente la croissance,
Par entrain mieux élaboré.

La fermentation débile
Fait que le pain lève moins bien,
La pâte reste peu ductile,
Engluant, en empois, son lien.
Cette pâte, étant peu levée,
Reste molle, basse, énervée,
L'acide acétique est produit ;
De l'alcool qui s'endommage,
L'hydrogène en gaz se dégage,
Le gluten fond et se détruit.

Par sa substance protéique,
Qui sous plusieurs formes s'émet,
Le blé, nutritif et plastique,
Présente un aliment complet ;
Par son multiple hydro-carbure,
Le sang richement se combure
Sous l'oxigène, sans répit.
Le feu, dans la pâte élabore
Ce bel aspect qui la surdore,
En provoquant notre appétit.

Le blé mouillé promptement germe,
Il est, en pain, moins abondant ;
Plus la farine est sèche et ferme,
Plus son produit est excédant.
Le pain offre un sixième en croûte,
Dans laquelle reste dissoute
A peu près en cinquième l'eau ;
Plus du double en retient la mie,
Soit fraîche ou dure, et raffermie
Par son agencement nouveau.

Un changement moléculaire,
Est cause de sa dureté,
Le maintien de son eau première
Persiste en sa solidité ;
Aussi, sous le chaud et l'humide,
Souvent une influence acide
Détruit l'intégrité du pain,
Et fleurissent à sa surface
Des cryptogames dont la trace
Provoque dégoût ou dédain.

Le *mucor mucedo* verdâtre
D'un goût repoussant trop saisi,
Prenant plus tard un teint noirâtre,
Végète sur le pain moisi ;
De ses thèques s'ouvrent les stores
Disséminant leurs nombreux spores
En microscopiques forêts ;
Et de son huile volatile
L'action perfide et subtile
Provoque nausée ou rejets.

Offrant une rougeâtre teinte,
Sur le pain, un *oïdium*
Projette parfois son empreinte ;
Il est dit *aurantiacum*.
Un *bacterium* infusoire
Choisit, encor, pour territoire,
Le blé qu'atteint le *charançon*.
Redoute, de ces parasites,
Les abords les plus insolites
Sur les produits de la moisson.

Dans le pain et dans la farine,
Un xylophage bostrichien
Réside souvent et rumine,
Tant qu'en larve on voit son maintien ;
Chez les boulangers on appelle,
En langue vulgaire, *cadelle*,
Ce *trogosite mauritain*,
Qu'on nomme aussi *caraboïde* ;
A l'état de nymphe, il réside
Dans le plancher le plus voisin.

Biscuit.

Mise sous forme inaltérable,
La pâte moulée en biscuit,
Par l'humide est inattaquable
A moindre chaleur on la cuit ;
C'est la farine la plus belle,
Qui, dans sa masse, ne recèle
Qu'un sixième d'eau seulement ;
De nombreux trous on la perfore,
Afin que le gaz s'évapore
Sous l'expansion du ferment.

La galette alors reste plate ;
A l'étuve on la sèche encor ;
A peine la chaleur dilate
De ses gaz l'élastique essor ;
Car la pâte bien résistante,
Jaune, sèche, dure, croquante,
Appose entrave à leur départ ;
Sucrée, unie et savoureuse,
Sa masse, à cassure vitreuse,
Agrée au goût comme au regard.

Paille.

Avec prudence aux herbivores,
Sache faire la part du blé ;
Chez eux il produit des pléthores ;
Sèvre-les d'un grain maculé ;
La paille sèche, fistuleuse,
Fine, récente, encor juteuse,
Au suc doux, mais peu nourrissant,
Se montre plus souvent utile,
Jointe à tout fourrage alibile,
A titre de divertissant.

Pauvre en acide phosphorique,
En azote, moins en corps gras,
La paille, en sa trame organique
D'un ligneux aux brillants éclats,
Recèle une silice dure,
Rendant des chevaux la pâture
De moins prompte digestion ;
Leur abdomen devient turgide,
Mais leur allure est plus rapide
Comme leur respiration.

L'apport du carbone en est cause ;
Dans le ligneux plus copieux,
Il facilite l'hématose,
Que son concours assure mieux ;
La chair du cheval est plus ferme,
Le poil reluit bien sur son derme ;
La paille tempère, du grain,
La trop nutritive puissance
Et l'expansive effervescence,
En le lestant par son trop plein.

Son.

Le son formé des pellicules
Des grains de blé décortiqué,
Existant en dures cellules,
Dessus l'amidon, en plaqué,
Recèle la céréaline,
Qui, par son ferment, détermine
Du pain la grisâtre couleur.
L'albumine, la cellulose,
Les sels, l'azote à faible dose,
Et des corps gras font sa valeur.

Variable dans le quantième
De la farine qu'il retient,
Il fait le quart ou le cinquième
Du poids du blé dont il provient ;
En pâte sert son remoulage,
Mais on ne trouve plus ce gage
Dans la recoupe ou le vrai son,
Rendant encor l'eau trouble et blanche
Et dont la pâture assez franche
A d'autres est jointe en cuisson.

Maintiens-le frais, pur, inodore,
Gare-le bien de tout ferment,
Si sa teinte en brun se colore,
S'il a de l'aigre un rudiment,
Fais rejet de son moindre reste,
Le son étant même indigeste
Alors qu'il paraît bon et sain.
Sa substance assez nourrissante,
Agréable et rafraîchissante,
Manque de vigueur et d'entrain.

Appareils Mécaniques.

A de forts engins mécaniques
Dans les ténements on recourt,
Et sous leurs rouages magiques
Le travail moins rude est plus court.
Ici, sont de grandes usines
Où, par la vapeur, des farines
Tous les lots sont blutés à part ;
Plus loin, sont des pétrins agiles
Que des manivelles dociles
Font agir par l'effet de l'art.

Apprêtée ainsi toute entière,
La pâte plus propre s'offrant,
D'atteinte ou souillure ordurière
Reste sans afflux adhérent.
Parfois une sole mouvante,
Sur sa plate-forme, présente
Les pains à la bouche du four.
Souvent, à part, le feu s'allume,
La pâte, en étuve, consume,
Sans avoir la braise alentour.

Ailleurs, sont des greniers mobiles
Conservant, en cours continus,
Les grains intacts, indélébiles,
Soigneusement entretenus.
Mais des appareils de l'espèce
Se dispensera ton adresse,
Tu peux les laisser de côté,
Car il te suffit de l'escorte
De l'outillage que comporte
La petite propriété.

L'OLIVIER

Une imposante jasminée,
Au port rustique et vigoureux,
Longe la Méditerranée,
Décorant les coteaux pierreux;
Montant d'Olette à Carcassonne,
Sous Aubenas croisant le Rhône,
Par Donzère et par Sisteron
Sa limite descend vers Grasse,
Par Antibes, Nice elle passe,
Ornant des Alpes ce perron.

Cet arbre est l'olivier vulgaire,
Au bois veiné, noueux et dur,
Sa vie est multi-séculaire,
Son produit riche mais non sûr;
Né sur la côte ouest d'Asie,
Il refuse sa courtoisie
Hors des abords de son bassin,
Et fidèle à cette contrée,
Sa tige, hors de là transférée,
N'offre, souvent, qu'un fruit mesquin.

Type de fidèle constance,
Majestueux et vénéré,
De pieuse reconnaissance,
Arbre, par nous sois honoré !
Symbole de paix, d'harmonie,
D'une vieillesse rajeunie,
D'un calme en sa force latent,
Sous la teneur la plus agreste
Ton port, de ta valeur, atteste
L'apanage si méritant.

Qu'il m'est doux, sous ton hémisphère,
De reposer assis, rêveur,
Caressant un penser sévère
Qu'imprègne ta sobre saveur ;
Quand, m'éloignant de ton feuillage,
Troublé dans son papillotage
Par des cours d'air mouvementés,
Que j'admire de ta ramure,
De ta verdoyante argenture,
Les flots mollement agités.

Que j'aime à voir tes fronts de lignes
Etaler leur suave éclat,
En bordures autour des vignes
Déployant leur riche apparat ;
Soit qu'en coteaux ou dans les plaines,
Se succèdent les longues chaînes
De tes frais rameaux continus ;
Mon cœur aux sérénités s'ouvre,
Dès ton aspect qui me découvre
Un charme d'émois inconnus.

Comme tout mérite modeste,
On te tient souvent écarté ;
D'un maigre coin de terre en reste,
Parfois, à peine, es-tu doté.
En terrain cru, dans les rocailles,
Le long des rives, des murailles,
D'avance on t'assigne ces lieux,
Où l'insuffisante culture
Semble déjà devoir exclure
Le moindre produit sérieux.

Nonobstant ces atteintes vaines,
Par le seul fait de ta vigueur,
Tes forces se maintiennent pleines,
Sans faiblesses et sans langueur ;
En regard des inconvenances,
Des oublis, dédains et souffrances,
Ton essor, en lui, confiant,
Fait éclater, de ton mérite,
Tout le contingent implicite
Et son mobile édifiant.

Délaisse les blâmes hostiles
Accusant ta fécondité,
Dédaigne les clameurs stériles
Que confond ta fertilité ;
Ainsi que la vertu proteste
Par le seul indice qu'atteste
L'éminence de sa valeur,
Qu'au loin ta puissance rayonne
Les beaux écrins de ta couronne
Et les attraits de son ampleur,

Tu sais prodiguer l'abondance
A qui provoque son surcroît ;
De tes dons la luxuriance,
Lors, en un riche appoint échoit ;
Cessons de t'escompter l'espace.
N'isolons plus, dans un impasse,
Un végétal aussi viril.
Faisons la part à sa culture,
Donnons-lui labour et fumure,
Mettons un terme à son exil.

C'est l'arbre'du loisir paisible,
De l'aimable placidité ;
Par une influence invisible
Se perçoit sa sérénité ;
Au sein de gens d'humeur légère,
Son attitude ferme, austère,
Semble implantée au milieu d'eux
Pour tempérer, par sa présence,
Les élans d'une discordance
Trop fréquente en graves enjeux.

C'est l'arbre généalogique ;
Sous lui, des générations,
Se succèdent le cours antique,
Leurs lentes graduations ;
Sous les massifs de son ombrage,
S'abritent en complet ménage,
Père, mère, alliés, enfants ;
Là, les douces réminescences
Et les paisibles conférences
Scellent des pactes triomphants,

C'est la richesse et la fortune
Des laborieux ménagers ;
Par lui, l'abondance est commune,
Emergeant du sein des vergers ;
C'est l'espérance, c'est la joie
Du cultivateur qui déploie
Sa confiance en un essor
Dont la résultante s'étale
En flots de graisse végétale,
D'un fluide aux couleurs de l'or.

Caractères Botaniques.

De ses racines renforcées,
Son tronc se détache inégal,
Ses branches fortes sont dressées
Sur leur solide piédestal ;
Ses rameaux lisses et grisâtres
Ont des feuilles vertes, blanchâtres,
Glabres et ternes par dessus,
Au dessous, soyeuses et fines,
A tâches claires, argentines,
Aux doux reflets, aux tons obtus.

Sa fleur blanche, en grappe axillaire,
S'isole solitaire aussi,
Supérieur est son ovaire,
Plus tard en drupe bien grossi ;
Elle a deux longues étamines
Aux insertions hypogynes,
Un calice offrant quatre dents,
Une corolle quadrifide,
Un style à stigmate bifide ;
Ses fruits ovulés sont pendants.

De ces fruits l'ovoïde baie
Se montre sous un vert foncé,
Qui, bientôt, par points, plaque ou raie
S'échange en un noir violacé ;
La pulpe retient une graine,
Comme elle, d'huile presque pleine ;
Dur, résistant est son noyau ;
La persistance du feuillage
Projette son épais ombrage
Sous le contour de son réseau.

L'arbre est haut de trois à dix mètres
Selon les sites et les plants ;
De son chapeau les diamètres
Sont à peu près équivalents ;
Sa vie est en décrépitude,
Au delà d'une latitude
De quarante-cinq degrés Nord ;
Son tronc, du niveau de la grève,
A quatre cents mètres s'élève ;
Plus haut, défaillit son abord.

Variétés.

Ses variétés sont nombreuses
Selon les sols et les milieux ;
Ne citons comme précieuses,
Par leur produit si copieux,
Que les brun, cayon, picholine,
Aglandau dont l'huile est surfine,
Salounen, verdeau, pendoulier.
Leurs cultures, presqu'identiques,
Comportent les mêmes pratiques
De la part d'un actif fermier.

Vigoureux, grand, de haute taille,
L'olivier brun croît lentement ;
D'un vaste feuillage il s'émaille ;
Ses fruits adhèrent fixément ;
Leur maturité relative.
Rend leur cueillette moins hâtive,
Ils ne se pourrissent que tard ;
Durs, noirs, peu charnus, des vermines
Ils bravent bien mieux les rapines.;
De leur suc, lent est le départ.

Ses récoltes sont casuelles,
S'il n'est en sol profond et franc ;
Les cultures éventuelles
Lui nuisent, faites sur son flanc ;
Sous des influences propices,
Il offre d'amples bénéfices,
Donnant près d'un hecto de fruits,
Dont s'écoule un huitième d'huile ;
Mais, souvent, il est moins fertile,
Et ses riches dons sont fortuits.

Quoique grasse, douce, dorée,
L'huile est seconde en qualité ;
Sa récolte est plus assurée
En abondance, en pureté.
Si le cayon est mis en terre,
Sa croissance est bien plus célère,
Il porte olive, dès quatre ans,
Plus tôt mûre, plus adhérente ;
De l'arbre est moindre la charpente
Et ses produits sont plus constants.

Ses fruits hâtifs, ronds et rougeâtres,
Sur les jets s'entassent épais,
Ses feuilles s'offrent plus blanchâtres ;
Il réclame bien moins d'engrais ;
Aimant les côtes escarpées,
Ses légions sont attroupées
Sur des sols légers, secs, pierreux ;
Ses récoltes restent fidèles,
Si par des tailles annuelles
Son émondage est rigoureux.

Car son feuillage renaît vite,
Et sa sève, en un bon terrain,
Avec excès se précipite
Dans ses fleurs, qui, par ce trop plein,
Se désunissent par coulure,
Ou, si non, du fruit la mouillure
Du suc cause l'éviction,
Echangeant l'huile précieuse,
Belle, fine, délicieuse,
En eau de végétation.

Du froid redoutant les atteintes,
Pare-le contre leur rigueur,
Et que le choix de ses enceintes
Abrite, du gel, sa vigueur ;
Suis aussi la même pratique
Pour un autre plant plus rustique,
Abondant en sève, en rameau,
En fruit, en huile succulente ;
Voulant une taille coulante ;
Connu sous le nom de verdeau.

Du pendoúlier à haute tige,
Aux brins touffus, aux fruits d'hiver,
Au suc pur, longtemps sans vestige
De goût suspect, de mauvais flair,
Plante les splendides futaies
Aux jets s'affaissant sur leurs haies.
Le salounen, si méritant,
Se suffit en terre mesquine,
Abondant en une huile fine
Dont le produit reste constant.

De la picholine, en ta terre,
Ne compte que deux ou trois piés ;
Sa pulpe en huile ne tient guère,
Ses gros fruits verts sont bien choyés,
Quand, lessivés par la potasse
Pénétrant de leur chair la masse,
Puis détergés pendant cinq jours,
On les plonge en une saumure
Pour que, de toute moisissure,
En eux soit enrayé le cours.

Stations.

Aimant la Méditerranée
L'olivier craint le froid, le chaud ;
Loin de cette mer fortunée,
Sa résistance fait défaut :
Il prospère sous là moyenne
D'une chaleur aérienne
De trois à quarante degrés.
Au sud des Alpes-Maritimes,
A huit cents mètres, vers leurs cimes,
Parfois ses jets sont admirés.

Son huile est fine en sol calcaire,
Moins délicate dans les grès,
Dans le schiste elle est secondaire,
Aqueuse si l'eau stagne auprès ;
Il dépérit en sol humide ;
Il aime le sec, non aride ;
Irrigué deux ou trois fois l'an,
Sur coteaux, terre caillouteuse,
Au grand air sa vie est heureuse ;
Il y redoute l'ouragan.

Sur monts et terre peu profonde,
De l'huile moindre est le rapport ;
Mais, alors, plus pure et plus blonde,
Sa finesse bien mieux ressort.
D'un sol profond, la bienfaisance,
Quand moyenne est sa consistance,
Donne un plus abondant produit ;
Et l'olivette qui présente
A l'Est, au Sud, est séduisante,
Quand sur ses jets le soleil luit.

Si l'ardeur solaire est brûlante,
Vers le Nord expose tes plants ;
Lorsque la sève est moins coulante
Les frimats sont moins désolants ;
Leur rigueur sans pitié décime
L'arbre à luxuriante cime,
Sous zéro, quand, à huit degrés,
La chaleur tombe, et quand la glace
Dans le végétal fait crevasse,
Sans fondre en dégels modérés.

Plantation.

On le reproduit par boutures
D'éclats de souche, de drageons,
De nodosités, de ramures,
Par marcottes de rejetons,
Par semis de noyaux d'olive,
Ramollis par une lessive
Faite à la potasse, à la chaux,
Soit écorcés avec adresse
Ou ramenés à leur mollesse
Par les intestins des oiseaux.

Presque toujours, en pépinière,
On trouve les plants élevés ;
Fais-y ton choix, qu'il soit sévère,
Ne prends que les mieux avivés ;
Quand, pour *issarts*, on les prépare,
Il faut cent pieds, par chaque hectare,
D'oliviers bruns, de pendouliers ;
En cayons, pour telle olivette,
De quatre cents on fait emplette ;
Ils y sont mis en échiquiers.

Si tu les ranges, en bordures,
Le long des pièces alignés,
Fais alors que de leurs ceintures
Epis et ceps soient éloignés ;
Conserve de la défiance
Contre toute concommitance
D'assolements dont les amas
Assignent au blé la surface,
Aux vignes les fonds sous sa place,
Aux oliviers les sols plus bas.

Vers leur culture spéciale
Ne crains pas d'être trop enclin,
Si ta tendance initiale
Ne trouve entrave à cette fin ;
Le froment dessèche la terre,
Qui, dès la moisson, se resserre
En fentes, en larges retraits ;
L'air, le soleil la font plus dure ;
Des radicules la rupture
Ajoute encore à ces méfaits.

Pour olivettes, dès l'automne,
Que les terrains soient effondrés,
Offrant des trous de trois quarts d'aune,
Aux déblais à l'air essorés.
Sur cordons, en tranchée, en caisse,
Plante sur le bord de ta pièce,
Avant mi-mars en bon terrain,
En avril sur les fonds humides ;
Et sur ceux, à pentes rapides,
Creuse avec beaucoup plus d'entrain.

Que, gros comme un manche de bêche,
Tes plants soient riches en pivot,
Sinon, en racine bien fraîche
De leurs bouquets maintiens le lot ;
Choisis ceux à peau lisse, unie,
Par fissures non raccornie ;
Le long des vignes, sur coteaux,
Sur terre déclive et légère,
Que la chaleur sans cesse altère,
Préfère cayons, aglandaux.

23

Les grives, merles et rapaces
Posent des semis dans les bois ;
Leurs jets, aux feuilles coriaces,
Peuvent encor fixer ton choix ;
Ces faux sauvageons font des graines,
En parenchymes bien moins pleines
Que celles de nos pieds plus francs,
Mais leur amánde, mieux formée,
Avec plus de chance est semée
Pour avoir de vigoureux plants.

Quoique donnant le fruit moins vite,
Ces plants sont frais et vigoureux ;
Pour semis leur graine est enduite,
Par un pralinage terreux,
En fiente, argile pétries ;
Avec ce mélange nourries,
Ces graines font des sauvageons
Que l'on doit rendre francs ensuite,
Sans les déplacer de leur gîte,
Par des greffes en écussons.

Que tes plants soient, deux jours d'avance,
Dans une eau peu froide immergés,
Et des racines, sans offense,
Coupe les brins endommagés ;
Sur un lit d'engrais et de terre
Grasse, franche, vide de pierre,
Non gluante en mortier par l'eau,
Pose leur pied, et qu'aucun vide
N'offre accès à la larve avide
De s'emparer d'un tel berceau.

Que le collier de la racine
Affleure au niveau du terrain,
Qui, d'un pouce au plus, la domine,
Si le plant est chaussé bien plein ;
Quelquefois, par une cuvette
Maintenant l'eau que l'on arrête,
Ce jeune plant est limité ;
Puis, si déjà n'est accomplie
Sa section nette et polie,
A deux pans il est étêté.

Que le point greffé, par ta scie
Ne soit atteint, et qu'en son jeu,
Celle-ci ne préjudicie
A l'adhérence, en son milieu,
D'un pied que la terre recouvre ;
Si, vers leurs joints, elle s'entrouvre,
Les vers y fixent leurs séjours.
Obture, avec l'humide argile,
Tout saignement de sève agile
Afin d'en arrêter le cours.

Labours.

Arrosant durant deux années,
Préviens du terrain le retrait,
A moins que, par d'autres menées,
Ne soit assuré ce bienfait.
Par des labours à la charrue,
Que la terre soit parcourue,
En mai, juin ; et tous les trois ans,
En mars, de suite après la taille,
Par un bon engrais ravitaille,
Avec la bêche, tous les plants.

Sur coteau, terre accidentée,
A la bêche fais tous labours ;
Sitôt la froidure évitée,
Tu peux en commencer le cours.
En mai, procède à ton sarclage
Par un simple et léger ouvrage
Que tu reprends en juin, juillet,
Pour briser de ton sol la croûte
Et ses fentes dont on redoute
Le trop insidieux effet.

Réalise de ce binage
Les résultats si précieux ;
On dit qu'il vaut un arrosage,
Souvent, peut-être, vaut-il mieux.
Le jour, dans l'air subtilisée,
L'eau, dans la nuit, tombe en rosée
Détrempant les sols ameublis ;
Si non, tout le champ se fissure,
Sous l'ardente température,
Sèchant, jusqu'au fond, ces déplis.

Si la terre meuble s'abreuve
Par simple capillarité,
La terre dure, bien qu'il pleuve,
Est sans perméabilité ;
Sa cohérence forte, aride,
Serre le chevelu rigide
Des racines souffrant bientôt ;
L'olive est chétive, petite,
Elle se détache trop vite,
Et les brindilles font défaut.

Que, seules, des plantes hâtives
S'élèvent près tes oliviers,
Et les cultures arbustives
Valent mieux en nos secs foyers.
Lorsque des chaleurs l'insistance
Te menace de son offense,
Le binage réitéré
Fait du sol une couverture,
Isolant sa température,
Pompant l'eau de l'air saturé.

Par batardeaux, vers fin septembre,
Le long des pieds retiens les eaux;
Que ceux-ci, chaussés en décembre,
Résistent aux froids anomaux.
Vers fin d'hiver, on les déchausse,
Puis, sur leur contour on adosse
Des conques pour que, du printemps
La pluie, ou, sinon, l'arrosage,
Puissent déverser leur breuvage
Aux jets et fleurs, lors, végétants.

Engrais.

Pour tes engrais toujours préfère
Ceux provenant des oliviers;
Si leur nature est trop austère,
Joins-les à d'azotés fumiers.
Cet arbre n'est pas difficile,
Fort aisément il s'assimile
Tous engrais précoces, tardifs;
Les tourteaux, marcs, jus de ressence,
Auront d'abord la préférence
Sur les autres sucs nutritifs.

Des chèvres, poules, la fiente,
Les cendres, gypses et platras,
Des âtres la suie abondante,
Offrent de stimulants appâts ;
La fève en vert si nutritive,
Chaque résidu qui dérive
De rejets, débris animaux,
Sont tous fumiers riches, plastiques ;
Mais joins-leur, en sols granitiques,
Plâtres, carbonates de chaux.

Abstiens-toi de toute fumure
Durant le froid et la chaleur ;
Dans les champs, en mixte culture,
Donne au travail double valeur
Pour qu'un même labour suffise
Et qu'à la fois il fertilise
L'ensemble des plantations ;
Aussi ponctuel qu'économe,
De ces deux dons la seule somme
Outrera tes productions.

Taille.

En mai, du bois sort la brindille
Qu'ont signalé de gros bourgeons,
Et, le printemps suivant, pointille
La fleur sur menus grapillons ;
Mais bientôt de cet assemblage
Ne subsistent, par le coulage,
Qu'une olive ou deux tout au plus ;
Si la récolte est allégée,
La tige à fruit est allongée
Par boutons au bois dévolus,

Durant l'été, même en automne,
Les brindilles croissent toujours ;
Et, l'an suivant, la fleur foisonne,
La récolte ayant son plein cours.
Lorsque, sur chaque an répartie,
La taille prête à la sortie
De bourgeons à bois, au plus tôt,
La récolte reste annuelle
Et sa production réelle
Ne fait que rarement défaut.

N'omets donc pas de reconnaître
Qu'à la brindille il faut deux ans,
Pour qu'elle puisse au jour s'émettre
Et d'olives garnir ses flancs,
Que jamais une fleur nouvelle
A nos regards ne se révèle
Sur tout point en ayant porté.
Si l'on ne pratique la taille
Que tous les deux ans, on travaille
Dans le sens par l'arbre adopté.

Seule, la brindille récente
Peut s'orner de fleur et de fruit,
De là l'urgence se présente
D'élaguer vieux jets sans produit ;
Quand l'année apparaît fertile,
Sur tous points la fleur blanche oscille,
Rares sont les tiges à bois ;
Mais si, par la taille ébarbées,
Celles à fleurs fussent tombées,
Les autres seraient en surcroîts,

Avant d'entreprendre l'ouvrage,
Règle le cours de son entrain ;
Pour chaque. arbre qu'on aménage,
Définis, à·part, ton dessein.
N'appréhende pas la dépense ;
Si ton méger a répugnance
D'en sanctionner le devis,
Feuilles, bois en soldent la charge,
Dont le montant, en fait, s'émarge
Par bénéfice sur le prix.

Ne recours que le moins possible
Au sciage pour déboiser.;
Un faucil à lame inflexible
Sert bien quand on sait l'aiguiser ;
Son bec s'adapte à l'émondage,
Le centre sert pour l'élagage,
Le ventre rase les gourmands,
Son polissoir unit la plaie,
Son dos est une hache vraie
Détachant les plus gros fragments.

Que le chevalet soit solide ;
Qu'une forte cheville en fer,
De son support sûr et rigide,
Enlace le jambage impair.
Si la main qui taille, n'est sûre,
Préviens des rameaux la blessure
Avec un faucil à dos plein ;
Dispose aussi d'une hachette,
De mastic, affutoir, serpette,
D'une légère scie à main.

Selon les plants conduis la taille ;
Chaque an, émonde les cayons ;
Les bruns craignent moins la cisaille
Et de fortes résections ;
Si la coupe est bisannuelle,
Fais que l'œuvre se renouvelle
Après des récoltes l'apport ;
Ensuite, si de la fumure
Tu peux donner la nourriture,
Tes travaux seront mieux d'accord.

Ajourne, à la seconde année,
L'élagage des jeunes plants ;
Plus tard, de leurs brins la menée
Entrelacerait leurs élans ;
Leur crue en serait languissante ;
Pour la provoquer plus puissante
Récèpe les jets superflus ;
Puis, que sur une seule tige
Chaque tronc d'olivier s'érige,
Ce jet régulier vaut bien plus.

N'élève pas, sur plus d'un mètre,
La hauteur à donner au tronc ;
Fais que son port puisse permettre
Que l'on circule sous son front ;
Que ses jets soient en concordance
Avec le manque ou l'affluence
De la sève en ses mouvements ;
Son débord produit le feuillage,
Du chapeau l'ample remplissage,
Peu de fruits, beaucoup de gourmands.

Réduis l'orbe des grandes têtes,
Concentre leur vitalité,
Evite qu'en tiges coquettes
S'épuise leur tonicité ;
Par déperdition de sève
La vigueur de l'arbre s'enlève ;
Taille en février, cesse en mars,
Sitôt que prend fin la gelée,
Avant que la sève ébranlée
Ne se déverse en cours épars.

Si tu rends rares les brindilles,
Les nœuds pour fruits se forment **mieux**,
Mais tu perds ainsi ces ramilles,
Quand féconds sont arbres et lieux ;
Sur rameaux secs ou peu valides,
En sols maigris, légers, arides,
Evite un vide meurtrier ;
Surtout, d'une règle voulue,
Ne suis pas la ligne absolue,
Que chaque cas fait varier.

Que la tige avec la racine
Soit sans cesse en heureux accord ;
Délaisse loin toute routine ;
Donne à l'arbre un gracieux port ;
Que de ses branches l'ossature
Se recèle sous la ramure ;
Assure toute leur longueur.
Mais celle-ci, sitôt atteinte,
Du rameau terminal, sans crainte,
Coupe l'excès avec rigueur,

Quand sont bien couvertes les têtes,
A l'abri d'un soleil ardent,
La chaleur ne peut, en arêtes,
Transformer tout brin ascendant,
Rendre sa peau sèche, ligneuse,
Brune, noirâtre, grumeleuse ;
Il reste jeune, lisse et vert.
Que de ta serpe la tactique,
Donne à ces brins un sens oblique,
Abattant ceux à faux transfert.

Les gourmands s'élèvent sans cesse,
En s'avivant par le soleil ;
Sur les cayons, crains leur hardiesse,
S'ils sont centraux, frais, plein d'éveil ;
En les émondant, chaque année,
Avec la brindille effrénée
Et tous jets souffrants, superflus,
Ta récolte, moins biennale,
Se présentera plus égale,
En t'apportant quelque surplus.

Tous les deux ans, par taille pleine,
Elague branches et rameaux ;
Te résignant à cette peine,
Tu ne verras pas leurs réseaux
Envahis par cette morphée
Dont le sombre et triste trophée
Couvre les arbres de son noir,
Ni ces grosses branches rameuses,
Absorbant, en couches ligneuses,
Ce que le fruit peut recevoir.

Abats jets serrés et brindilles
A l'état sec ou languissant,
Bois morts, dégradés, ou ramilles
Dont le feuillage est jaunissant,
Tiges gourmandes verticales,
De même que les latérales
Ayant déjà donné leur fruit,
Et les ramures épuisées,
Cessant de croître, mal posées,
Ne promettant aucun produit.

Les jets croissant à l'opposite,
Fais ton jour en scindant l'un d'eux ;
Rase celui qui périclite
Ou qui s'interpose entre-deux.
Les brins pendants sont plus fertiles,
Qu'en ce sens tes tailles habiles
Les inclinent modérément.
Afin que la branche ne claque,
Que ta scie en dessous l'attaque ;
Détache le tout, prudemment.

Evite onglets, chicots, blessures,
Jets inféconds, sans avenir,
Membres nus, larges échancrures,
Brins inégaux, vide à garnir,
Toute branche peu régulière,
Toute charge en fruits trop plénière,
Tout bois souffrant, mal réparti ;
Soutiens un quartier trop débile,
Dompte l'excès de sève agile,
Achève un ensemble assorti.

Ne dénudant pas trop la tête,
Tiens-la sans vide, ni trop plein ;
La touffe au fruit point ne se prête,
Quand la feuille croît en essaim.
D'abord sur les quartiers ébranche ;
Puis, pour donner du jour, retranche
Les jets entre eux trop ressérrés ;
Surtout, complète bien la taille
Pour que sur tes rameaux tressaille
La brindille, en jets bien parés.

Donne à l'arbre l'air, la lumière,
L'accès modéré du soleil ;
Fais que de la brise légère,
La feuille, annonçant le réveil,
Puisse resplendir oscillante
Et papilloter miroitante
Dans un vide ou passe ta main,
Et qu'en leur ensemble, avec grâce,
Tes plants étalent, en l'espace,
Les beaux décors de l'art humain.

Sans la poursuivre radicale,
Que ta taille, tous les quatre ans,
Rase chaque branche anomale,
Des autres gênant les élans ;
N'agis ainsi qu'avec mesure,
Préviens toute grave coupure,
Aux moignons nus ou déhanchés,
A membrure trop désemplie,
En manche à balai, qui s'allie
A quelques pieux empanachés.

Parfois, après longues années,
Ces arbres, surchargés de bois,
De grosses branches condamnées,
Semblent réduits à leurs abois.
Leurs cimes longues, verticales,
Divergent sèches, inégales,
A jets cendrés, bruns, languissants ;
Le bois refuse la brindille,
L'écorce rude se fendille,
Les fruits sont chétifs, même absents.

Rajeunis, étête, sans crainte,
Ces arbres par ravalement ;
Tu peux du bois, par cette atteinte,
Réséquer un tiers largement ;
Coupe les branches élevées ;
Puis, que, vers les flancs avivées,
D'autres en garnissent le tour ;
Mais, sans tarder, de ces blessures,
Réduis le mal par des fumures
Qu'enfouit un profond labour.

Couvre d'un mastic la surface
De ces lésions dont l'ampleur
Offre à la sève, sur leur place,
Un trop libre cours à son pleur ;
Préviens ainsi la sécheresse,
Qui promptement altère, affaisse
Tout point largement découvert ;
Si non, l'arbre épuisé, débile,
Reprend mal son essor agile,
Et tarde à redevenir vert.

Par les frimats ou neige dense,
Après la pluie et le dégel,
Ou quand la sève est en avance,
Parfois, l'arbre, d'un coup mortel,
Reçoit l'atteinte meurtrière,
Surtout, si ce froid persévère,
Sous zéro, jusqu'à huit degrés;
La feuille se crispe et se brûle,
La branche éclate ou se macule,
Les sucs transudent altérés.

Leur couleur rouge teint la terre;
Autour de l'arbre, en son liber,
Toute vitalité s'enserre,
Il est dit gelé par l'hiver.
Dès avril, tu dois, du ravage,
Raser en entier le dommage;
Si le tronc lui-même est détruit,
Rez-terre, au col de la racine,
Avec hâche et scie élimine
Par récépage bien conduit.

Deux mois après, les jets surgissent
Tout alentour du nœud vital,
A la hâte leurs brins grandissent,
En couronnant leur piédestal.
De ces jeunes jets l'affluence,
La fraîcheur et la résistance,
Dénotent la précocité;
N'ôte qu'au second an, leur touffe,
Si non, l'afflux de sève étouffe
La racine en obésité.

En plusiéurs temps coupe ces tiges,
De façon qu'au bout de cinq ans,
Tu puisses, de tous leurs vestiges,
N'avoir plus qu'un pied sur leurs plants.
Ainsi, par tailles successives,
Tu réserves des branches vives
Pour remplacer les jets perdus;
Leur pied s'accroît bien mieux prospère
Que ceux d'autres plants mis en terre,
Mais ses produits sont moins dodus.

Attaque par le décépage,
L'olivier miné, sourdement,
Par atteinte, sous son jambage,
De vers, d'un massif renflement
Dont l'énorme protubérance
Chasse la racine en souffrance ;
Mets fin à toutes lésions
Causant un flux de sucs fétide,
Qui rend au loin le sol aride,
Stérile, sans productions.

La feuille, lors, est languissante,
L'arbre décroît et dépérit,
La racine au choc est sonnante,
Le ver la creuse et s'y nourrit ;
Avec le ciseau, la cognée,
Enlève, par large saignée,
Les fragments de bois vicié ;
Creuse-le pour que son suc fuie.
Avec terre nouvelle et suie
Comble tout creux avarié.

Si l'arbre reste rachitique,
A bras dessoudés, s'abattant;
Si son triste aspect se complique
De déclin caduc, impotent :
Abats le tronc sur la racine,
Greffe un scion qui s'agglutine
Au souchet le plus vigoureux;
Couvre de terre rapportée;
Mais si l'enceinte est infectée,
Laisse ou brûle ce sol véreux.

Tous tes abattis de ramure
Aux ruminants peuvent offrir
Une consistante pâture,
Ils aiment bien à s'en nourrir.
Fort loin, isole ce feuillage
Dont le dangereux voisinage,
De vers infecterait tes champs;
Foyers de larves, de chenilles,
Avant peu ces brunes ramilles
D'insectes seraient de vrais camps.

Greffe.

Laissant en terre les cépées,
Bientôt en émergent des jets,
Mieux que les souches extirpées,
Donnant des pieds francs et coquets.
Mais, parfois, ces brins trop rigides,
Spinescents, rabougris, arides,
Offrent l'aspect de sauvageons;
Greffe ces pieds, et ceux qu'on plante
Coupés dessous leur première ente,
Ou dont on veut d'autres bourgeons.

Greffe les branches en couronne ;
En écussons, les jets nouveaux ;
Fends les souchets, et fusionne
Ton scion avec leurs réseaux.
Si ta greffe est mise élevée,
Par le froid souvent éprouvée,
Elle se dessèche et flétrit ;
Réserve surtout auprès d'elle
Des jets pour une ente nouvelle,
Si la première dépérit.

Pose ces greffes quand la sève,
Vers fin d'avril, reprend son cours,
Dès que le bourgeon se soulève ;
Plante un tuteur aux alentours ;
Contre une meurtrière atteinte,
Maintiens le jet sous bonne enceinte ;
Si tu veux que, plus tard, du froid
Il brave la rigueur sévère,
Greffe bas, sur pied, rez la terre
Que tu lui donneras pour toit.

Insectes.

Des vers d'*orictes* si difformes,
De *mélolonthes* cotonneux,
Pentamérés lamelliformes,
En des repaires caverneux,
Dans les souchets souffrants, putrides,
Prolongent leurs dégâts perfides,
Sous leurs instincts de hannetons ;
Pour chasser leur abord immonde,
Par une fosse bien profonde
Attaque ces hardis gloutons.

De l'arbre les souchets, la tige,
Les brindilles, les fleurs, le fruit,
·Surtout, alors qu'on les néglige,
Et que l'inculture leur nuit,
Ressentent l'atteinte funeste
D'insectes dont l'accès infeste
Leur ensemble plus engourdi;
Des sucs s'amoindrit l'amertume,
La sève se perd, se parfume
D'un certain arome affadi.

Entre les feuilles et leur grappe,
Dans un duvet blanc cotonneux,
La sève offre une riche agape,
Qu'imbibe un suc doux, glutineux,
A la *psylle* si sautillante,
Rendant, souvent, la fleur coulante,
La frappant de stérilité ;
La larve de cet hémyptère,
Dans cet heureux milieu, prospère,
Assouvit sa voracité.

Dans le feuillage frais encore,
Dès l'automne, un gai papillon
Pose des œufs qu'on voit éclore,
Avant l'hiver, dans un sillon
Du parenchyme, où la chenille,
A l'abri de cette mantille,
Indolente jusqu'au printemps,
Alors, s'échange en chrysalide
Sous une feuille qu'elle ride
Par ses gloutonnements latents.

En papillon, elle s'envole
Sur les bourgeons et sur les fleurs,
Entre ces milieux elle accole
Des œufs donnant, par les chaleurs,
Des chenilles fort agressives,
Qui, dans les plus tendres olives,
Rongent la pulpe, le noyau,
En sortant près du pédoncule ;
L'attache du fruit fait bascule,
Se désunit de son rameau.

Des grains menus, secs et brunâtres,
Sur le terrain sont répandus,
Et leurs intérieurs noirâtres
N'offrent que sales résidus ;
A sa base d'un trou percée,
L'olive, en son entier, gercée,
D'un lépidoptère affamé,
Qu'on appelle *teigne mineuse*,
Montre l'atteinte ruineuse
Et le ravage consommé.

Dès le printemps, par myriades,
De jeunes larves, en naissant,
Envahissent, par escalades,
Tout rameau frais ou florissant ;
Par ces vers la sève absorbée
Verse sur la branche imbibée,
Découle et tombe sur le sol,
Le matin, bien souvent humide
De ce flux, qui rend moins valide
L'olivier, souffrant d'un tel dol.

C'est *l'ionide cochenille*,
Dite *kermès*, *coccus* ou *pou*,
Dont la larve, cinq mois, broutille
Les jeunes jets, en vrai filou ;
Puis s'étalant en hémyptère,
Sous son corps desséché, la mère,
Par centaines, couvre, en hiver,
Ses œufs, et de sa carapace,
Qui se disjoint ou se crevasse,
Sort, plus tard, au jour, chaque ver.

Longtemps, sur l'olivier, la sève
Circulant en cours soutenu,
L'insecte ne fait que peu trêve
A son dégât si mal venu ;
D'abord, d'un rouge clair, sa teinte,
D'un gris brun, puis, offre l'empreinte
Qui ternit les jets et les bois ;
Leurs sucs s'imprégnant de poussière,
Cet enduit, à l'aspect sévère,
De l'arbre assombrit les pavois.

Taille les jets que les vers rongent,
Brosse les membres hérissés
De ces écailles que prolongent
Des œufs les groupes trop pressés ;
En hiver, lave les branchages
Que souillent tous leurs empesages,
Avec chaux ou sels alcalins,
Acide acétique, phénique,
Dissous dans une eau non caustique,
Dont les effets seront certains.

Sur l'olivier croît un diptère,
C'est la mouche, *dacus, keiron*;
De la femelle l'œuf prospère
Dans l'olive, encore en tendron,
Où la larve blanche s'implante,
Pendant tout un mois se sustente
Avec la pulpe, et la détruit;
Puis, du cocon qui l'enveloppe,
La mouche quitte la défroque
Et sort quand on cueille le fruit.

Hâtivement fais ta cueillette,
Avant qu'en nymphe le dacus,
Dans son cocon, ne se complète,
Et n'en perfore le blocus;
L'huile sera moins abondante,
Sa qualité prédominante
Pour t'indemniser suffira;
Si, de plusieurs larves, la masse
Dans chaque olive se fait place,
Ton produit même augmentera.

Près de l'œuf du dacus, bien vite,
Un autre œuf est insinué
Par un *cynips*, qui prémédite
Que cet œuf soit, là, situé
Pour que sa larve carnivore
Ronge celle de l'herbivore
De la pulpe se nourrissant;
Ainsi l'olive est affermie
Par cette rivale ennemie,
Du ver rongeur se repaissant.

Oppose, en vapeur offensive,
L'oxycèdre génevrier ;
Contre la mouche de l'olive
Son effet s'offre meurtrier.
Eloigne encore l'*hylérine*,
Qui sur les frais bourgeons ravine,
Rendant leurs jets bien plus cassants ;
Chasse les fourmis, merles, grives,
Tous autres avides convives
De fruits mûrs, non amarescents.

Epiphyties, Maladies.

Parfois un noir mat et morbide
Atteint les troncs non aérés,
Vieux, forts, touffus, sur sol aride,
Ainsi, par un byssus, gauffrés,
Qui prend l'aspect indébile
D'un *démathium monophylle* ;
Lors, taille l'arbre largement.
L'excès d'humide ou de misère
D'une mousse jaune l'obère,
Qui nuit plus sérieusement.

Un byssus blanc, sur la racine,
Rhizoctome pulvérulent,
S'étend en gaîne, l'extermine
· Par arrêt du suc circulant.
Sur les rameaux, des excroissances
Comprimant les jets dans leurs anses,
La sève stagne aux alentours ;
En galles elle s'accumule ;
Là, d'une *teigne* ou d'un *tipule*
Œufs et larves parfont leurs cours.

Rase ces nœuds sur les ramures ;
Avec liquides phéniqués,
De toutes suspectes souillures
Gare les points non mastiqués ;
Préviens l'ampleur de toute plaie ;
Racle les *mucédos* ; balaie,
Détache les byssus, lichens ;
Tous ces amas n'offrent que gîtes
A de trop nombreux parasites,
Multipliés par leurs hymens.

Des rameaux que la peau soit nette,
Que ses pores bien dénudés
A ses actes la tiennent prête ;
Détruis-en les points dégradés ;
Dans l'hiver, ébranle les tiges
Pour en détacher les vestiges
Des œufs ou des vers engourdis,
Et, par cultures, échaudages,
Désinfectants, tailles, lavages,
Que les jets soient frais et verdis.

Quoique ferme dans son enceinte,
L'olivier redoute souvent
Du froid la rigoureuse atteinte,
L'humide, le sec et le vent ;
Sa plaie à l'air devient véreuse ;
La carie, en larges trous, creuse
Le ligneux jusque dans son sein ;
Après section préalable,
Consolide, par chaux et sable,
Tous les vides en massif plein.

Floraison.

Dès avril, en grappes naissantes,
Les bourgeons apprêtent leurs fleurs,
Vers fin de mai resplendissantes,
Aux blanches et jaunes couleurs.
Exhalant un suave arome
Dont l'exquise finesse embaume,
Puis tombant après quelques jours,
Corolles avec étamines,
Jonchent le sol de leurs ruines,
Trop prompts débris d'heureux amours.

Mais, dans le calice, l'ovule
Se maintient sous un vert coquet ;
Sa pulpe croît et s'accumule,
Son noyau durcit dès juillet.
Pâlissante, ensuite jaunâtre,
L'olive s'avive rougeâtre,
Puis du violet prend le teint ;
En noircissant, elle culbute ;
Si tu devances cette chûte,
Du goût du fruit l'huile s'empreint.

De l'arbre ne trouble le charme
En sa brillante floraison,
La pluie elle-même l'alarme
Et compromet l'olivaison ;
La fleur avec peïne se noue,
Le fruit de son jet se décloue,
Si l'arbre est ainsi molesté ;
Le moindre labour l'inquiète,
Et que ta main, alors discrète,
N'y procède qu'en plein été.

Récolte.

Deux fois, des olives tombées,
Fais les cueillettes à la main ;
Mets à part celles embourbées,
Ayant souffert sur le terrain ;
Désunis de leurs verticilles,
Celles qui pendent aux brindilles,
Dès que ce fruit paraît rempli ;
Que, durant octobre et novembre,
Avant les froids de fin décembre,
Ce long travail soit accompli.

De l'olivier atteins le faîte,
Par escalade ou chevalet ;
Détache avec une baguette,
Dont tu dois modérer l'effet,
Toute olive, dans son enceinte,
Par la main n'étant point atteinte ;
Recueille-là sur un charrier ;
Surtout n'abats point la brindille,
Et sépare toute ramille
Que contiendrait ce drap grossier.

Si le dacus atteint l'olive,
Promptement fais la détriter ;
De cette pratique hâtive
Tu ne dois pas te désister
Pour avoir l'huile superfine
De l'olive blanche ou citrine,
Fraîchement cueillie à la main,
Donnant, par pression légère
Qui sur la pulpe seule opère,
Un suc coulant en flot serein.

L'olive rousse ou violette,
De l'huile fine ou de primeur
Assure la bonne recette,
Quand vierge encore cette humeur,
Par traitement sans eau bouillante,
S'écoulant par pression lente,
Dans l'auge laissant son dépôt,
Provient d'olives ramassées
Avant décembre, puis tassées,
Sans atteinte d'aucun défaut.

De ces tas, autant que possible,
Evite le trop long maintien,
A la bonne huile si nuisible,
Ne rendant que peu, parfois rien ;
L'eau végétale ainsi s'exsude,
La pulpe amollie est moins rude,
L'huile en coule plus aisément ;
Le fruit, en s'échauffant, fermente ;
Son suc dépérit et s'évente,
Dépréciant son rendement.

Mise en tas, l'olive s'affaisse
Et son volume s'amoindrit ;
Le coût du détritage baisse,
Mais du fruit l'arome périt ;
L'huile est dite mûre, ordinaire ;
De la motte on peut en extraire
Tant soit plus, pour la quantité ;
Ce surplus, par retrait, dérive
De tout l'excédant en olive,
Dont cette motte a profité.

Evite l'emmagasinage
Du fruit au delà de cinq jours,
Brasse-le par un pelletage,
Offrant un précieux secours
Pour éviter la moisissure,
Du ferment la prompte levure,
Pour chasser l'humide et le sec ;
Que tes olives étalées,
Par couches d'un pan empilées,
Soient à l'abri de tout échec.

L'olive alors se montre noire,
Finit par rejeter son eau,
Dite amurque, dont l'émonctoire
Brun-vineux salit le carreau ;
Porte au moulin ton fruit bien vite ;
Sinon, tasse-le dans un gîte,
Comme une cuve aménagé,
Où le ferment, l'air et l'humide
N'exercent leur effet perfide,
Et par des nattes protégé.

Détritage.

Qu'au moulin, doucement broyée,
L'olive ne s'échauffe pas ;
Que sa pâte bien émiée,
Sans retard, soit mise en cabas,
Dont les scortins en sparterie
Sont superposés en série
Et sous le pressoir comprimés ;
L'huile déverse ruisselante,
Sans le secours de l'eau bouillante,
Des gâteaux en pile arrimés.

Ceux-ci vidés, triture encore
Ta pâte, évitant qu'en gluaux
Trop fins, elle ne s'incorpore
L'eau bouillante, en tous ses grumeaux.
Ameublis-la par un ouvrage,
Dit par les meuniers rubricage,
Par lequel la pâte, en leurs mains,
Se brise, afin que, mieux active,
L'eau pénètre ce marc d'olive
Par de doux effets, plus certains.

Sépare bien dans l'*espérance*,
Cuvier où se fait le départ,
L'huile pour l'eau sans cohérence,
Se tenant sur elle à l'écart.
Recueille, avec grand soin ; cette huile ,
Avant le concours trop agile
D'une autre eau pouvant l'altérer.
Puis, par cette eau bouillante, traite
Les marcs par mixtion parfaite ;
Attends pour voir l'huile affleurer.

Si par un effet insolite
D'un temps bien exceptionnel,
De ta récolte la conduite
N'est propice qu'après Noël,
L'olive beaucoup plus rapporte,
La récolte devient plus forte ;
Mais, si la pulpe par le froid
Ou par autre atteinte est tarée,
Qu'au moulin elle soit ouvrée
Par le travail le plus adroit.

Fais emploi, pour ton bénéfice,
D'un oléotribe en métal ;
Son concours est toujours propice,
Si de sa vis le long spiral
Modère la force pressante
Et graduellement croissante,
Ne rupturant aucun scortin,
Dont tu renforces la texture
Pour que, sous l'engin qui pressure,
Sa tresse n'éclate soudain.

Le marc est encore, en ressence,
Ebouillanté, puis trituré,
Dans des piles, à toute outrance,
Par lavages élaboré ;
Les corps légers à la surface,
Ainsi que l'huile, se font place,
Emergeant à travers les eaux.
Par ébullitions actives,
Par pressions lentes ou vives
Du marc sont à sec les grumeaux.

Huile.

Avec eau tiède, non bouillante,
Celle-ci fendant le vernis,
Fais que ta jarre soit brillante,
Sans vestige d'aucun débris.
Pour que ton huile s'y maintienne
Pure, douce, franche, homogène ;
Rince avec un vinaigre pur.
La décantant, par intervalle,
Tiens ton huile vierge et normale,
En local sec, pas trop obscur.

Tu peux aussi la mettre en caisse,
Dans des vases en fort métal
Dont la résistance ne laisse
Jamais craindre le bris fatal ;
Qu'une propreté rigoureuse,
De cette liqueur savoureuse
Maintienne la suavité ;
Veille à ce que chaque ustensile,
Pour ce liquide si ductile,
Soit en complète intégrité.

Dans les sucs de leurs utricules,
Endospermes, cotylédons,
En gouttelettes ou granules,
De l'huile coercent leurs dons.
Ce fluide est jaune verdâtre,
Gluant, savoureux mais douceâtre,
Relevé d'un parfum fruité,
Sa teinte éclate sur fonds blêmes,
Et quatre-vingt-onze centièmes
Définissent sa densité.

Vers sept degrés l'huile se gèle,
Son aspect grenu, butireux,
S'échange parfois en lamelle
Dans un fluide filandreux ;
Soixante-et-douze d'oléine
Avec vingt-huit de margarine,
Font ce produit au teint si blond.
La première reste liquide ;
La seconde serait solide,
Dans l'oléine elle se fond.

On croit l'acide margarique
Formé par mélange inégal
D'un d'acide dit stéarique
Dans dix de celui dont l'éthal,
Comparable à la glycérine,
S'accompagne dans la cétine,
Et dont palmitique est le nom ;
Des divers corps gras l'alliage,
Dans l'olive offre un assemblage,
Dont s'entr'accorde tout chaînon.

Quand l'huile se saponifie,
L'oléine se dédoublant,
L'acide se revivifie,
La glycérine s'écoulant
En consistance sirupeuse
Dont la nature non huileuse
Du sucre revèle le sceau ;
C'est l'alcool triatomique,
Délaissant l'acide organique
Pour un seul équivalent d'eau.

Dans le corps cotylédonaire,
L'albuminoïde ferment,
Au protoplasme cellulaire
Imprime son magique aimant :
L'azote en ses produits s'isole ;
L'hydrogène libre convole
Vers le carbone ; une huile en sort,
Où la glycérine éthérée
Avec l'acide gras se crée,
De toute eau repoussant l'abord.

Son radical, dit glycérile,
Désuni des acides gras,
Perd, joint à l'eau, son état d'huile.
Il n'a plus les mêmes appâts
Pour se combiner à l'acide
Avec lequel, sous son égide,
En forme chimique d'éther,
L'huile fine, limpide et blonde,
A nos yeux étale son onde
Rutilante en un jaune clair.

La mannite s'empreint, diffuse,
Dans les tissus oléolés ;
Et la gomme exsude profuse
Sur l'arbre, où ses nœuds sont scellés ;
En ceux-ci, blanche, cristalline,
Se décèle, encor, l'olivine,
Par la chaleur fluant, bientôt,
En résine jaunâtre ou rousse,
Du sucre ayant la saveur douce,
Soluble dans l'alcool chaud.

Longtemps soumise à la lumière,
L'huile, après plusieurs mois, blanchit ;
De l'air l'oxygène l'altère
Et sa franche saveur fléchit.
Si sa matière colorante,
Une résine consistante,
Un mucilage transparent,
En tas s'amassent vers sa base,
Décante vite en autre vase,
Laissant cet amas cohérent.

En oxygène peu fournie,
L'huile est un corps hydrogéné,
D'un ferment à peine munie,
Riche en principe carboné ;
Au feu donnant l'acroléine ;
Durcissant en élaïdine,
Par l'azotate mercureux ;
De l'huile avec l'eau le feutrage
Ne s'obtient qu'avec mucilage,
Gomme, albumine, corps glaireux.

De l'huile le pouvoir typique
Intervient comme tout corps gras,
Au sein du fluide organique
Son intégrité ne fond pas.
Mise en réserve provisoire
Comme aliment respiratoire,
En carbone hydrure agissant,
Un tel indice nous révèle
La valeur de ce parallèle,
L'huile et le sucre fiançant.

Ainsi, nous apparaît, sans cesse,
L'ordre de transformation,
Dont l'ensemble, en leur chaîne, tresse
Les liens de la création :
Ses modalités successives,
Des secrets de ses forces vives,
Montrent la solidarité ;
Et les concordances physiques
Des actes des forces plastiques,
En confirment la majesté.

Que la logique, en ce bas monde,
Coordonne ainsi nos efforts ;
Que par son charme elle féconde
L'harmonie en tous nos rapports.
Sous le feuillage tutélaire
De ton port qui toujours sait plaire,
Arbre auguste, inspire-nous bien
Du calme tous les avantages,
Durant les phases de tes âges,
Maintenant ton viril soutien.

Vrai symbole de la sagesse,
Tu l'es encore de la paix ;
En toi, vivace est la vieillesse
Dont ta vigueur brave le faix.
En toi, la riche efflorescence
S'empreint de la magique essence
Dont se ravivent les amours ;
Au sein de leur douce harmonie,
Qui sait retremper son génie,
Comme toi, vit heureux toujours.

De l'huile fréquent est l'usage,
Offrant un salubre aliment ;
A chaque instant, dans le ménage,
Est recherché son condiment.
La médecine l'utilise.
Sa valeur lampante offre prise
A d'économiques calculs.
Aux alcalis on la marie,
Si bien, dans la savonnerie,
Que ses indices restent nuls.

Pour lubrifier les rouages
De tous les engins délicats,
En raison de ses avantages,
De l'huile on fait de grands achats ;
En horlogerie elle excelle,
Par sa valeur substantielle,
A répondre à toutes les fins,
Quand, par le plomb et la lumière,
Du peu de ferment qui l'altère,
Elle a perdu les moindres brins.

Bois, Marc.

De l'olivier le frais feuillage,
Aux chèvres vivant à l'enclos,
Présente un excellent fourrage,
Qu'appètent d'autres bestiaux.
Retenant une huile invisible,
Sec ou vert, comme combustible,
Son bois est fort utilisé ;
Ouvré par l'ébénisterie,
A ses tons la tabletterie
Donne un effet bien accusé.

Le marc sert pour la nourriture
Des porcs et même des dindons ;
S'il leur est fourni sans mesure,
Leur chair se ressent de ces dons.
Ses mottes, aux feux des cuisines,
De même qu'à ceux des usines,
Concourent à fort peu de frais.
Le scortin qui, séché, rallie
De tous détritages la lie,
Pour l'arbre est le meilleur engrais.

ERRATA

Page	Ligne	Au lieu de :	Lisez :
29	18	printannière,	printanière,
33	9	sous	sur
36	12	renouvellés	renouvelés
48	3	diadême	diadème
61	12	pécheurs	pêcheurs
64	18	Génèse	Genèse
70	21	atôme	atome
80	12	degrès	degrés
97	13	énivre	enivre
101	29	de la prudence	, de la prudence,
107	9	bétails	bétail
124	1	La vent	Le vent
224	13	là	la
228	3	orages ;	orages,
240	28	plan	plant
243	9	lentement	lestement
251	10	colorés,	colorés.
280	15	limpide,	limpide ;
295	22	plans	plants
335	28	oxigène	oxygène

TABLE

Marseille.— Typographie et Lithographie H. SEREN.

ERRATA